W0374735

Das Päckchen

Liebesroman

J. Vellguth

Das kostbarste Geschenk,
das wir unseren Liebsten machen können,
ist unsere Achtsamkeit.

Thich Nhat Hanh

Wasser

Emma trat schneller in die Pedale. Goldene Sonnenstrahlen wärmten ihr braunes Haar, der würzige Fahrtwind strich ihr durchs Gesicht, zupfte an ihrer blaugemusterten Bluse und duftete nach Sommer und frischen Blättern.

Wassertropfen sprühten glitzernd aus trocknenden Pfützen gegen die verschnörkelten Fassaden der Bonner Innenstadt. Aber Emma konnte an nichts anderes denken als an die Bücher, die sie gleich ins Sortiment aufnehmen durfte.

Andere Leute würden heute wahrscheinlich lieber die Arbeit hinschmeißen und den ganzen Tag im Freien verbringen. Aber dafür war die Mittagspause da und der Feierabend. Emma wollte nach zwei Wochen Urlaub nichts lieber als zurück zu ihren Geschichten. Endlose Reihen aus unbekannten Welten und fremden Universen. Dazwischen eine Schar von Kindern auf der Suche nach ihrem nächsten großen Abenteuer.

Doch sofort, als sie zur Kirche abbog und an der mit Bäumen umrandeten Wiese vorbeikam, schlich sich ein ungutes Gefühl in ihre Magengrube, das sie nicht genau bezeichnen konnte. Irgendetwas war falsch.

Sie hielt vor dem würfelförmigen Gebäude der Kinderbücherei und stieg ab.

Es wirkte so … dunkel.

Gut, sie hatte Frühschicht, da war das normal … trotzdem, ihr Bauch sagte, dass etwas nicht stimmte.

Sie öffnete ihren Rucksack mit dem niedlichen Motiv und dem Spruch *Einhörner machen keine Scherze*. Dann kramte sie in den unendlichen Weiten nach ihrem Schlüssel.

Natürlich hatte der sich wieder irgendwo versteckt. Genervt setzte sie die Tasche auf der breiten, roten Backsteinstufe ab und wollte gerade von Neuem auf die Suche gehen, da entdeckte sie das große, gelbe Schild an der Türe:

Betreten verboten.

Ihr Herz setzte einen Schlag aus.

Was hatte das zu bedeuten?

Sie legte die Hand an das spiegelnde Glas der Türe, blickte hindurch und die gesamte Welt schien auf die Größe eines Sandkorns zusammenzuschrumpfen.

Auf dem Boden stand Wasser. Eine Deckenplatte war heruntergekommen und verteilte ihr poröses, weißes Innenleben auf dem Empfangstisch. Zwei der Regale waren umgekippt und ihr Inhalt verwandelte die graubraune Suppe auf dem Fußboden gerade in Pappmaschee.

Blanker, teerschwarzer Horror breitete sich in ihr aus. Lauter klatschnasse Bücher, in sich zusammengesunken, verklebt, verdorben, verloren.

Emma sog scharf die Luft ein und konnte es einfach nicht fassen. Das durfte nicht wahr sein.

Vielleicht hätte sie die Anrufe von ihrer Kollegin doch annehmen sollen.

Jetzt stand sie da und hätte sich am liebsten in Luft aufgelöst. So ein riesiges Elend.

***

Über eine Stunde hatte sie gebraucht, um herauszufinden, was passiert war. Die präziseste und nicht sehr hilfreiche Antwort auf ihre Frage lautete: *Wasserschaden, nichts zu machen*.

Ihre beiden Kolleginnen arbeiteten sowieso nur Teilzeit, die schien das Chaos nicht zu stören. Und was jetzt genau passierte, konnte ihr niemand sagen. Aber von einer Sekretärin aus der Führungsetage hatte sie hinter vorgehaltener Hand gehört, dass eine Restauration vielleicht nicht durchgeführt wurde.

Emma saß am Rand der Kirchwiese auf einer Baumwurzel, den Rucksack zwischen ihren Füßen und spürte, wie die letzten Jahre an ihr vorüberzogen. All die wundervollen Tage und die Freundlichkeit, mit der man sie damals hier aufgenommen hatte. Jetzt war das alles fort und vielleicht für immer zu Ende. Es fühlte sich fast so an, als wäre ihre Mutter gerade ein zweites Mal gestorben.

Das Holz des Stammes war angenehm warm an ihrem Rücken. Sie lächelte gezwungen in die Kamera und hielt den Atem an, während ein älteres Pärchen vorbeischlenderte.

Als die beiden außer Hörweite waren, stieß sie die Luft aus. Erleichtert schüttelte sie ihren braunen Zopf, um das Unbehagen aus ihrer Magengrube zu vertreiben, und konzentrierte sich wieder auf das Hangout, das sie schnell für Becky und die anderen eingerichtet hatte und dessen Aufzeichnung sie später online stellen würde, um nicht alles fünfmal erzählen zu müssen.

Auf dem Bildschirm schnitt ihre beste Freundin gerade beständig Grimassen.

»Hör doch auf, du bist albern«, sagte Emma.

»Bin ich gar nicht. Du bist albern. Warum spielst du denn mitten im Satz Statue?«, fragte Becky.

»Weil hier Leute vorbeigegangen sind?«

»Ach, und dann fühlst du dich besser, wenn sie denken du wärst eingefroren, statt einfach weiterzusprechen?«

Natürlich konnte Becky das nicht verstehen. Ihre beste Freundin hatte mit Peinlichkeiten nichts am Hut. Sie war immer völlig selbstbewusst, ganz egal, ob sie sich gerade geschmeidig auf der Tanzfläche bewegte oder im Bikini auf einer Wiese sonnte. Wahrscheinlich könnte Mick Jagger zu ihr in die Dusche spazieren und sie würde ihn lediglich bitten, ihr die Seife zu reichen. Höchstens bei Brad Pitt würde Becky vielleicht kurz zögern und dann nach etwas völlig anderem als der Seife fragen.

Als wollte sie das bestätigen, pustete Becky sich lässig eine feuerrote Locke aus der Stirn. »Also, zurück zum Thema. Was hast du jetzt vor?«

»Ich weiß nicht, wahrscheinlich komme ich vorübergehend in die Poststelle.« Ihr graute allein bei der Vorstellung. Nachdenklich lehnte sie sich zurück und blickte zum Eingang der Bücherei.

Wenn es wirklich so schlimm war, wie die Sekretärin behauptet hatte, dann konnte Emma ihren Job auch ganz verlieren.

Und nicht nur das.

Was sollte dann aus all den Kindern werden, die sich hier ihre wöchentliche oder sogar tägliche Dosis fantastischer Geschichten abholten?

Marie, die Nachbarstochter, zum Beispiel würde sicher am Boden zerstört sein. Falls sie es nicht schon längst wusste.

Wäre Emma in der letzten Woche mal aus ihrer Wohnung herausgekommen, hätte die Kleine ihr sicher bereits von dem Unglück erzählt. Doch wegen des schlechten Wetters hatte Emma sich mit ihren Büchern im Bett verkrochen.

Blöder Regen.

Weltenzerstörer.

Die Bücherei war schon so lange ihr zweites Zuhause, das durfte jetzt nicht einfach so vorbei sein.

»Mach doch weiter Urlaub.« Damit holte Becky sie aus ihren Gedanken zurück.

»Hatte ich doch gerade erst.«

Im Chatbereich ihres kleinen Hangouts wurden drei Zuschauer angezeigt. Zwei davon stimmten Becky gerade zu, dass Emma die Zeit zum Lesen nutzen sollte, der dritte schwieg.

»Dir ist schon klar, dass Urlaub endlich ist und ich außerdem für mein Geld arbeiten muss?«

Becky winkte ab. »Du kannst die Bücherei ja schlecht von zu Hause aus betreiben, oder?«

»Nein, aber ich kann mir nicht vorstellen, dass mir die Firma Geld fürs Herumsitzen bezahlt.«

»Macht sie doch jetzt auch schon.«

Emma schnaubte. »Scherzkeks. Ich meine fürs zu Hause herumsitzen, ohne Bücher zu verleihen.« Sie knetete auf ihrer Unterlippe herum.

»Und es kann echt sein, dass die Bücherei komplett dichtmacht?«, fragte Becky.

»Ja. Die Sekretärin, die ich gesprochen habe, meinte, sie hätte ein Telefonat mitgehört. Da hätte der Chef gesagt, dass er eine Renovierung ungern finanzieren möchte.«

Kathy und Bea aus dem Chat überhäuften sie mit schockierten Smileys und Becky klappte der Mund auf. »Die wollen die Kinderbücherei echt schließen? Die sind doch ein Jugendbuchverlag. Das können die doch nicht einfach so machen. Vor allem, weil sich die Bücherei in den letzten Jahren so toll gemausert hat.«

»Ich weiß. Aber die war ursprünglich sowieso nur ein Herzensprojekt seiner ersten Frau. Und wenn sie sich jetzt gar nicht mehr rentiert … ich könnte mir schon vorstellen, dass er sie dann einfach abstößt.«

»Das wäre ja schrecklich«, sagte Becky.

»Kannst du wohl laut sagen.« Sie dachte an Marie, ihre verschlissene Jacke und den Rucksack mit dem geplatzten Reißverschluss. Das durfte einfach nicht passieren. Bücher waren wichtig, gerade für Kinder. Die Geschichten waren nicht nur eine nette, kleine Ablenkung vom grauen Alltag, sondern auch Freunde, Ratgeber und treue Wegbegleiter.

»Vielleicht können wir ja eine Unterschriftensammlung machen«, sagte Becky.

Emma ließ den Kopf gegen die Baumrinde sinken. »Und dann? Davon wird die Sache für die Firma doch auch nicht rentabel. Nein, wenn, müssten wir irgendwie Geld auftreiben. Ich könnte vielleicht Werbung auf meinem Kanal schalten und ein paar Lesezeichen häkeln, um sie zu versteigern.« Das wäre zumindest ein Anfang.

»Aber denkst du, das reicht?«, fragte Becky. »Vielleicht würde eine generelle Spendenaktion mehr Sinn machen.«

»Spenden? Meinst du, da macht irgendjemand mit?« Ihr Blick fiel auf das kleine, rote Kästchen auf dem Bildschirm, in dem ihre Abonnentenzahl angezeigt wurde. Es gab genau siebzehn Menschen, die ihren Kanal verfolgten. Siebzehn Menschen, die mitmachen *konnten*, wenn ihnen der Sinn danach stand, eine Kinderbücherei zu retten. Trotz aller Anstrengungen in den letzten zwei Jahren kam sie irgendwie nicht über die zwanzig Abonnenten hinaus.

Anonymus: Wie wäre es mit einem Gewinnspiel als Dankeschön an alle Spender?

Emma betrachtete überrascht die Chat-Nachricht. Wer war das denn? Ein unbekannter Zuschauer?

Becky schien das nicht zu stören, sie klatschte in die Hände. »Das ist eine geniale Idee! Eine Verlosung unter allen Spendern und wir helfen dir dabei, so viele Leute wie möglich darauf aufmerksam zu machen.«

Kathy und Bea waren sofort Feuer und Flamme.

Die Idee war gar nicht schlecht. Im Gegenteil, sie gefiel Emma richtig gut. »Allerdings bräuchten wir wahrscheinlich einen etwas größeren Anreiz als ein paar selbstgehäkelte Lesezeichen.« Emma schob nachdenklich eine Strähne hinter ihr Ohr.

»Aber was?«, dachte sie laut nach. »Ich glaube nicht, dass ich etwas besitze, das jemand haben möchte …«

»Hah!«, rief Becky so plötzlich in die Kamera, dass Emma ein wenig zusammenzuckte.

»Ich hab etwas, das wir spenden können.« Ihre Freundin tauchte unter ihren Schreibtisch und zog ein Buch heraus. »Es sollte eigentlich eine Überraschung werden, aber …« Sie hielt ein feuerrotes Cover in die Kamera.

Emma klappte der Unterkiefer herunter. »Das neue Buch von Richard Taylor?« Emmas Herzschlag verfiel in einen rasanten Sprint.

Das konnte man doch noch gar nicht kaufen. Und Emma musste es wissen, schließlich wartete sie schon sehnsüchtig auf die Veröffentlichung. »Wie bist du denn da drangekommen?«

»Rezensionsexemplar«, sagte Becky mit einem breiten Grinsen.

Emma blieb die Luft weg. Als Kolumnistin bei der deutschen Abteilung von *MyStyle* kam Becky manchmal an die coolsten Sachen heran.

»Und das würdest du hergeben?«, fragte Emma.

»Klar. Ich frag noch mal den Verlag, aber ich kann mir nicht vorstellen, dass der Probleme damit hat. Ist ja auch Werbung für die. Außerdem lese ich so einen Kram normalerweise sowieso nicht und hätte es nach der Rezension ohnehin gleich dir geschenkt. In Anbetracht der Tatsache, dass es offiziell erst in gut drei Monaten rauskommt, könnte das sicher den einen oder anderen zu einer Spende animieren.«

Und wie! Emma selbst würde ihr letztes Hemd hergeben, wenn sie jetzt schon in die neueste Liebesgeschichte ihres Lieblingsautors eintauchen dürfte.

Eine herrlich romantische Abenteuerreise durch die Welt der Gefühle. Aber wenn sie es verlosen wollte, konnte sie es unmöglich vorher lesen. Schlimm genug, dass Becky es entweihen musste.

Sie dachte an Marie und die anderen Kinder, schluckte ihre eigenen Wünsche hinunter und fasste sich ein Herz. »Das wäre eine super Sache. Dann brich aber bloß nicht den Rücken und mach keine Stoßkanten rein.«

»Ja, ja, ich pass schon auf, dass deinem Herrn Taylor nichts passiert.«

Da fiel Emma noch etwas ein, das eventuell weiterhelfen würde. Sie biss sich auf die Unterlippe.

»Was?«, fragte Becky, die ihre Freundin natürlich viel zu gut kannte.

»Es gäbe da vielleicht noch etwas …« Oh, es tat so weh, überhaupt darüber nachzudenken … aber es wäre einfach zu gut, um es nicht zu machen. Außerdem ging es ja hier nicht um Kleckerbeträge. Und wenn sie nichts Besseres als ein paar gehäkelte Mäuselesezeichen und ein Vorabexemplar zu bieten hatten, würde die Aktion ganz sicher ein Flop. »Ich hätte da noch die Autogrammkarte von Taylor mit der Widmung aus Lippenstift.« Sie hielt die Luft an.

Becky sah sie ungläubig an. »Aber die ist dein Ein und Alles.«

Emma wurde tatsächlich ein wenig mulmig, wenn sie ernsthaft in Erwägung zog, das gute Stück herzugeben. Doch dann stellte sie sich vor, wie Marie reagieren würde, wenn sie all die zerstörten Bücher sah, ihre großen, braunen Kulleraugen und den Gesichtsausdruck, den sie dabei machen würde. Und sie dachte … an ihre Mutter.

Emma atmete tief durch. »Schon. Aber es ist ja für einen guten Zweck.«

Sie würde auf der nächsten Buchmesse einfach versuchen, ein neues Autogramm zu bekommen … falls Taylor sich je wieder dazu herabließ, bei einer öffentlichen Veranstaltung aufzutauchen. Seit dem großen Presseskandal hatte er sich verdammt rargemacht.

Schnell schob Emma die trüben Gedanken beiseite.

»Schade, dass du den Lippenstift nicht mehr hast«, sagte Becky. »Mit dem wäre die Karte noch ein größerer Hit gewesen.«

Ja, den hatte Richard Taylor damals versehentlich eingesteckt. Beziehungsweise, Emma hatte sich erlaubt, zu glauben, dass es Absicht gewesen war. Damit er sich an sie erinnern konnte. »Aber ich weiß noch genau, welcher es war. Der hat damals bei einer Ausgabe der *MyStyle* beigelegen. Die Farbe war einfach klasse.« Das war lange Zeit ihr Lieblingslippenstift gewesen. Er hatte ihr sogar so gut gefallen, dass sie damit begonnen hatte, ihren Namen auf den Stift zu schreiben.

»Ich kann ja mal nachsehen, ob wir zufällig noch einen davon haben oder irgendwie bestellen können …« Becky tippte sich grübelnd ans Kinn. »Oh, das wird genial. Wenn wir das richtig promoten, dann haben wir vielleicht tatsächlich eine Chance. Weißt du was, ich versuche gleich mal, ob ich ein Interview mit deinem Taylor bekomme, das kann ja so schwer nicht sein.«

Emma bezweifelte, dass ihre Freundin mit diesem Vorhaben erfolgreich sein würde, aber der kleine Chat explodierte vor lauter Zustimmung und sie drückte ihr natürlich sämtliche Daumen.

»Ich mach mich gleich ran«, rief Becky enthusiastisch.

»Dann seh ich zu, dass ich noch ein ordentliches Ankündigungs-Video hinbekomme«, sagte Emma. »Etwas Kurzes, Knackiges, das sich die Leute gern ansehen und was sich gut teilen lässt.« Ein paar Aufnahmen von dem Pappmaschee-Büchermeer wären auf jeden Fall drin. Wenn dieser jämmerliche Anblick nicht das Portemonnaie aller Bücherliebhaber öffnete, dann wusste sie es auch nicht mehr.

»Gute Idee. Ich helf dir auch heute Abend beim Schneiden. Pizza und Popcorn, bei dir?«, fragte Becky mit einem breiten Grinsen.

Emma musste lachen. »Sicher.«

Mit einem Winken verabschiedete Becky sich und auch ihre beiden Chat-Zuschauer ließen noch einen kurzen Kommentar da, um anschließend zu verschwinden.

Nur der unbekannte Dritte blieb weiter im Chat, bis sie den Hangout beendete und das Handy neben sich auf einer Wurzel ablegte.

Merkwürdig, wer das wohl war?

Aber jetzt gab es wichtigere Dinge, über die sie nachdenken musste. Spendenkonten, Ankündigungsvideos, Lesemäuse … unbekannte Dritte hatten da einfach keinen Platz.

Sie beugte sich nach vorne und kramte in ihrem Rucksack nach einem Block.

Videos

Das dritte Video, das er sich von ihr ansah, war ein Hangout. Geschlagene drei Minuten hatte er gebraucht, um zu begreifen, dass es sich gar nicht um eine Aufzeichnung handelte.

Umso faszinierter beobachtete er nun, wie sie sich live mit ihrer Freundin unterhielt.

Er wurde das Gefühl nicht los, dass er sie schon einmal irgendwo gesehen hatte.

Emma lehnte gegen einen Baumstamm, das Sonnenlicht tanzte auf ihrem schokoladenfarbenen Haar und brachte es in einem leichten Goldkaramell zum Glänzen. Nur das Lächeln in ihren Augen war heute verschwunden.

Wegen des Wasserschadens.

Sie arbeitete ausgerechnet in einer Bücherei.

Früher war das praktisch sein zweites Zuhause gewesen. Wie oft hatte er sich in die Erwachsenenabteilung geschlichen, als ihm die Kinderbücher zu langweilig wurden. Sein eigenes, kleines Abenteuer.

Und die Geschichten … bunte Farbtupfer im trüben Regengrau seines Alltags. Unvorstellbar, wenn sein Wunderland damals überschwemmt worden wäre.

Wirklich schrecklich, was da bei Emma passiert war. So viele zerstörte Welten. Die armen Kinder.

Gerade fing Emma mit ihren Freundinnen an, Pläne zu schmieden, um die Bücherei doch noch zu retten, auf die offensichtliche Antwort kamen sie nicht.

Also tippte er kurzentschlossen elf Worte in den Chat und hielt die Luft an. Tatsächlich wurde seine Idee sofort aufgegriffen und ganz langsam kehrte das Leuchten in Emmas Augen zurück.

Warum ihn das so freute, verstand er nicht. Aber ihm gefiel dieses Funkeln, wegen dem er ursprünglich bei ihrem Kanal hängengeblieben war.

Das und die atemberaubende Leidenschaft, mit der sie über Bücher sprach, hatten ihn sofort gefesselt.

Ein Teil von ihm hätte ihr gerne geholfen, ihr und den Kindern. Aber wie?

Außerdem kannte er sie nicht einmal richtig, hatte sie eben erst auf der Suche nach Rezensionen entdeckt. Sie beide verband nichts.

Außer Büchern, Büchereien und dem Gefühl, dass er sie schon einmal irgendwo gesehen hatte. Dann kam ihr die Idee mit der Autogrammkarte, die sie spenden wollte und er war hin und weg. Nicht nur wegen ihrer Großzügigkeit, denn anscheinend bedeutete ihr diese Kleinigkeit eine Menge.

Sondern er fand es auch bewundernswert, wenn sich jemand so für etwas einsetzte, an das er glaubte. Denn es ging ihr ja offensichtlich gar nicht um ihren Job, sondern um die Kinder.

Dass es solche Menschen tatsächlich noch gab.

Nach seinen eigenen Erfahrungen hätte er damit nicht gerechnet.

Sie lächelte gerade in die Kamera, um sich zu verabschieden.

Dann wackelte das Bild und ein völlig verrückter Teil von ihm wünschte sich, dass sie noch nicht abschaltete.

Kompletter Blödsinn, denn es gab ja noch genug andere Videos von ihr. Außerdem konnten ihre zartrosa geschminkten Lippen noch so hübsch geschwungen sein, sie gehörte eindeutig in die Kategorie *Streng-Verboten*.

Trotzdem ließ sich seine Hand nicht dazu bewegen wegzuklicken und er wartete darauf, dass der Livestream abbrach.

Doch das passierte nicht. Stattdessen wackelte das Bild noch einmal und wurde dann wieder still. Er sah sie nun halb von unten, wie sie an den Baumstamm lehnte, die Beine übereinanderschlug und in den Himmel blickte.

Ein paar Strähnen aus ihrem goldbraunen Zopf flossen glänzend über ihre Schultern und wurden von einer sanften Brise bewegt. Auf ihren Wangen wippten die Schatten der Baumwipfel und ihre moosgrünen Augen schimmerten nachdenklich.

Jetzt beugte sie sich nach vorne, zog Block und Stift aus ihrem bunten Rucksack und drehte dabei den Kopf. Ihr Blick fiel auf das Aufnahmegerät, sie runzelte die Brauen, ihr Finger streckte sich in seine Richtung und für einen wirren Augenblick erwartete er, dass sie durch den Bildschirm hindurchgreifen und seine Hand berühren würde.

Ein Schauer lief seinen Arm hinauf, doch dann endete der Videofeed.

Das Bild wurde schwarz und er stand wieder alleine in seiner Küche, der Salat war in der großen Schüssel zusammengefallen und die halb geschnittene Tomate lag immer noch auf dem Brettchen vor ihm.

Wie überaus seltsam.

Fast hätte er schwören können, dass sie ihn auch gesehen hatte, aber das war natürlich unmöglich.

Nachdenklich schob er die Tomatenwürfel in die Schüssel und zupfte die letzten Blättchen von der Basilikumpflanze.

Er würde frischen bestellen müssen. Hoffentlich passte der Service vom Supermarkt diesmal besser auf. Bei der letzten Lieferung hatten sie sämtliche Stängel abgeknickt.

Oder vielleicht könnte Bastian ihm ja eine neue Pflanze mitbringen. Aber der würde ihm wahrscheinlich einen Vogel zeigen und versuchen, ihn aus der Wohnung zu scheuchen.

Er warf einen Blick zum Fenster hinaus.

Die Sonne schien golden und warm auf den angrenzenden Park. Ein Pärchen verschwand gerade zwischen den Bäumen. Durch das viele Grün sah es draußen ein bisschen so aus wie bei Emma.

Aber er wollte keinem anderen Menschen über den Weg laufen. Das letzte Jahr steckte ihm immer noch in den Knochen, auch wenn Bastian meinte, dass es an der Zeit war, den ganzen *Quatsch* hinter sich zu lassen.

Wenn das so einfach wäre.

Nein, der Lieferservice würde ausreichen müssen.

Entschlossen zog er den Mozzarella zu sich heran, begann den weichen Käse in Würfel zu schneiden und startete das nächste Video.

Diesmal sprach Emma über einen Krimi. Der Anfang hatte ihr nicht gefallen, weil die Protagonistin ihren Schlüssel zu schnell gefunden hatte. Anscheinend hatte sie selbst dabei immer Probleme. Aber ansonsten fand sie die Geschichte rund und *super*. Lachend erzählte sie von ihrer Lieblingsstelle.

Lächelnd sah er ihr zu. Bei all dem Enthusiasmus wurde ihm ganz warm ums Herz. Ihm fiel die Kinderbücherei wieder ein.

Es musste doch eine Möglichkeit geben, ihr unter die Arme zu greifen. Wenigstens die Autogrammkarte sollte sie wieder zurückbekommen, das würde sich doch ganz sicher irgendwie einrichten lassen.

Er öffnete die Tüte mit den Walnüssen, begann die schrumpeligen, braunen Hälften klein zu hacken und machte sich daran, einen Plan zu entwickeln.

Päckchen

Die Sonne wärmte ihren Nacken, eine Schweißperle rann ihren Rücken herunter und der Fahrtwind kühlte ihr Gesicht. Normalerweise wäre das ein perfekter Tag. Aber nach der Quälerei auf der Arbeit gab es heute nur zwei Dinge, die ihr den Nachmittag irgendwie retten konnten: eine große Kanne Sprudelwasser mit Zitronensaft und ein wirklich gutes Buch.

Emma stieg vom Fahrrad und stellte es neben der Haustür ab, sie war nur froh, endlich wieder zu Hause zu sein. Denn statt in die Postabteilung hatte man sie ins Verlagsarchiv gesteckt und das befand sich ganz unten im Keller. Sie spürte jetzt noch den Staub der Aktenordner auf ihrer Haut kleben und es fehlte nur, dass sie sich Spinnweben aus den Haaren pflücken musste.

Sie brauchte eine Dusche. Dringend.

Verzweifelt kramte sie in ihrem Rucksack nach dem Schlüssel. Der war natürlich ganz nach unten durchgerutscht – schon wieder.

Bis zum Ellbogen tauchte sie in die Untiefen ihrer Tasche, bevor sie fündig wurde. Dann schloss sie die alte

Fenstertüre auf, stieg über Maries hölzernen Tretroller, der fast auseinanderfiel und stapfte die gesprenkelte Steintreppe des Mehrfamilienhauses empor.

Wie schrecklich, wenn sie nur daran dachte, wie viele Tonnen Archivstaub sie in den nächsten Wochen noch einatmen würde. Allein bei dem Gedanken daran kratzte ihr Hals.

Und das bei dem wundervollen Wetter. Strahlend goldener Sonnenschein, glasblauer Himmel, weiß gezupfte Wattewölkchen und das alles über den wundervollen Jugendstilvillen der Bonner Innenstadt.

Zugegeben, in der Bücherei arbeitete sie auch drinnen. Aber erstens gab es riesige Fenster, zweitens befand sich die Kirchwiese direkt neben dem Gebäude und drittens arbeitete sie mit *Büchern*.

Was für ein Gegensatz zu dem fensterlosen, bücherlosen, viel zu kalten Keller. Blöde Regenwoche, blöde Baumaßnahmen, blöde Digitalisierung des Archivs.

Aber Emma wäre nicht Emma, wenn sie sich von so etwas lange runterziehen ließe. Irgendwie würde sie die kommenden Wochen schon überstehen. Und immerhin hatte sie die ersten Gegenmaßnahmen bereits eingeleitet.

Gut, ihre Spendenaktion lief bisher schleppend. Ganze vierunddreißig Euro hatte sie eingenommen und mindestens Zweidrittel davon waren von Becky. Aber es war immerhin ein Anfang.

Mit einem weiteren, tiefen Seufzen erreichte sie endlich den zweiten Stock und entdeckte verblüfft ein braunes Päckchen, das unschuldig neben ihrer Wohnungstür stand.

Merkwürdig, sie hatte doch gar nichts bestellt. Und ein normaler Postbote hätte wohl einen Abholzettel hinterlassen oder es beim Nachbarn abgeben. Aber anscheinend war ihrer mal wieder sehr in Eile gewesen.

Wenigstens hatte er es nicht auf der Straße abgestellt oder versucht, es in den Briefkasten zu quetschen … war alles schon vorgekommen. Mit fast schon körperlichen

Schmerzen dachte sie daran, wie das arme Buch damals ausgesehen hatte.

Emma hob den kleinen Karton vom Boden auf und betrachtete ihn verwundert. Er war ziemlich schwer. Für ein einzelnes Buch war er zu groß.

Von wem konnte er sein?

Sie betrachtete den Adressaufkleber, aber darauf stand kein Absender.

Nachdenklich schloss sie die Wohnung auf und ließ ihren Rucksack neben der Türe fallen.

Dann ging sie mit dem Päckchen unter dem Arm in das kleine Badezimmer mit den türkisblauen Kacheln und klopfte im vereinbarten Rhythmus an die dünne Wand. Um die Uhrzeit standen die Chancen zwar schlecht, dass Becky schon zu Hause war, aber sie musste es wenigstens versuchen. Vielleicht hatte die ja eine Ahnung, wer hinter dem geheimnisvollen Päckchen steckte.

Emma stellte sich kurz unter die Dusche und wusch sich den Staub vom Körper. Sie konnte richtig spüren, wie ihre Haut vor Erleichterung aufatmete.

Sie trocknete sich ab, band ihren Zopf neu, aber von Becky kam immer noch keine Reaktion.

Dann eben nicht. In der Küche stellte sie das Paket auf den kleinen, halbrunden Tisch unter dem Fenster.

Wer würde ihr ein Päckchen schicken und dann keinen Absender darauf hinterlassen?

Von ihren Freunden bestimmt niemand.

Sie musste unweigerlich an ihren Vater denken. Aber von dem hatte sie so lange nichts gehört, dass er ihr jetzt ganz sicher nicht aus heiterem Himmel ein Päckchen schickte.

Schnell schob sie die düsteren Gedanken beiseite.

Sie zog die Schere aus der Schublade und strich dann vorsichtig mit der Hand über das braune Packpapier. Jemand hatte sich viel Mühe gegeben, den Karton ordentlich einzuwickeln und sorgfältig zuzukleben.

Vorsichtig schnitt sie an der Kante entlang durch das Papier, legte den Karton frei und ritzte anschließend durch eine weitere Lage Klebeband.

Japp. Wer-auch-Immer wollte auf Nummer sicher gehen, dass der Inhalt unversehrt bei ihr ankam. Das machte die Sache nur umso geheimnisvoller.

Neugierig öffnete sie die oberen beiden Karton-Laschen und blickte nun auf einen Wust aus zerknülltem, braunem Packpapier. Obenauf ruhte ein zartrosa Briefumschlag, auf dem ihr Vorname in großen, geschwungenen Buchstaben stand.

Mit hochgezogenen Brauen drehte sie das pastellfarbene Papier herum und fand ein echtes, rotes Wachssiegel darauf. Das wurde ja immer seltsamer.

Vorsichtig brach sie das Siegel, zog einen Bogen schweres, ebenfalls zartrosafarbenes Papier heraus und faltete es auseinander.

Liebe Emma,

anbei erhältst du ein Richard-Taylor-Fanpaket zur Unterstützung bei deinem aktuellen Vorhaben. Wenn du die Päckchen der Reihe nach in wöchentlichen Unboxing-Videos auf deinem Kanal vorstellst, gibt es noch eine Spezial-Überraschung dazu. Ich hoffe, das kann dir dabei helfen, ein paar Abonnenten und damit auch Spenden für die Kinderbücherei zu sammeln.

Ich wünsche dir viel Erfolg.

Ein Fan

Emma starrte auf die spitzen Buchstaben. Ein Richard-Taylor-Fanpaket?

Wie sollte ihr das denn helfen?

Was war das für eine Spezial-Überraschung?

Und was bedeutete *von einem Fan*?

Einem Fan von *ihr*?

Sie hatte Fans?

Davon wüsste sie doch.

Die meisten ihrer siebzehn Abonnenten kannte sie persönlich von einer der Buchmessen oder aus der Bücherei. Die würden sich als Freunde, aber sicher nicht als Fans bezeichnen.

Auf jeden Fall hätte kein Einziger davon eine so kryptische Nachricht hinterlassen.

Herzchenexplosionen, Smileys und platonische Liebesbekundungen? Ja.

Päckchen ohne Absender und mit seltsamen Anweisungen? Nein.

Schon gar nicht mit einem Videozeitplan und einer *Spezial*-Überraschung … was immer das sein sollte.

Sie warf einen Blick in den geöffneten Karton und zog vorsichtig an dem knisternden Polsterpapier. Darunter erschien eine ganze Lage aus Päckchen in unterschiedlichen Größen, die in rotes Samtpapier eingeschlagen waren.

Ihr Mund klappte auf. Was war das alles?

Noch einmal las sie die Wörter auf dem schweren Briefpapier und diesmal entdeckte sie auch das PS mit einer E-Mail-Adresse für *eventuelle Rückfragen*.

Oh, da konnte Wer-auch-Immer aber drauf wetten, dass sie Rückfragen hatte.

Sie zog ihr Handy heraus und fing an zu tippen.

Kontakt

Gespannt wie ein Flitzebogen sendete sie ihre Nachricht ab.

Emma: Was soll das? Wer bist du?

Volle drei Sekunden starrte sie auf den Bildschirm ihres Handys. Dann wurde ihr klar, dass er wahrscheinlich nicht vor seinem Telefon sitzen und auf ihre Nachfrage warten würde.

Sie holte Sprudelwasser und Zitronensaft aus dem Kühlschrank.

Verrückt.

Ein Fanpaket …

Ob er antworten würde?

Oder war es vielleicht eine *sie*?

Gab es eine weibliche Form des Wortes *Fan*?

Fanin?

Sie musste grinsen.

Wohl eher nicht.

Wie lange er wohl für eine Reaktion brauchen würde …

Falls er überhaupt antwortete.

Die ganze Sache war einfach nur völlig abgedreht und … spannend.

Nachdenklich füllte sie das Wasser in die bunt geblümte Glaskanne und fügte einen ordentlichen Schuss Zitrone hinzu. Es gab nichts Besseres für einen heißen Tag und eine staubige Kehle.

Dabei fiel ihr Blick wieder auf den Karton. Sie fühlte sich ein bisschen wie in einem Krimi, mit dem Auftrag, den Absender eines herrenlosen Päckchens ausfindig zu machen. War da nicht letztens erst ein Buch rausgekommen über ein unheimliches Paket?

Was, wenn ihre Post vergiftet war?

Emma erstarrte, betrachtete die sorgfältig eingeschlagenen Bündel und dann ihre Hände.

Aber wenn der Absender sie wirklich hatte vergiften wollen, dann war es jetzt sowieso zu spät. Außerdem hätte er sich dann bestimmt nicht solche Mühe mit dem Brief und dem restlichen Inhalt gemacht. Wenn geplant war, dass der Empfänger tot umfiel, war rotes Samtpapier für den Innenraum wohl das Letzte, über das man sich Gedanken machte …

Sie trank ein halbes Glas Zitronenwasser in einem Schluck leer und spürte, wie das saure Kribbeln der kalten Flüssigkeit die Reste des staubigen Tages wegwusch.

Was wohl in den einzelnen Verpackungen steckte?

Ihr Puls beschleunigte sich und es juckte sie in den Fingerspitzen, weiter auszupacken. Aber laut dem Brief durfte sie ja noch nichts davon öffnen, oder?

Sie zog eins der Samtpäckchen heraus. Auf die Oberseite war mit goldener Farbe eine 2 geschrieben. Bei genauerem Hinsehen hatten alle Päckchen eine Nummer. Gerade wollte sie nach der Eins suchen, da summte ihr Handy.

Lukas: Ein Fan.

Erstaunt über die schnelle Antwort starrte sie auf die einsamen Worte. Er hatte tatsächlich reagiert und er besaß einen Namen. *Lukas*. Sie testete den Namen mit ihrer Zungenspitze.

»*Lukas* … ein Fan.« Die leise gesprochenen Worte hingen in ihrer Küche wie schillernde Seifenblasen und schienen die Luft zum Vibrieren zu bringen. Wie aufregend. Ein echter Fan, der sogar mit ihr sprach. Obwohl er natürlich keine richtige Antwort auf ihre Frage gegeben hatte.

Emma: Das kann nicht sein, ich hab genau siebzehn Abonnenten und die kenne ich fast alle.

Lukas: Jetzt nicht mehr. :)

Sie klickte auf ihren Kanal und stellte fest, dass dort eine dicke, fette Achtzehn prangte.

Die Seifenblasen drehten sich in langsamen Kreisen durch die Küche und stupsten gegen ihr Herz.

Tatsächlich!

Da war ein völlig Fremder, der ihre Videos ansah, sich als Fan bezeichnete und Päckchen verschickte.

Vielleicht Mister Anonymus aus dem Chat letztens?

Sie lud die Seite mit ihrem Kanal ein paarmal neu, nur um sicherzugehen, aber die Achtzehn blieb unverändert stehen.

Emma: Und warum schickst du mir ein Päckchen?

Lukas: Machen Fans das nicht so?

Fan. Er hatte das Wort schon wieder benutzt.

Aber sie war doch einfach nur Emma, wie konnte sie denn bitte einen Fan haben?

Nachdenklich spürte sie, wie sich die Seifenblasen schneller drehten. Emma hatte selbst schon ein paar Mal überlegt, ihrem Idol *Richard Taylor* einen Fan-Brief zu schreiben, aber der war so berühmt, der wurde sicher jeden Tag überschüttet, darum hatte sie es bisher immer gelassen.

Deshalb antwortete sie jetzt schnell.

Emma: Schon. Aber ich bin ja nicht Richard Taylor.

Sie starrte auf den Bildschirm, doch es kam keine Antwort. Was sollte man dazu auch sagen?

Emma: Ich habe doch nur einen winzigen Youtube-Kanal und spreche über Bücher.

Diesmal musste sie nicht lang warten.

Lukas: Aber du bist voller Enthusiasmus. Man kann deine Leidenschaft direkt spüren.

Leidenschaft? Sie bekam große Augen.

Lukas: Deine Leidenschaft für Geschichten, meine ich. Wenn ich dir zusehe, bekomme ich direkt Lust, selbst ein Buch in die Hand zu nehmen und mich in fremden Welten zu verlieren.

Die Seifenblasen drehten sich in schillernden Wirbeln und kitzelten ihre Wangen.

Ihm gefielen ihre Videos wirklich.

Das war … cool!

Emma: Wie soll mir das Päckchen eigentlich helfen, Abonnenten zu bekommen?

Lukas: Du hast in deinem Ankündigungs-Video doch gesagt, dass du eine Verlosung starten willst. Ich hab gedacht, wenn du mehrere daraus machst und sie über ein paar Wochen verteilst, dann vergrößerst du den Effekt.

Wahrscheinlich hatte er recht, die Idee war richtig gut. Beziehungsweise, das kam darauf an, was es zu gewinnen gab.

Oh.

Emma: Also sind die Päckchen gar nicht für mich?

Zugegeben, sie war ein kleines bisschen enttäuscht. Jetzt hatte sie schon einen selbst ernannten Fan, bekam auch noch Post von ihm und dann war der Inhalt gar nicht für sie gedacht.

Aber die Idee war auf jeden Fall nett. Und scheinbar hatte er sich richtig Gedanken gemacht.

Lukas: Nicht ganz.

Was war das denn für eine merkwürdige Antwort?

War nur die Hälfte für sie?

Sie runzelte die Stirn.

Emma: Was ist denn drin?

Lukas: Das musst du schon selber herausfinden.

Emma: Wenn es nicht für mich ist, kannst du mir doch sagen, was drin ist.

Lukas: Das könnte ich.

Pfff. Emma spürte ein Grinsen hinter seinen Worten. Als ob er mit ihrer Neugier gerechnet hätte.

Emma: Aber du hast geschrieben, ich darf es nicht auspacken.

Lukas: Doch.

Sie verdrehte die Augen.

Emma: Eins davon und nur, wenn ich es aufzeichne und nachher online stelle … oh! Ich dreh einfach alle Videos jetzt sofort.

Sie war schon halb im Wohnzimmer, um die Kamera aus dem Schrank zu holen, als ihr Telefon vibrierte.

Lukas: Hey, das wäre gemogelt. Auspacken ist immer nur kurz vor dem Hochladen erlaubt, damit es spannend bleibt.

Hah! Endlich hatte sie ihn ein bisschen aus der Reserve gelockt.

Emma: Und wie stellst du dir das vor?

Lukas: Ich hab mir gedacht, du schaltest deine Kamera ein und lächelst so freundlich, wie du es immer tust.

Ihr Herz stolperte zwei Schritte vorwärts, aber eine richtige Antwort war das nicht.

Emma: Und dann?

Lukas: Dann packst du aus und verlost den Inhalt.

So weit, so logisch.

Emma: Und was ist das für eine Spezial-Überraschung?

Lukas: Wenn ich sie dir verrate, ist es ja keine Überraschung mehr.

Emma: Aber einen Tipp kannst du mir wenigstens geben.

Lukas: Es hat damit zu tun, dass du jede Woche nur ein Päckchen auspackst, am besten immer am selben Tag. Und es hat mit der Macht von Kontakten zu tun.

Emma: Was für Kontakte?

Lukas: Lass dich überraschen. :)

Wirklich hilfreich war dieser Typ ja nicht. Sie biss sich auf die Unterlippe und starrte auf die samtroten Päckchen.

Emma: Aber heißt das, ich dürfte auch jetzt eins aufmachen?

Lukas: Wenn du möchtest, sicher. Für den maximalen Effekt der Überraschung bräuchte ich aber ein oder zwei Tage.

So ein Mist … Emma war hin- und hergerissen.

Zum einen war sie unheimlich neugierig auf den Inhalt, zum anderen wollte sie unbedingt wissen, was die Spezialüberraschung war und zum Dritten … wenn sie das vernünftig aufzeichnen wollte, müsste sie erst alles aufbauen … sie platzte fast vor Neugier.

Ihr Handy vibrierte.

Lukas: Alternativ gibt es auch ein Probepäckchen.

Probepäckchen

Als hätte er das Kribbeln in ihren Fingern über die Internetverbindung hinweg gespürt. Aber was bitteschön war ein Probepäckchen?

Emma: Was ist das denn?

Lukas: Wenn du genau nachschaust, findest du ganz unten eine Verpackung mit der Nummer 0.

Null?

Emma: Und wieso das?

Lukas: Weil ich weiß, dass du ein sehr neugieriger Mensch bist und es sicher kaum erwarten kannst, eins der Päckchen aufzumachen.

Er wusste also, dass sie ein neugieriger Mensch war … Moment!

Emma: Und woher weißt du das?

Lukas: Ich bin dein Fan, weißt du noch? Das heißt, ich hab alle deine Videos geschaut und da schimmert deine Persönlichkeit schon sehr deutlich durch. :)

Ein klein wenig unheimlich war das schon. Andererseits kannte sie selbst auch die Lieblingsfarbe von Richard Taylor – rot –, wusste, dass er sage und schreibe drei Blinddarmnarben besaß – von der laparoskopischen Operation – und zum Frühstück am liebsten aus einer mokkabraunen Tasse trank, die einmal seinem Vater gehört hatte. Oh, und jeder Mensch zwischen hier und Canada wusste genau, wie die Trennung zwischen ihm und seiner Ex abgelaufen war … auch irgendwie unheimlich, oder?

Also beschloss sie, dass das wohl in Ordnung ging und zog den Karton näher zu sich heran. Die Samtpäckchen hatten alle unterschiedliche Größen.

Da summte ihr Handy.

Lukas: Und? Gefunden?

Emma: Nicht so eilig.

Da war wohl noch jemand ziemlich neugierig. Sie fischte die richtige Nummer heraus.

Emma: Hab es.

Lukas: Und?

Emma: Moment, ich muss es ja erst noch auspacken.

Lukas: Dann rate erst, was es sein könnte.

Hatte sie nur das Gefühl oder machte ihm die Sache Spaß?

Emma würde es zumindest Spaß machen, wenn ihr Idol ein Päckchen von ihr auspacken müsste.

Aber das war ja auch etwas anderes, Richard Taylor war berühmt. Sie war nur eine kleine Booktuberin mit siebzehn Abonnenten.

Achtzehn, erinnerte sie ihr Unterbewusstsein.

Sie befühlte das kleine Päckchen. Es passte auf ihre Handfläche, war aber zu groß, um die Finger darum zu schließen. Das Papier war relativ dick und gab deshalb nicht viel über den Inhalt preis, trotzdem fühlte sich das Innere irgendwie weich an.

Sie hatte nicht den geringsten Verdacht, was es sein könnte.

Emma: Ein Schwamm?

Lukas: Warum sollte ich dir einen Schwamm schicken? Brauchst du einen?

Emma: Was weiß denn ich, was du dir dabei gedacht hast?

Schließlich kannte sie ihn gar nicht.

Sie drückte noch ein wenig fester auf das Päckchen, einige Stellen waren härter als andere, aber das half ihr auch nicht weiter.

Lukas: Es ist etwas, dass du jeden Tag brauchen kannst. Und es ist zum Teil golden.

Jeden Tag? Was brauchte sie denn jeden Tag? Eine Zahnbürste, Anziehsachen, Unterwäsche …

Emma: Ein zusammengeknüllter BH?

Lukas: In Gold?

Na ja, möglich war alles, oder?

Lukas: Außerdem würdest du mich wohl für einen ziemlich komischen Typen halten, wenn ich dir einen BH geschickt hätte, oder?

Emma: Wahrscheinlich.

Lukas: Na also. Kein BH.

Emma: Gut, dann hab ich keinen Schimmer, was es sein könnte. Ich mach es jetzt auf.

Lukas: Also wirklich, keine Geduld …

Aber Emma war viel zu beschäftigt damit, das Papier zu öffnen, um sich jetzt auch noch mit seinen Kommentaren zu beschäftigen.

Tatsächlich war der Inhalt weiß, blau, ein bisschen golden und … plüschig.

Sie zog *das Ding* ganz heraus und erkannte ein kleines, weißes Einhorn, mit blauem Schweif und winzigen, goldenen Flügeln, das an einem Schlüsselring hing.

Ein *Einhorn*!

Emma: Das ist ja super niedlich!

Lukas: Damit du nicht immer so lange nach deinem Schlüssel suchen musst.

Eiseskälte schoss durch ihre Brust und brachte das Blut in ihren Adern zum Frieren. Woher wusste er das? Hatte er sie beobachtet?

Doch dann fiel ihr ein, dass sie sich in der Rezension zu diesem tollen Krimi über ihr kleines Schlüsselfinde-Problem ausgelassen hatte. Das *Opfer* war auf der Flucht vor einem Verfolger gewesen, kam im Dunkeln vor der

Haustür an und zog den Schlüssel mit nur einem Griff aus ihrer übergroßen Handtasche.

An dieser einen Stelle hatte sie sich doch ein bisschen veräppelt gefühlt. Aber sonst war die Geschichte erste Sahne gewesen.

Lukas: Noch da?

Ihr Blick huschte vom Bildschirm wieder auf das plüschige Einhorn mit den übergroßen Kulleraugen. So ein knuffiges, kleines Ding. Mit diesem Schlüsselanhänger könnte so ein Szenario wie im Krimi tatsächlich funktionieren.

Lukas: Gefällt es dir nicht?

Nie wieder Schlüsseltauchstation. Und dann auch noch ein *Einhorn*!

Ein breites Grinsen schlich sich auf ihr Gesicht.

Emma: Es ist einfach megalotastisch.

Lukas: Was ist denn das für ein Wort?

Emma: Ein gutes. :)

Ob das Tierchen seinen Zweck erfüllte, blieb noch abzuwarten, aber auf alle Fälle war es zum Schmelzen süß.

Lukas: Er heißt Konrad.

Sie prustete los.

Emma: Ein Einhorn namens Konrad?

Lukas: Klar, wieso nicht? Passt doch hervorragend.

Emma: Du bist schon ein bisschen abgedreht, oder?

Lukas: Ich mache anderen Menschen gerne eine Freude, insbesondere, wenn es für einen guten Zweck ist.

Emma: Danke. :)

Lukas: Dann hoffe ich, dass Konrad dir gute Dienste leistet.

Sie strich über die weiche, blaue Mähne und betrachtete den kleinen Berg aus roten Päckchen.

Nachdem er sich so viele Gedanken für das erste Nicht-Geschenk gemacht hatte, wollte sie noch viel dringender wissen, was sich unter dem anderen Samtpapier verbarg.

Emma: Was mach ich jetzt mit dem Rest?

Und ja, ein Teil von ihr hoffte, dass er ihr erlaubte, alles gleich auszupacken. Dafür würde sie sogar in Kauf nehmen, jetzt noch ihr kleines Video-Set aufzubauen.

Lukas: Das kommt darauf an.

Emma: Worauf?

Lukas: Na darauf, ob du dich auf die Überraschung einlässt.

Sie betrachtete Konrad und sein winziges, goldglänzendes Horn.

Lukas hatte sich wirklich eine Menge Gedanken gemacht, nicht nur wegen der Sache mit dem niemals auffindbaren Schlüssel, sondern er hatte auch noch ihr Lieblingstier gewählt. Gerade deshalb wollte sie nur zu gerne wissen, was die Spezial-Überraschung war. Aber er hatte gesagt, dafür bräuchte er mindestens zwei Tage, ob sie es tatsächlich so lange aushalten konnte, die Päckchen nicht aufzumachen? Und das Nächste wäre ja dann erst wieder in einer Woche dran …

Sie biss sich auf die Unterlippe.

Lukas: Wenn du nicht willst, ist das auch in Ordnung.

Sie tippte schnell, um es sich nicht mehr anders überlegen zu können.

Emma: Gebongt.

Lukas: Super. Ich freu mich auf dein erstes Video. Welchen Wochentag hättest du denn gerne?

Emma: Samstag. Dann hab ich frei und genügend Zeit, um alles aufzubauen.

Vor allem war es nicht allzu lange hin. Und sie lag wahrscheinlich auch nicht völlig erschöpft in der Badewanne, um den Staub der Aktenordner loszuwerden. Oh ja, die Badewanne, das war ein guter Plan für heute Abend.

Lukas: Das passt mir sehr gut. Dann starten wir also übermorgen die Aktion *Rettet-die-Kinderbücherei.*

Sie starrte auf seine Worte und ihr Herz wurde gleichzeitig schwer und warm.

Es war wirklich toll, wie er sich engagierte.

Emma: Aber sei nicht enttäuscht, wenn es nicht klappt.

Dabei dachte sie an die vierunddreißig Euro auf dem Spendenkonto. Eigentlich war sie selbst nicht ganz sicher, warum jetzt dieser negative Unterton sein musste. Aber sie fühlte sich verpflichtet, ihm die Wahrheit zu sagen, wenn er sich schon so viel Mühe machte.

Lukas: Wieso sollte es nicht funktionieren?

Emma: Na, ich hab meinen Aufruf vor zwei Wochen gestartet. Als Reaktion hab ich bisher genau drei Spenden erhalten und eine davon kam von Becky.

Aber seine Antwort war schnell und selbstsicher.

Lukas: Warte nur ab, bis du die Päckchen auspackst und meine Spezial-Überraschung siehst … du wirst dich wundern :)

Emma zog die Brauen hoch über so viel Optimismus und schüttelte halb amüsiert den Kopf.

Jetzt wollte sie erst recht wissen, wie es weiterging.

Ansichtssache

Emma hatte das Baden auf später verschoben und stattdessen Becky ganz aufgeregt von der Arbeit abgeholt.

Jetzt saßen sie gemeinsam im Hofgarten. Die riesige Wiese vor dem Hauptgebäude der Bonner Universität war gesprenkelt mit Studenten. Manche saßen allein, andere hatten sich in kleinen Grüppchen versammelt, spielten Hacky Sack, saßen auf Picknickdecken oder genossen in Bücher vertieft die Sommersonne.

Vögel zwitscherten und die umstehenden Bäume wiegten sich im lauen Abendwind.

Becky leckte gedankenverloren an ihrem dreifachen Pfefferminzeis mit extra großen Schokostückchen, während sie durch Emmas Chatunterhaltung scrollte.

Emma beschränkte sich auf eine Kugel Zitrone und übte sich in Geduld.

»Du hast mit ihm geflirtet?« Becky hob den Blick von der Unterhaltung mit *Lukas-dem-Fan*. Ungläubig starrte sie ihre Freundin an.

»Ich hab nicht geflirtet«, entgegnete Emma.

»Ach nein? Und was ist dann das hier?« Becky deutete auf den Teil mit dem goldenen BH und Emma verdrehte die Augen. »Okay, ja, ein bisschen vielleicht.«

Missbilligend schnalzte Becky mit der Zunge. »Als ob du rein gar nichts von mir gelernt hättest. Woher willst du wissen, dass der Typ nicht völlig krank ist, durchgeknallt, fett … abartig?«

»Ich weiß nicht, ob sich deine Erfahrungen aus einschlägigen Datingportalen wirklich hierauf übertragen lassen. Er ist ein Fan und hat mich über Youtube gefunden.« Sie versuchte, beiläufig mit den Schultern zu zucken. So ganz klappte das aber leider nicht.

»Eben drum. Dadurch wird es doch noch wahrscheinlicher, dass er ein kompletter Psycho ist.«

»Dankeschön. Nur weil mich jemand mag, muss er noch lange kein Psycho sein.« Sie schob schmollend ihre Unterlippe nach vorne.

»Du hast recht. Wildfremde Kerle, die wissen, wo du wohnst und dir Päckchen schicken, sind super.«

Emma schluckte. Toll, jetzt wurde ihr doch ein bisschen unheimlich. »Aber bis jetzt ist er wirklich nett. Und er ist ganz sicher kein zweiter Ulf und auch keine *Olga*.«

Becky verschränkte die Arme. »Ach ja? Und woher willst du das wissen?«

»Er klang nett …«, nuschelte Emma.

»Ach so, du hast dich also mit ihm unterhalten?« Becky begutachtete interessiert ein paar Studenten in der Nähe, die gerade versuchten, einen Kompaktgrill aufzubauen.

»Ja, hast du doch gelesen.« Leider klang das eher jämmerlich. Wieso war sie nicht selber auf die Idee gekommen, nach einem Gespräch oder einem Bild zu fragen?

Aber das hatte sich einfach nicht ergeben. Außerdem hätte es sich undankbar angefühlt. Immerhin hatte er ihr keinerlei Grund gegeben, misstrauisch zu sein. Schließlich fragte man eine neue Bekanntschaft ja auch nicht gleich nach der Kleidergröße oder der Farbe der Unterwäsche.

Becky legte den Kopf zur Seite und grinste einen der Typen an. »Du findest das auch noch sexy«, sagte sie währenddessen zu Emma. »Gib's zu.« Der Typ mit dem Grillanzünder hatte Beckys Lächeln bemerkt und ihre Freundin zwinkerte ihm vielsagend zu.

»Gar nicht«, sagte Emma.

Becky hob die Brauen und schenkte ihr einen *Du-willst-mich-wohl-veräppeln-Blick.*

Emma rollte mit den Augen. »Okay, ja, vielleicht ein bisschen.«

»Vielleicht?«, hakte Becky nach.

Emma ließ sich nach hinten ins weiche Gras fallen und starrte in das strahlende Weißblau zwischen den leicht wippenden Baumwipfeln. »Wieso auch nicht? Da ist dieser nette Kerl, der sich für die Kinderbücherei interessiert und der mich toll findet. Was macht es da, dass ich ihn noch nie im Leben gesehen habe?«

»Na, er könnte genauso gut ein Axtmörder sein, der deine Adresse kennt.«

»Mister Grillanzünder genauso.« Sie nickte zu dem Typen hinüber, der Becky ganz eindeutig im Visier hatte. »Und wenn *der* ins Telefonbuch schaut oder sich gleich auf eine Verfolgungsjagd begibt, hat er auch deine Adresse.«

Becky seufzte. »Ich sag ja nur, dass du aufpassen sollst. Auf deine Gefühle und darauf, was du dem Kerl erzählst.«

Mister Grillanzünder griff gerade nach einer Bierflasche und prostete Becky zu.

Die lächelte und prostete mit ihrem Eis zurück.

»Ich hab ihm gar nichts erzählt, was ich nicht auch in meinen Videos sagen würde.« Sie hatte sich ganz zu Anfang viele Gedanken darüber gemacht, was sie mit der Welt da draußen teilen wollte und was nicht. Trotzdem klang die Antwort selbst in ihren eigenen Ohren irgendwie lahm.

»Ist ja schon gut. Ich wünsch dir von Herzen, dass er ein edler Ritter in schimmernder Rüstung ist, der nur den Kindern helfen möchte. Aber ich hab auch das Recht, mir Sorgen um meine Freundin zu machen.«

Emma schnaubte. »Ich aber auch.« Sie nickte zu Mister Grillanzünder rüber.

»Ach, komm schon, hör auf, der ist doch schnuckelig.«

Emma verdrehte die Augen. Denn sie wusste, wenn Becky einmal Speck gerochen hatte, war sie nicht mehr aufzuhalten.

»Und du hast wirklich vor, das mit den Päckchen durchzuziehen?«, fragte Becky und versuchte sicher absichtlich aufwendig, mit der Zunge ihr Eis am Davonlaufen zu hindern.

Emma zuckte mit den Schultern. »Kommt ganz darauf an, was drin ist.«

»Willst du sie vorher öffnen?«

»Nee, das wäre ja geschummelt. Ich öffne sie schon vor der Kamera, aber wenn mir das zu merkwürdig ist, was drin ist, dann hör ich damit auf. So einfach ist das.« Doch eigentlich konnte sie sich das nicht vorstellen. Er hatte ihr immerhin ein *Einhorn* geschenkt!

Becky nickte stumm. »Ich denke nicht, dass ich dich davon abbringen kann, oder?«

»Nope. Genauso wenig, wie ich Mister Grillanzünder vor dir retten kann. Außerdem ist das ein ultimatives kleines Abenteuer. Wie oft haben wir uns schon gewünscht, die Sachen aus den Büchern selber zu erleben? Und das hier ist eindeutig näher dran als alles andere, was in meinem Leben bisher passiert ist.« Zumindest wesentlich näher dran als staubige Aktenordner.

Becky seufzte. »Wahrscheinlich hast du recht, vielleicht bin ich ja auch nur ein bisschen eifersüchtig, weil *mir* keiner Fanpakete schickt … es sei denn, natürlich, es stellt sich am Ende raus, dass er doch ein Ulf ist, dann darfst du ihn gerne behalten.«

»Ach, jetzt hör mir endlich auf mit deinem Ulf.« Aber ein kleines Körnchen Unsicherheit schlich sich doch in ihre Seele. Was, wenn Becky recht behielt? Auf einen zweiten *Ulf* konnte sie tatsächlich gut verzichten.

* * *

Er starrte auf den Bildschirm und las ihre kleine Konversation gerade zum dritten Mal.

Das fühlte sich ein bisschen so an wie früher, in der siebten Klasse, beim Liebesbriefe schreiben. Nur war er natürlich nicht mehr dreizehn und Emma ebenfalls eine erwachsene Frau.

Außerdem würde sich rein gar nichts daraus entwickeln. Wie auch? Wenn sie nicht mal seinen Namen kannte. Vielleicht nahm er das Ganze auch ein bisschen zu ernst.

Worüber hatten sie schon gesprochen?

Über Verlosungen, Probepäckchen und Einhörner.

Nicht gerade etwas, das man ein tiefschürfendes Gespräch nennen konnte.

Andererseits hatte er überhaupt nicht mit einer Antwort von ihr gerechnet. Ein ziemlich großer Teil von ihm war davon ausgegangen, dass sie sämtliche Pakete gleich öffnen würde, nur, um ihre Neugier zu befriedigen.

Doch stattdessen hatte sie ihm geantwortet.

Und sie wollte warten.

Merkwürdig, wie sehr man sich über so eine Nichtigkeit freuen konnte.

Das bedeutete allerdings auch, dass er einiges an Vorarbeit leisten musste, wenn seine Spezial-Überraschung den gewünschten Effekt haben sollte.

Blogger wollten angeschrieben, Booktuber informiert werden und vielleicht musste er auch den Richard-Taylor-Fan-Club aktivieren … sobald es etwas Berichtenswertes gab, verstand sich.

Ja, was mit einer Autogrammkarte als Kleinigkeit begonnen hatte, wurde langsam zu einer richtig großen Geschichte.

Das Merkwürdigste an der ganzen Sache war, dass es ihm nichts ausmachte. Im Gegenteil, es war toll, wieder eine Aufgabe zu haben, ein Ziel, auf das er hinarbeiten konnte.

Ja, er musste zugeben, es fing an, ihm richtig Spaß zu machen.

Fragen

Emma lag in der Badewanne. Sie hatte Teelichter aufgestellt, der dichte, weiße Schaum reichte ihr bis zum Kinn und das Wasser duftete nach einer lieblichen Mischung aus Zitrone und Himbeere. Aber an Entspannung war nicht zu denken.

Becky hatte sie völlig kirre gemacht. Seit ihrer Unterhaltung im Park erwartete Emma jetzt nicht nur, dass Lukas sich als zweiter Ulf entpuppte, sondern sie hatte sich auch immer wieder die Frage gestellt, was er eigentlich mit seinen Geschenken bezweckte.

Sicher, er hatte behauptet, er wäre ein Fan und es ginge um die Bücherei. Sie war viel zu sehr selbst ein Fangirl, um seine Handlung *nicht* nachvollziehen zu können.

Aber wenn man das Ganze objektiv betrachtete, dann war er ein Typ und sie eine Frau, und wenn ein wildfremder Kerl dir Geschenke macht, dann solltest du vielleicht schon ein *bisschen* hellhörig werden.

Denn natürlich will er irgendetwas damit bezwecken.

Das wirre Durcheinander in ihrem Kopf musste unbedingt aufhören. Deshalb fasste sie einen Entschluss. Sie trocknete sich die Hände, griff nach ihrem Telefon und stellte die alles entscheidende Frage.

Emma: Bist du ein Axtmörder?

Sobald sie die Nachricht abgeschickt hatte, war ihr natürlich sonnenklar, dass er darauf niemals im Leben eine ehrliche Antwort geben würde. Zumindest nicht, wenn er ihr tatsächlich etwas antun wollte. Aber trotzdem fühlte sie sich jetzt ein bisschen besser.

Lukas: Würdest du mir glauben, wenn ich *nein* sage?

Aha, er war also auf denselben Trichter gekommen wie sie. Doof war er schon mal nicht.

Ob das jetzt aber gut oder schlecht war, ließ sich nicht so einfach sagen.

Emma: Würdest du im Fall der Fälle denn etwas anderes erzählen?

Lukas: Das kann ich nicht mit Sicherheit behaupten. Schließlich müssten wir erst mal herausfinden, *warum* ich ein Axtmörder wäre. Aber ich denke, dass ich in den wahrscheinlichsten Szenarien wohl nicht die Wahrheit sagen würde.

Emma knetete ihre Unterlippe und starrte auf den Bildschirm.

Lukas: Ich glaube, den Seufzer der Verzweiflung habe ich bis hierhin gehört.

Geseufzt hatte sie nur innerlich. Aber im Endeffekt gab es keine Antwort, mit der er die Situation auflösen konnte. Einfach alles war möglicherweise eine gewiefte Lüge oder ein intelligenter Schachzug.

Lukas: Was kann ich tun, um dich zu beruhigen?

Emma: Wenn ich das wüsste.

Ob es eine gute Idee war, das so offen zuzugeben?

Wenn er ihr etwas Böses wollte, machte sie sich erst recht verletzlich. War er ein netter Kerl, hatte er es einfach nicht verdient, dass sie misstrauisch war. Und bisher war er wirklich nur freundlich gewesen.

Allerdings wusste er nun einmal, wo sie wohnte und sie hatte keine Ahnung, wer er war. Das reichte, um ein knotiges Unbehagen in ihrer Magengrube wachsen zu lassen.

Dann hatte sie eine Idee.

Emma: Sag mir, wo du wohnst.

Lukas: Berlin.

Erleichterung schwappte durch ihre Mitte und dann wieder das Gefühl, dass er ihr alles erzählen konnte.

Emma: Beweis es mir.

Lukas: Wie soll ich das denn anstellen?

Emma: Ich hab keine Ahnung.

Lukas: Ich kann zum Brandenburger Tor laufen und dir ein Foto schicken, aber was beweist das schon?

Gar nichts, weil er es natürlich aus dem Netz kopieren konnte.

Emma: Du könntest eine Zeitung mit dem aktuellen Datum davorhalten.

Lukas: Ist das dein Ernst?

War das ihr Ernst?
Sie zog die Stirn kraus und wusste es nicht.

Emma: Vielleicht.

Zumindest würde sie sich dann besser fühlen. Aber das konnte sie unmöglich von ihm verlangen.

Emma: Wahrscheinlich nicht.

Lukas: Reicht dir auch Schloss Charlottenburg?

Sie legte den Kopf zur Seite.

Emma: Wieso?

Lukas: Da bin ich gerade in der Nähe. Ich müsste nur noch eine Zeitung auftreiben.

Emma: Du willst jetzt wirklich losziehen und Beweisfotos machen?

Sie war ehrlich beeindruckt und hatte gleichzeitig ein schlechtes Gewissen.

Lukas: Ich will, dass du dich wohlfühlst. Zum Ausgleich kannst du mich ja auch mal irgendwo mit hinnehmen.

Emma: Mitnehmen?

Trotz heißer Badewanne bekam sie eine Gänsehaut.

Lukas: Klar. Schließlich passe ich in deine Hosentasche.

Meine Güte, das Handy meinte er natürlich. Wenn er wirklich in Berlin lebte, war alles andere schlecht möglich.

Emma: Abgemacht.

Lukas: Sehr schön. Ich bin nämlich schon unterwegs.

* * *

Frische Luft schlug ihm ins Gesicht, als er die Haustür öffnete. Schnell huschte sein Blick von links nach rechts, aber die wenigen Menschen schienen ihn nicht zu bemerken.

So weit, so gut.

Mit schnellen Schritten ging er durch den kleinen Park hinter dem Haus. Hohe Bäume umgaben die sattgrüne Wiese und rauschten im leichten Wind.

Als drei Mädchen ihm auf ihren bunten Fahrrädern entgegenkamen, senkte er den Blick und ging noch etwas schneller. Aber sie sahen ihn genauso wenig an wie die junge Frau mit ihrem grauen Pudel.

Das Herz klopfte ihm rasch gegen sein Brustbein und das kam nicht allein durch seine Geschwindigkeit.

Mühevoll konzentrierte er sich auf die hellen, hohen Mehrfamilienhäuser und machte einen Abstecher zur Tankstelle, um eine Zeitung zu besorgen.

Auch der Kassierer nahm nur Notiz von seinem Geldschein. Umso besser.

Als er weiter in Richtung Spandauer Damm marschierte, wurden die Häuser zu einem interessanten Mischmasch aus altem Stuck und neuen, bunten Fassaden, mit mächtigen Bäumen, die den Weg säumten. Schon blickte er auf den langen, rechten Flügel von Schloss Charlottenburg, dessen blasses Fassadengelb und rostiges Dachrot fast gänzlich hinter einer Reihe aus Bäumen verschwand.

Immer noch rechnete er damit, dass ihn gleich jemand von der Seite ansprang.

Um sich abzulenken, schrieb er eine Nachricht.

Lukas: Bin fast da.

Emma: Du weißt schon, dass du ein bisschen verrückt bist, oder?

Er musste lächeln.

Lukas: Hoffentlich auf eine gute Art und Weise.

Emma: Gibt's da einen Unterschied?

Lukas: Sicher. Es gibt *axtmörderverrückt* und es gibt *ich-versuche-zu-beweisen-dass-ich-keiner-bin-verrückt.*

Er stellte sich vor, wie sie lachte. Ihr Lachen kannte er nur zu gut aus den Videos. Es war offen und herzlich. Es wäre schön, sie wirklich zum Lachen zu bringen.

Endlich kam er vor dem Hauptteil des Schlosses an und blieb auf der Verkehrsinsel stehen. Wenn er eine Chance haben wollte, das ganze u-förmige Gebäude aufs Bild zu bekommen, dann ging das mit seinem Handy nur von hier aus.

Gegen eine Windböe kämpfend, faltete er die Zeitung auseinander, stellte sicher, dass man das Logo und das Datum in der Ecke erkennen konnte und versuchte zusätzlich, die grüne Kuppel von Schloss Charlottenburg einzufangen.

Die ersten vier Versuche verwackelten fürchterlich, aber der fünfte schien brauchbar zu sein.

Er schickte es gleich ab und die Antwort kam umgehend.

Emma: Du bist da wirklich hingelaufen?

Ja, schon ein wenig verwunderlich, dass er sich so viel Mühe machte.

Aber in so einer Situation wohl auch notwendig, oder?

Lukas: Fühlst du dich jetzt besser?

Emma: Irgendwie schon …

Lukas: Dann hat es sich gelohnt.

Schließlich wäre es absolut bedauerlich, wenn die Idee mit dem Päckchen nicht funktionierte, nur weil Emma ihn für einen Axtmörder hielt.

Es ging hier schließlich nur darum, der Spendenaktion zum Erfolg zu verhelfen und den Kindern die Bücherei zu erhalten … ja genau, das war der einzige Grund, weshalb er jetzt hier stand … mitten auf der Straße, unter freiem Himmel, den Wind im Gesicht.

Wem machte er eigentlich etwas vor?

Emma: Dankeschön.

Sein Herz machte einen Satz.

Er atmete einmal tief durch, spürte, wie der warme Sommerwind seine Lungen füllte und wusste, dass gerade etwas winzig Kleines, aber doch unglaublich Bemerkenswertes geschehen war.

Die Welt schien plötzlich nicht mehr ganz so weit und leer und gemein zu sein.

Wenn er Bastian davon erzählte, würde der ihn auf jeden Fall für völlig verrückt erklären.

Vielleicht nicht gerade *axtmörderverrückt*, aber definitiv *Menschenskind-du-bist-doch-nicht-mehr-zwölf-verrückt*.

Aber trotzdem war das Gefühl in seiner Mitte angenehm, es fühlte sich an wie die Haut nach einem langen Sonnenbad am Strand, warm und angenehm … aber von innen.

Aussehen

Emma war inzwischen aus der Wanne gestiegen, hatte die Wohlfühl-Jogginghose angezogen und war in ihr Lieblings-Einhorn-T-Shirt geschlüpft.

Jetzt suchte sie gerade nach einer passenden Abendlektüre von ihrem Stapel ungelesener Bücher. Allerdings fiel es ihr schwer, sich zu entscheiden, denn in Gedanken war sie immer noch bei dem Foto, das Lukas ihr geschickt hatte.

Sie konnte nicht fassen, dass er tatsächlich für sie losgezogen war, um Schloss Charlottenburg zu fotografieren, mit Berliner Zeitung und allem Drum und Dran.

Nur eine Sache hatte auf dem Bild definitiv gefehlt und das war *er*.

Merkwürdigerweise machte sie das nicht misstrauisch, sondern sie war enttäuscht.

Versuchte er, sich zu verstecken?

Sie entschloss sich, es einfach anzusprechen.

Emma: Wieso warst du eigentlich nicht auf dem Foto?

Das war doch eine legitime Frage.

Immerhin wollte man eben wissen, wie sein Gegenüber aussah. Und er hatte sie in ihren Videos schon ausgiebig betrachten können.

Lukas: Es war schon schwer genug, die Zeitung und das ganze Gebäude vernünftig auf das Bild zu bekommen.

Emma: Schade.

Lukas: Vielleicht bin ich auch schüchtern.

Lukas: Ist das schlimm?

Was bitteschön konnte sie auf so etwas antworten?

Oh, das ist sogar sehr schlimm, ich platze nämlich fast vor Neugier?

Sie seufzte und gab die einzige Antwort, die sie geben konnte.

Emma: Nein.

Lukas: Okay.

Nachdenklich kaute sie auf ihrer Unterlippe herum. Vielleicht war es Zeit für ein bisschen nackte Wahrheit.

Immerhin konnte er immer noch kneifen.

Emma: Aber ich bin trotzdem neugierig, wie du aussiehst.

Nicht, dass es wirklich wichtig war, *wie* er aussah. Aber sie wollte ein Gesicht zu seinem Namen haben.

Lukas: Wenn ich sage, dass ich aussehe wie eine Mischung aus Brad Pitt und Johnny Depp, würdest du mir dann glauben?

Emma: Nein.

Lukas: Und wenn ich sagen würde, dass ich 200 Kilo wiege und mir ein Auge fehlt?

Natürlich würde sie das auch nicht glauben. Offensichtlich wollte er sie veräppeln.

Konnte er nicht einfach sagen, dass er keine Lust hatte zu antworten?

Emma: …

Lukas: ?

Emma: Sorry, dass ich gefragt habe.

Und ja, sie war ein bisschen eingeschnappt. Aber das konnte man ja dummerweise zwischen den Zeilen nicht sehen.

Emma: Ich dachte nur … immerhin weißt du ja auch, wie ich aussehe …

Damit hatte sie doch einen Punkt, oder?

Emma: Und wenn dir die Frage unangenehm ist, kannst du das auch einfach sagen.

Diesmal kam keine Antwort.

Super, jetzt hatte sie ihn vergrault.

Emma starrte auf den Bildschirm und hätte sich ohrfeigen können.

War das nötig gewesen? Nein.

Lukas: Mir tut es leid. Allerdings ist die Sache nicht ganz so einfach …

Sie half ihm auf die Sprünge.

Emma: Du schämst dich für dein Aussehen?

Diesmal hätte sie sich am liebsten auf die Zunge gebissen oder vielmehr ihren Finger abgeschnitten … noch plumper konnte man sich wohl nicht ausdrücken.

Lukas: So ungefähr.

Oh weia. Und sie hatte mit ihrem blöden Spruch auch noch getroffen.

Emma: Mir ist egal, wie du aussiehst, wirklich. Es ist nur …

Sie seufzte, aber sie würde wohl nicht darum herumkommen, ihm die Wahrheit zu sagen. Gleiches Recht für alle, oder?

Emma: Becky, meine Freundin, hat sich eine Weile auf den einschlägigen Datingplattformen rumgetrieben … sagen wir, die wenigsten haben wirklich so ausgesehen, wie sie behauptet haben. Generell waren alle in ihrer Beschreibung größer und muskulöser als in der Realität …

Meine Güte, wie sollte sie nur die ganze Geschichte von Ulf in ein Chatfenster packen? Dafür würde sie Jahre brauchen.

Emma: Wie wäre es mit einem Hangout?

Keine Antwort. Natürlich.

Emma: Du brauchst deine Kamera nicht einzuschalten, aber dann kann ich dir die Sache mit Ulf erzählen, ohne mir die Finger wund zu tippen.

Lukas: …

Okay, also wahrscheinlich doch tippen, wo sollte sie bloß anfangen?

***

Sie wollte mit ihm sprechen.

Das war wohl verständlich, vor allem nach der scheinbar sehr merkwürdigen Geschichte mit diesem Ulf.

Aber er konnte sich ihr nicht zeigen, das würde alles verderben. Sie würde einen Anfall bekommen, in wildes Kreischen ausbrechen und nichts wäre mehr wie zuvor.

Aber, was wäre, wenn er ihr Angebot mit der ausgeschalteten Kamera einfach annahm?

Das war immerhin ihr Vorschlag gewesen. Er blieb unsichtbar und hatte dabei nichts zu verlieren.

Er fasste sich ein Herz.

Lukas: Okay.

Sofort folgte ein Link zum Hangout. Er klickte darauf, bevor er es sich anders überlegen konnte.

Das Bild wurde hell und dann sah er Emma auf dem Bildschirm. Sie trug ein Einhorn-T-Shirt, ihr Haar glänzte feucht wie dunkle Zartbitterschokolade und ihre Wangen waren leicht gerötet.

»Hi«, sagte sie in die Kamera.

Emmas Stimme klang samtweich und warmherzig. Sie war wunderhübsch, genau wie in den Videos.

Hatte er etwas anderes erwartet?

Nein. Aber sie wirkte echter … lebendiger, wenn sie so direkt in die Kamera sah und wirklich mit ihm sprach.

Ihre heute ungeschminkten, zartrosafarbenen Lippen formten ein kleines Lächeln. Die großen Augen waren freundlich und versuchten, seine zu finden, vergeblich. Schließlich blickte sie auf einen schwarzen Bildschirm.

Er würde gerne mit ihr sprechen, richtig mit ihr reden, von Angesicht zu Angesicht. Mit ihr im selben Zimmer sein, ihre Gegenwart spüren. Hören, wie sie atmete, und spüren, wie sich die Luft veränderte, wenn sie sich bewegte …

Aber das war nicht möglich.

* * *

»Hi«, kam seine Antwort.

Sie war völlig platt. Ihr Herz stolperte zwei Schläge vorwärts. Seine Stimme war dunkel und sympathisch, klang aber auch ein wenig blechern durch das Mikrophon.

»Hi«, sagte sie.

Hey, Emma, so weit waren wir schon.

»Hi«, wiederholte er sich ebenfalls. Diesmal erahnte sie ein Lächeln in der einen Silbe.

»Du wolltest mir eine Geschichte erzählen.«

Neckte er sie?

Das war schwer einzuschätzen. Vielleicht war es auch einfach nur eine sachliche Aufforderung.

Was ihr am meisten fehlte, war gar nicht sein Gesicht, es war seine Mimik und die Fähigkeit einzuschätzen, wie er meinte, was er gerade sagte.

Seltsam, wie sehr sie normalerweise darauf baute, in den Augen ihres Gegenübers lesen zu können.

Sie riss sich aus den müßigen Gedanken und konzentrierte sich wieder auf das, was sie eigentlich erzählen wollte.

* * *

Am liebsten hätte er jetzt in ihren Kopf geschaut, um zu sehen, was darin vorging. Wahrscheinlich versuchte sie, sich vorzustellen, wie er aussah.

Er hätte es ihr gezeigt, wenn das möglich gewesen wäre, ohne …

Zum Glück begann sie gerade, ihre Geschichte zu erzählen. Er lehnte sich in seinem Stuhl zurück und lauschte.

»Also, er hieß Ulf.« Sie strich sich ihre Haare nach hinten und legte damit den Spruch unter dem Einhorn auf ihrem T-Shirt vollends frei.

Auf dem Boden der Tatsachen liegt eindeutig zu wenig Glitzer.

Er lächelte, während Emma offensichtlich versuchte, ihre Gedanken zu sortieren.

»Es fing damit an, dass er behauptet hat, er hieße *Ronaldo*.« Sie verdrehte die Augen und malte Gänsefüßchen in die Luft.

Er grinste. Ein Ronaldo auf einer Datingplattform, diese Freundin musste ja sehr naiv gewesen sein … oder sehr verliebt.

»Ich weiß gar nicht, wie Becky auf die Idee gekommen ist, ihm zu glauben. Wer heißt schon wie ein Fußballspieler, ist mindestens genauso sexy und treibt sich auf einer Datingplattform herum?«

Danke.

»Auf jeden Fall hat er perfekt zu ihr gepasst. Er schien einfach immer genau zu wissen, was er sagen musste. Las am liebsten Shakespeare, hatte ein ganzes Zimmer voll mit Büchern, mochte das gleiche Lieblingsessen, war zwei Meter groß und muskelbepackt, das volle Programm eben.«

Und sie hatte ihre Freundin nicht gewarnt?

»Irgendwann hab ich Becky dann überredet, sich mit ihm zu treffen. Ich meine, ich musste diesen Mister Perfekt doch irgendwie in einen normalen Menschen verwandeln.«

Sehr einfühlsam und fürsorglich. Genau wie bei den Kindern. Das machte sie nur sympathischer.

»Bis heute kann ich nicht verstehen, wieso er hingekommen ist«, fuhr sie fort. »Oder, wieso er vorher nicht die Wahrheit gesagt hat … ich meine, hat er wirklich gedacht, man könnte die fast zweihundert Kilo reines Körperfett übersehen? Aber ich glaube, darüber hätte Becky liebend gerne hinweggesehen, wenn er beim Rest die Wahrheit gesagt hätte. In Wirklichkeit wusste er bloß, was er sagen musste, weil er unter einem Pseudonym ihre Facebook-Seite gestalkt hatte.«

Sie verschränkte die Arme und legte den Kopf zur Seite. »Jetzt denkst du bestimmt, dass er so schlimm nicht gewesen sein kann. Hat Becky zu dem Zeitpunkt auch noch vermutet, bis er ihr ein Buch geschenkt hat. Rate mal, wie es hieß.«

Aber sie schien gar nicht wirklich auf eine Antwort zu warten, sondern hielt nur die Luft an. Ganz offensichtlich, um Spannung zu erzeugen.

Er merkte, wie er sich tatsächlich nach vorne lehnte, um näher an das Gerät heranzukommen und bloß nichts zu verpassen.

Sichtbar

Ja, sie machte es absichtlich spannend, rückblickend war dieser Teil der Geschichte einfach zu gut. Doch schließlich konnte sie es nicht weiter hinauszögern. »Das Buch hieß *Don't Shake Beer* und er hat ernsthaft geglaubt, damit würde er sie rumkriegen.«

Schallendes Lachen tönte aus dem Lautsprecher ihres Handys.

»Was, ernsthaft?«, fragte Lukas. »*Bier nicht schütteln*? Von jemandem, der angeblich Shakespeare-Liebhaber ist?«

»Ja, so muss sie auch geguckt haben. Sie hat gleich den Freundinnen-Notruf getätigt und ich hab sie abgeholt. Vielleicht verstehst du jetzt, weshalb ich ein wenig skeptisch bin, wenn jemand zu gut ist, um wahr zu sein.«

»Ich bin also zu gut, um wahr zu sein?«

»Hey, du schickst mir Päckchen und behauptest, du willst mir helfen, da muss doch irgendetwas faul sein.«

Plötzlich wurde das Bild heller, erst bräunlich, verschwommen. Aber dann sah Emma, wie sich ein roter Pullover vom Bildschirm entfernte. Schließlich war ein

Oberkörper zu sehen, etwa vom Bauchnabel aufwärts bis zum Hals.

Lauter Ameisen kribbelten in Emmas Nacken herum und machten sich auf den Weg ihre Arme hinunter.

»Ist das Absicht, dass ich dich sehen kann?« Ihre Stimme kiekste ein wenig nach oben.

»Ich muss dir doch beweisen, dass ich kein Ulf bin.«

Tatsächlich war er schlank und groß, zumindest wirkte er so, sie erkannte den Ansatz eines Adamsapfels, also war er ziemlich sicher ein Mann. Keine *Olga*, also.

»Zufrieden?«, fragte er.

Nun ja, das konnte man nun wirklich nicht behaupten, schließlich sah sie bloß die Falten eines gemütlich wirkenden Kapuzenpullovers.

Aber sie wollte sich nicht beschweren. Das war immerhin wesentlich mehr als der schwarze Bildschirm von vor zwei Sekunden. Außerdem hatte sie gerade das Bücherregal im Hintergrund entdeckt. Die Ameisen auf ihren Armen beschleunigten ihren kitzelnden Marsch.

»Das kommt drauf an«, sagte sie mit einem schelmischen Grinsen.

»Und worauf?«

»Darauf, ob ich mir dein Bücherregal näher ansehen darf.«

»Meinst du, wir finden ein Buch über Bier darin?« Seine Stimmlage klang immer noch amüsiert.

Daran, wie sich sein Hals bewegte, konnte sie erkennen, dass er wahrscheinlich seinen Kopf nach hinten drehte, um zu sehen, was sie sah. Zu gerne hätte sie seine Mimik beobachtet. Aber irgendwie konnte sie seine Zurückhaltung auch gut verstehen. Sie erinnerte sich noch daran, wie es gewesen war, ihr allererstes Video ins Netz zu stellen.

Es hatte sich angefühlt wie … ein bisschen, als würde sie sich nackt ausziehen … beängstigend auf jeden Fall. *Hier bin ich, seht mich an und ich schenke euch mein Herz, bitte zerreißt es nicht in tausend Stücke.*

Ob er wirklich nur schüchtern war?

Oder hatte er etwas zu verbergen?

Eine Narbe?

Würde sie das stören?

Oder fand er sich nur selber hässlich?

Er klang nicht so.

Seine Stimme unterbrach ihre Gedankenflut.

»Okay, dann wollen wir doch mal sehen, was wir hier haben.« Der Bildschirm wackelte und fast wäre Emma seekrank geworden. Die Kamera schwenkte über den Boden und sie erhaschte einen kurzen Blick auf einen Kamin und etwas wuschelig Weiches mit goldbraunem Fell.

Eine Katze? Ein Hund? Oder nur eine weiche Decke?

Aber da war es auch schon wieder verschwunden und sie bekam einen tiefen Einblick in die Welten, die Lukas in den letzten Jahren besucht hatte. Da war ein ganzes Regalbrett voller Richard Taylor, offensichtlich war Lukas auch ein Fan.

Hervorragend.

Dann gab es alle wichtigen Klassiker aus der Fantasy- und Thriller-Welt und daneben einige Perlen, von denen sie noch nie etwas gehört hatte, die aber definitiv so klangen, als ob sie unbedingt einmal reinlesen müsste.

»Gefällt dir, was du siehst?«, klang seine Stimme aus dem Lautsprecher.

»Fantastisch.« Sie seufzte. »Besonders die aus dem letzten Regal sehen toll aus. Ich glaube, ich muss dringend in eine Buchhandlung gehen.«

»Wenn du willst, schreibe ich dir eine Liste. Ich muss dich aber warnen, die wird lang.«

Sie lachte. »Kein Problem, ich hab auch eine und ich wette, meine ist länger.«

Die Kamera wackelte wieder und wurde auf ihren ursprünglichen Platz zurückgestellt. Diesmal bekam sie nur eine zufällige Sicht auf eine ausgewaschene Jeans, bevor er sich setzte und das Kinnabwärtsbild erneut erschien.

Was würde sie gerade dafür geben, um der Kamera einen kleinen Schubs zu verpassen, damit sie nach hinten kippte und sein Geheimnis lüftete.

Andererseits, statt eines Blicks in sein Gesicht hatte er ihr gerade Einsicht in seine Seele gewährt. Und damit war sie fürs Erste zufrieden.

* * *

Er wartete die ganze Zeit darauf, dass sie ihn noch einmal nach seinem Aussehen fragte.

Aber das tat sie nicht.

Stattdessen diskutierten sie noch lange über Bücher: ungelesene, abgebrochene und gewünschte; schöne, scheußliche und einzigartige; lustige, traurige und Lieblingsbücher.

Es war so faszinierend, er konnte gar nicht genug davon bekommen. Außerdem konnte er sich nicht erinnern, wann er sich schon einmal so lange und ausführlich über Geschichten unterhalten hätte.

Er war richtig enttäuscht, als Emma anfing zu gähnen und sich verabschiedete, weil sie am nächsten Tag in die *Katakomben des Grauens* zurückmusste, um Papierstapel von einer Tischkante zur anderen zu schieben.

Aber eins wusste er jetzt schon, das war sicher nicht das letzte Mal gewesen, dass er mit ihr gesprochen hatte.

* * *

Emma zupfte etwas von dem luftigen Teig aus der Mitte ihres Milchbrötchens, während sie auf der Hintertreppe des großen, grauen Verlagsgebäudes saß.

Sie hatte ihr Handy neben die dicken, orange-gelben Dahlien im Blumenkübel vor sich gestellt und unterhielt sich mit Becky. So musste sie nicht die ganze Zeit daran denken, dass sie gleich zurück in den Keller durfte.

»Wie war es mit deinem Mister Grillanzünder?«, fragte sie ihre Freundin über das private Hangout.

»Der war nicht so heiß, wie ich gehofft hatte.« Sie pustete sich eine rote Locke aus der Stirn. »Leider nur ein laues Lüftchen.«

Emma kicherte leise und fand eine weiche Rosine, die sie genüsslich mit der Zunge zerdrückte.

»Und was hast du gestern Abend noch gemacht?«, fragte Becky.

»Gar nichts«, sagte Emma viel zu unschuldig.

»Das klingt aber nicht nach gar nichts. Hast du wieder mit deinem heimlichen Fan geflirtet?«

»Ich hab nicht geflirtet.« Höchstens ein ganz kleines Bisschen. »Wir haben uns nur über Bücher unterhalten.«

»Aha, über Bücher … natürlich. Ich glaub dir kein Wort, wahrscheinlich waren wieder irgendwelche Goldrand-BHs dabei.«

»Gar nicht wahr.«

Becky schüttelte tadelnd den Kopf. »Und was, wenn er sich doch als Ulf entpuppt?«

»Tut er nicht. Ich hab ihn doch schon gesehen.«

»Ach, tatsächlich? Und? Wie sieht er aus?«

»Na ja, … schlank zumindest.«

»Das hat doch rein gar nichts zu sagen. Ich meine, was sagt dir sein Gesicht?«

»Das hab ich nicht gesehen«, nuschelte Emma und gab eine kurze Zusammenfassung.

»Also, wenn du mich fragst, könnte er immer noch ein Ulf sein, nur eben ein ganz kleiner.«

»Hör schon auf, das glaub ich nicht.«

»Ich sag nur: geschütteltes Bier.«

»Und ich sag dir, ich hab sein Bücherregal gesehen. Außerdem, du vertraust doch auch immer deinem Bauch.«

»Oft genug falle ich damit auf die Nase. Siehe Mister Laues Lüftchen.« Sie nickte entschlossen und nahm einen Schluck aus ihrer übergroßen Kaffeetasse.

»Trotzdem versuchst du es immer wieder.«

»Weil ich nicht anders kann.«

»Eben, weil du auf deinen Bauch hörst. Und meiner sagt, dass Lukas in Ordnung ist.«

»Dein Bauch hat leicht reden, schließlich ist es dein Herz, was im Zweifelsfall gebrochen wird.«

»Bei dir doch auch.«

»Aber mein Herz ist das gewohnt. Außerdem nimmst du so etwas generell schwerer.«

Emma zupfte noch eine Ecke von ihrem Brötchen ab. »Meine Mutter hat immer gesagt, Kinder und junge Hunde muss man einfach in Ruhe lassen, dann kommen sie von ganz alleine. Das gilt bestimmt auch für mysteriöse Päckchen-Schicker. Irgendwann wird er sich schon trauen.«

»Wenn es dann nicht schon zu spät ist«, sagte Becky.

So ein Unsinn, Emma konnte sich ganz gut zusammenreißen und es war ja nicht so, als ob sie sich verknallt hätte, oder so …

Bestimmt nicht.

Freitag

Als sie am nächsten Morgen aufwachte, stand das Päckchen immer noch völlig unschuldig auf dem Wohnzimmertisch und wartete darauf, ausgepackt zu werden.

Jedes Mal, wenn sie daran vorbeilief, schien es zu rufen: *Öffne mich!*

Das machte Emma fast wahnsinnig.

Unter der Dusche, auf dem Weg zur Arbeit, zwischen Reihen aus Aktenschränken … sie konnte den ganzen Vormittag an nichts anderes denken. Und während sie wieder nach Hause radelte, hatte sie das Päckchen in Gedanken sicher schon zwei dutzend Mal geöffnet.

Morgen.

Morgen war es endlich so weit.

Warum hatte sie sich bloß den Samstag ausgesucht? Freitag wäre doch ein guter Tag gewesen. Freitags gleich nach der Arbeit. Oder, um genau zu sein: jetzt.

Wieder zu Hause, holte Emma ihre Häkelsachen heraus und arbeitete weiter an den Lesezeichen für die Verlosung. Dabei fiel ihr Blick immer wieder auf das braune Päckchen, als ob es sich ganz plötzlich von alleine öffnen könnte, um sein Geheimnis zu enthüllen.

Irgendwann hatte sie die Nase voll. Sie zog ihr Handy heraus.

Emma: Muss es unbedingt Samstag sein?

Dann machte sie sich daran, der neuen, platten Lesemaus Beine zu geben. Denn Lukas würde sicher nicht neben seinem Telefon hocken und nur darauf warten, dass … ihr Handy vibrierte.

Fast wäre ihr die Maus aus der Hand gefallen.

Lukas: Wieso? Kannst du es nicht mehr abwarten?

Sie grummelte vor sich hin, denn natürlich hatte er recht.

Emma: Ich frag ja nur. Immerhin hast du mir die Wahl gelassen und ich hätte schließlich jeden Tag nehmen können.

Lukas: Der Tag war ursprünglich egal. Aber jetzt, wo du dich einmal entschieden hast, wäre es schwierig, das wieder zu ändern. Es sei denn natürlich, du möchtest den Termin nach hinten verschieben, das ginge.

Sie schnaubte und wurde das Gefühl nicht los, dass ihm das Spaß machte.

Lukas: Außerdem, du hast doch schon das Ankündigungsvideo veröffentlicht.

Das stimmte und das Video hatte auch schon einige Aufrufe.

Sie hatte sogar einen wunderschönen Hater-Kommentar dazu bekommen. Ein CH beschimpfte sie, weil das ja angeblich ein Scam wäre, sie Richard Taylors Berühmtheit nur ausnutzte und das Geld für sich selbst behalten wollte. So eine bodenlose Frechheit.

Aber das war nicht ihr erster Hater und sicher auch nicht ihr letzter.

Die positive Resonanz überwog zum Glück.

Lukas: Und bis morgen wirst du es wohl gerade noch aushalten.

Ja, wahrscheinlich. Aber dann hieß es ja leider gleich wieder: sieben Tage warten.

Emma: Hat es eigentlich einen Sinn, dass ich die Päckchen nur im Wochenrhythmus öffnen darf?

Lukas: Sicher.

Oh ja, es machte ihm *jede Menge* Spaß.

Sie würde ihm nicht den Gefallen tun, noch einmal nachzufragen.

Stattdessen häkelte sie weiter an ihrer Maus.

Lukas: Sag mal, warum magst du Richard Taylor eigentlich so gerne?

Emma: Was ist das denn für eine Frage? Du bist doch selbst ein Fan.

Lukas: Irgendwie schon.

Emma: Was heißt denn *irgendwie*?

Lukas: Ich hab dich zuerst gefragt.

Emma musste nicht lange überlegen.

Emma: Na, weil er tolle Geschichten schreibt. Ich könnte einfach nur dahinschmelzen, wenn seine Charaktere umeinander schleichen und ich ganz genau weiß, dass sie sich am Ende doch bekommen.

Lukas: Oder auch nicht.

Emma: Ja, manchmal auch nicht. Aber die mit *Happy End* mag ich am liebsten.

Lukas: Deshalb magst du seine Geschichten, wegen des Happy Ends?

Emma: Auch.

Lukas: Und weshalb noch?

Emma fühlte, wie die Hitze in ihre Wangen stieg und wusste nicht genau, wie sie ihre Antworten formulieren sollte, ohne komplett bescheuert zu klingen.

Lukas: Schweigen? Aha, dann sind es die Sexszenen.

Hey!

Emma: Nein!

Lukas: Wieso nicht? Sind die nicht gut?

Emma: Nein. Doch. Ich meine, schon … aber er geht ja nie so richtig ins Detail.

Ach du meine Güte, das lief ja völlig in die falsche Richtung.

Sie strich verlegen mit der Hand durch ihren Zopf und wusste nicht, wie sie das wieder geradebiegen konnte.

Lukas: Sollte er das?

Emma: Nein. Ich meine, sie sind gut, so wie sie sind, aber ich meinte etwas anderes.

Aus unerfindlichen Gründen war ihr die Antwort ein bisschen peinlich.

Emma: Mir gefällt der erste Kuss.

Lukas: ?

Emma: Nenn mich altmodisch, aber für mich ist das immer das Highlight jeder Geschichte. Damit haben früher die Märchen aufgehört und für mich ist eine gute Liebesgeschichte genau dann zu Ende, wenn die beiden sich küssen und man eigentlich schon weiß, dass alles gut wird.

Keine Antwort. Was sollte man auch schon zu so einer Feststellung sagen?

Emma: Aber das ist noch nicht alles. Mir gefällt besonders, dass *er* ihr nicht einfach seine Lippen ins Gesicht klatscht, um mit seiner Zunge in ihrem Mund herumzuwühlen … oder so. Mir gefällt, dass er wartet.

Lukas: ?

Emma: Na, wenn der Auserwählte sich zu der Frau herüberbeugt, um sie zu küssen. Dann kommt er ihr immer ganz nah, seine Absicht ist absolut sonnenklar, aber dann … wartet er. Er geht nicht den ganzen Weg, sondern überlässt ihr die Entscheidung, ob sie möchte oder nicht. Er hat den Mut, macht den größten Schritt, aber lässt sie doch zu sich kommen. Und ich weiß, dass das wahrscheinlich super kitschig ist, aber ich finde das unheimlich romantisch.

Emma hielt die Luft an und wartete auf eine Antwort.

* * *

Er schluckte.

Wie oft hatte er diese Stellen gelesen und sich gefragt, ob er mit diesem Empfinden alleine war.

Eilig tippte er seine Antwort.

Lukas: Ich denke, das ist sogar beabsichtigt.

Emma: Wahrscheinlich. Mir gefällt es auf jeden Fall sehr.

Mir auch.

Aber das konnte er unmöglich aussprechen. Das käme sicher mehr als seltsam bei ihr an. Schließlich kannten sie sich gar nicht … nicht richtig zumindest.

Trotzdem hatte er sofort ein Bild im Kopf, ihre sacht geschwungenen Lippen und sanft geröteten Wangen, wie sie vor ihm stand, den Kopf hob und ihn aus ihren wundervollen, moosgrünen Augen ansah.

Sein Magen summte bei dem Gedanken.

Verrückt.

Ob das hier wirklich jemals mehr sein konnte als eine Internetfreundschaft?

Nicht, solange er sich versteckte.

Er schob diese Gedanken schnell zur Seite.

* * *

Unheimlich erleichtert atmete Emma durch. Er hielt sie nicht für heillos romantisch.

Sie verknotete die letzte Masche des linken Mausefußes.

Emma: Zu schade, dass er keine Interviews mehr gibt, dann könnten wir Taylor fragen, ob er das beabsichtigt hat.

Einen Echtzeitblick in den Kopf eines Schriftstellers, das wäre doch etwas. Aber das hatte es bei Richard Taylor lange nicht gegeben.

Emma: Ich wüsste wirklich gerne, warum er sich so zurückgezogen hat.

Lukas: Na ja, die Schlammschlacht, die seine Exfreundin in den Medien betrieben hat, sollte als Grund wohl reichen.

Sie suchte nach der richtigen Wolle für die Augen ihres Mauselesezeichens.

Emma: Vielleicht. Und ich könnte verstehen, wenn er sich ein paar Wochen zurückgezogen hätte. Aber mehr als ein Jahr ist schon ziemlich extrem. So langsam könnte er sich doch wieder aus seiner *Festung der Einsamkeit* heraustrauen, findest du nicht?

Lukas: Das würdest du dir wahrscheinlich auch zweimal überlegen, wenn du wüsstest, dass deine Ex immer noch Rachegedanken hegt und deine Fans dir an jeder Ecke auflauern.

Emma: Ich kann mir nicht vorstellen, dass es an seinen Fans liegt. Die lieben ihn doch.

Lukas: Schon. Aber vielleicht ein bisschen zu sehr. Und vielleicht geht es ja auch nur um einen ganz speziellen Fan.

Das klang, als wüsste er mehr.

Emma juckte es in den Fingern, sofort nachzuhaken. Sie schaffte es eine volle Minute, sich zurückzuhalten, aber dann konnte sie es doch nicht mehr aushalten. Außerdem war so eine kryptische Aussage ja wohl eine direkte Einladung zur Nachfrage.

Emma: Was meinst du?

Lukas: Na ja, stell dir vor, du lädst einen Fan zum Essen ein. Dann verlässt du kurz das Zimmer, um eine Flasche Wein zu holen und als du zurückkommst, findest du sie im Schlafzimmer, wie sie an deinen Unterhosen schnüffelt.

Sie schnappte nach Luft.

Emma: An den Unterhosen?

Das konnte nicht sein Ernst sein.

Emma: Wo hast du das denn gehört?

Lukas: Nirgendwo. War nur so eine fixe Idee.

Sicher. Emma glaubte ihm kein Wort. Das war viel zu speziell, um einfach so aus der Luft gegriffen zu sein. Irgendwo hatte er diese Geschichte gehört und offensichtlich fand er sie glaubwürdig genug, um sie zu wiederholen. Wenn sie nur wüsste, wie Lukas mit Richard Taylor in Verbindung stand … oder vielleicht war er ja selber von der Presse.

Lukas: Hast du eigentlich schon eins der Bücher von meiner Liste angefangen?

Und jetzt wollte er das Thema wechseln?

Also war doch etwas an der Sache dran. Aber was?

Wenn er tatsächlich einen Insider kannte, dann würde er das ganz sicher nicht zugeben und sie wollte ihn auch nicht zu irgendetwas drängen. Aber ihre Neugier brachte sie fast um.

Deshalb kostete es sie ihre ganze Willenskraft, ihn nicht weiter zu löchern. Nein, sie blieb tapfer und erzählte ihm stattdessen von ihrem Lesestapel, der durch ihn beachtlich angewachsen war.

***

Er wartete auf ihre unvermeidliche Rückfrage, aber die kam nicht.

Sollte sie sich tatsächlich zusammengerissen haben?

Dann gab sie sich wirklich Mühe.

Eine Welle aus spiegelnd blanker Erleichterung spülte durch ihn hindurch. Wieso hatte er überhaupt mit Richard Taylors Vergangenheit angefangen? Schlimm genug, wenn Teile davon immer noch gelegentlich in irgendeiner Klatschkolumne auftauchten, weil gewisse Leute einfach keine Ruhe geben konnten.

Sie unterhielten sich noch über eine Stunde, bevor Emma sich schließlich verabschiedete.

Emma: Bis morgen.

Lukas: Wir sehen uns.

Spätestens in dem Video, das sie produzieren würde.

Emma: Ich bin schon gespannt wie ein Flitzebogen.

Er lächelte.

Und ich erst.

Aber er antwortete nicht mehr, sondern legte das Handy zur Seite und fragte sich, ob dieses gespannte Kribbeln wirklich nur daran lag, weil sie morgen sein Päckchen öffnen würde.

Ausgepackt

Es ist so weit, flüsterte eine aufgeregte Stimme in Emmas Kopf.

Die Stunde der Wahrheit war gekommen.

Sie saß auf dem Boden vor ihrem Sofa. Die Kamera stand vor ihr, das Licht war ausgezeichnet und Emma schob das braune Paket zurecht. Jetzt musste sie nur noch die Aufnahmetaste drücken, dann konnte es losgehen.

Sie hatte eine Gänsehaut.

Und das kam nicht nur, weil sie gespannt auf den Inhalt der in Samt eingeschlagenen Päckchen war, sondern vor allem, weil so viel auf dem Spiel stand.

Wenn sie es richtig anstellte und genug Leute erreichte, hatte die Kinderbücherei *vielleicht* eine Chance.

Wie fing sie die Sache am besten an?

Eigentlich gemein, dass sie alleine hier saß. Lukas wäre sicher gerne dabei. Ihr ginge es so, wenn sie das Päckchen verschickt hätte.

Vielleicht hatte er das nicht ganz verdient, schließlich durfte sie *ihn* ja nicht sehen, aber immerhin war das Ganze seine Idee. Und ein Hangout wäre schnell geschaltet …

wenn er Zeit hatte. Außerdem könnte sie das Resultat später einfach hochladen.

Da machte es *Klick*. Live! Natürlich. Sie konnte direkt live für alle vor der Kamera auspacken. Das wäre doch viel besser als eine öde Aufzeichnung.

Okay, sie hatte das nicht angekündigt, deshalb würde diesmal niemand zusehen, aber das nahm ihr erstens den Druck und zweitens könnte sie das ja für die Zukunft anders gestalten.

Mit jeder Sekunde gefiel ihr die Idee besser.

Die maximale Spannung für alle.

Kurzentschlossen schickte sie Lukas eine Nachricht, und weil sie schon einmal dabei war, Becky gleich auch. Ein bisschen Unterstützung war immer gut. Und damit sie es sich nicht selber ausreden konnte, schaltete sie anschließend ihre Aufnahme direkt online.

»Hi, Ihr Lieben.« Ihr Herz klopfte aufgeregt gegen ihre Rippen und sie winkte in die Kamera. Aber natürlich war niemand da. Deshalb beruhigte sich das Kribbeln in ihrem Bauch ein wenig und sie tat, als würde sie sich wie bei einer gewöhnlichen Aufzeichnung mit ihrer Kamera unterhalten, stellte sich vor, Becky säße in dem kleinen Kasten und sähe ihr zu.

Sie fasste noch einmal alles zusammen, was sie schon im Ankündigungs-Video erklärt hatte, dann kippte sie den Karton ein Stück nach vorne, um der Kasten-Becky einen Blick auf die kleinen Samtpäckchen zu gewähren.

»Ein Richard-Taylor-Fanpaket mit lauter kleinen Geschenken. Und eins davon könnte dir gehören.« Der erste Besucher wurde angezeigt und Emma hätte wetten können, dass es sich um Becky handelte.

Oder Lukas?

Doch sie ließ sich nicht ablenken, sondern sprach ungerührt weiter. »Jede Woche werde ich genau eine dieser geheimnisvollen Kleinigkeiten auspacken und auf meinem Kanal präsentieren. Gewinnen kann jeder, der eine Spende zur Rettung der Kinderbücherei gemacht hat, lass einfach einen Kommentar hier und du springst automatisch in den Los-Topf. Sobald ein Päckchen geöffnet ist, wird eine neue Spenden-Runde gestartet. Solange du Büchern, Wohlfühlabenden oder Richard Taylor etwas abgewinnen kannst, bist du hier genau richtig … hab ich mir zumindest sagen lassen.« Sie grinste extra breit in die Kamera, denn der nächste Zuschauer schaltete sich dazu und diesmal schrieb Becky etwas in den Chat.

War sie nicht der erste Zuschauer gewesen?

Doch Lukas?

Emmas Herz schlug einen kleinen Salto.

Becky: Super coole Idee. Ich bin sofort dabei. Wo ist der Klingelsound? Gerade ist etwas in deine Spendenbüchse gefallen.

»Danke, Becky, aber du hast doch schon einmal gespendet. Damit bist du sowieso schon in dieser Runde dabei.«

Sie beugte sich über den Karton und zog die Nummer 1 heraus. Das Mini-Päckchen war quadratisch, dick und garantiert ein Buch.

Ihr Herz hüpfte. Welches konnte es nur sein?

Eins von Richard Taylor natürlich, sonst hätte Lukas sein Geschenk wohl nicht als Fanpaket beschrieben, dem Gewicht nach zu urteilen war es wahrscheinlich eins der Älteren, vielleicht sein Erstes? Ob eine Signatur drin war?

Ihr Puls beschleunigte sich.

»Okay, dann wollen wir mal nachsehen, was unser heutiger Gewinner bald sein Eigen nennen darf. Stellt euch vor, dass ich an dieser Stelle einen Trommelwirbel einspiele.«

Sie lächelte. Ihre Finger glitten über das seidige Papier und ihr Herzschlag wurde noch einmal schneller.

Sie fand das Klebeband und traute sich fast nicht, es aufzureißen, und dabei das hübsche Papier zu beschädigen. Vorsichtig schob sie den Finger unter das Band und öffnete die erste Lasche, dann die zweite, drehte das Päckchen auf den Rücken und schob das Papier langsam zur Seite. Darunter erkannte sie einen Streifen knalliges Rot.

Gehörte das auch noch zur Verpackung?

Sie schlug das Einschlagpapier ganz zur Seite und fand einen schwarzen Klappentext auf feuerrotem Grund neben einer Klatschmohnblüte. Sie quietschte, machte einen kleinen Hüpfer und hielt sich die Finger vor den Mund. Sofort spürte sie Hitze in ihre Wangen schießen. »Das glaubt ihr nicht, das ist die allerneuste Veröffentlichung von Taylor, die noch gar nicht in den Läden zu haben ist. Meine Güte, ich kann's gar nicht glauben. Ladys and Gentlemen, da kann sich jemand wirklich glücklich schätzen.« Allerdings war da ein kleiner, unangenehmer Pikser, der sich direkt in ihr Zwerchfell bohrte. Jetzt war sie schon zum zweiten Mal an diesem Buch vorbeigeschlittert. Einmal das Exemplar von Becky, dann dieses hier und beide durfte sie nicht lesen. Sie strich mit ihren Fingern über die Schutzhülle des Hardcovers und öffnete die erste Seite, um wenigstens ein winzig kleines Lesegefühl zu bekommen.

Da stand etwas in schnellen Kugelschreiberstrichen. Emma hielt die Luft an.

Für Emma,
viel Glück mit deiner Spendenaktion
Richard Taylor.

Ihr blieb die Luft weg.

Sie konnte es nicht glauben. Da stand wirklich ihr Name. Nicht nur das, offensichtlich wusste Richard Taylor sogar, was sie vorhatte und …

Das war einfach unglaublich, unfassbar, phänomenal!

Wie hatte Lukas das nur hinbekommen?

Sie blinzelte, als sie bemerkte, dass sie die ganze Zeit geschwiegen hatte und blickte wieder in die Kamera. Sie wollte gerade ansetzen zu sprechen, da fiel ihr auf, dass sie das Buch so unmöglich verschenken konnte, schließlich stand ihr Name drin.

Hatte sie sich auch nicht vertan?

Sie sah noch einmal nach, da entdeckte sie einen kleinen Zettel, der mit deutlicheren Druckbuchstaben beschrieben war und halb verloren auf der Innenseite der Schutzhülle klebte.

Ich sorge für das Versenden einer Kopie mit namentlicher Widmung, sobald der Gewinner feststeht.

Emmas Herz machte einen doppelten Salto.

Sie konnte das Buch, das sie in den Händen hielt, tatsächlich behalten?

Die noch nicht veröffentlichte Neuerscheinung von Richard Taylors neuem Buch und dann auch noch mit persönlicher Widmung?

Das war einfach nur *phänomenastisch*!

Da klopfte es an der Wand.

Emma zuckte und sie bemerkte, dass sie die letzten zwei Minuten selig grinsend dagesessen und auf die erste Seite des Buches gestarrt hatte. »Sorry, ihr Lieben, ich war ein bisschen weggetreten …« Sie lächelte verlegen und berichtete kurz, was sie im Buch gefunden hatte. Aus dem Augenwinkel sah sie dabei, dass sie mittlerweile sogar fünf Zuschauer hatte, die ganz aufgeregt in den Chat posteten.

Nachdem Emma die Fragen beantwortet hatte, zog sie den leeren Obstkorb unter ihrem Wohnzimmertisch heraus, in den sie die Namen der bisherigen Spender gesteckt hatte. Sie wühlte die kleinen, weißen Zettelchen gut durch, es waren immerhin sechs geworden und verkündete, dass Kathy die glückliche Gewinnerin war.

Das freudige Quietschen, das nur aus ein paar großen *I* im Chatfenster bestand, spürte Emma quasi durch die Internetverbindung vibrieren.

Und sie konnte es nur allzu gut nachvollziehen. Denn sie wusste, was für ein großer Fan Kathy war. Emma freute sich tierisch.

Nicht nur für Kathy und über ihren eigenen kleinen *Schatz*, sondern vor allem auch darüber, dass sie die Verlosung live geschaltet hatte. Ja, Emma war rundherum glücklich.

Das war viel schöner als bei einer Aufzeichnung. So konnte sie die Freude ihrer Gewinner in Echtzeit miterleben und ihr Glück richtig fühlen.

Sie erklärte noch, dass auch die nächste Verlosung live sein würde und setzte eine Uhrzeit fest. Dann bedankte sie sich bei allen fürs Zuschauen, natürlich ganz besonders bei ihrem Päckchen-Sponsor, und verabschiedete sich für heute aus dem Livestream.

Als sie den Knopf zum Ausschalten drückte, prickelte das Blut durch ihre Adern wie Champagner und brachte ihre Wangen zum Glühen. Mit einem breiten Grinsen saß sie vor dem Päckchen und hielt das schwere, rote Buch in ihren Händen.

Sie konnte es immer noch nicht fassen, dass es nun wirklich ihr gehörte und drückte es an ihre Brust.

Mit persönlicher Widmung.

Und Richard Taylor unterstützte ihr Vorhaben.

Das war einfach unfassbar und unglaublich schön und musste ganz dringend gebührend gefeiert werden.

Lesevergnügen

Oh ja. Heute wurde eindeutig ein Lesetag.

Wie gut, dass Emma den Samstag gewählt hatte, um das Päckchen zu öffnen. Gestern wäre sie garantiert zu müde gewesen, aber heute gab es nichts, was sie davon abhalten konnte, an ihrem absoluten Lieblingsleseort in die romantischen Gefilde von Richard Taylors Liebesroman einzutauchen.

Sie schmierte sich ein Sandwich mit Frischkäse und Paprika, packte es samt einer großen Flasche Zitronen-Sprudelwasser in den Rucksack und schwang sich auf ihr Fahrrad.

Das Gewicht des Buches auf ihrem Rücken erinnerte sie den ganzen Weg daran, was sie gleich erwartete. Stunden voller herzerwärmender, sonnig-schöner Entspannung.

Sie fuhr die Reuterstraße hinunter, zuerst an den wunderhübschen, bunten, mit weißem Stuck verzierten Fassaden vorbei. Bald wurden die abgelöst vom Pappmascheegraubraun eintöniger Plattenbauten und schließlich von flachen Mehrfamilienhäusern, deren

Fronten wie bunte Farbtupfer in den unterschiedlichsten Farben leuchteten: pastellpfefferminzgrün, vanillepuddinggelb, sahnecremeerdbeerrosa.

Sie hielt auf den blauen Fensterturm des Hotels am World Conference Center zu und als sie schließlich nach rechts auf den Heimkehrerweg am Rhein entlang einbog, startete sie kurzentschlossen ein Hangout mit Lukas.

»Wie hast du das nur geschafft?«, fragte sie, sobald die Verbindung stand. Von Häusern war nicht mehr viel zu sehen. Riesige Bäume huschten an ihr vorbei und zu ihrer Linken rauschten dahinter die grauen Fluten des Flusses dahin, in Richtung Meer.

»Beziehungen«, sagte er. Sie konnte trotz der Kopfhörer das Grinsen in seiner Stimme hören, spürte den Wind in ihrem Haar und die Sonne im Gesicht.

Emma schüttelte lachend den Kopf. »Das ist einfach genial. Ich hab mich monstermäßig gefreut.« Sie fuhr unter der Autobahn hindurch, bog bald nach rechts ab, über die schmale Brücke und dann war sie auch schon fast da. Emma grinste vor sich hin.

»Ich hab's gesehen«, kam seine Stimme aus den Kopfhörern.

Ihr Herz übersprang den nächsten Schlag. »Du hast das Video live gesehen?«

»Sicher.«

Also hatte sie doch recht gehabt. Er war der erste Zuschauer gewesen.

Sie kam zum Stehen und schob die letzten Meter durch die Bäume hindurch ans Ufer. Vor ihr erstreckte sich das dunkle Wasser des Auensees und spiegelte glitzernd den Sonnenschein. Sie lehnte ihr Fahrrad gegen einen Stamm.

»Warum bist du eigentlich schwarz?«, fragte er.

»Weil du in meiner Hosentasche steckst.«

»Ach ja? In welcher.«

»Das willst du gar nicht so genau wissen«, sagte sie. Emma war von Herzen gut gelaunt.

»Denkst du«, feixte er.

Sie bekam das Grinsen einfach nicht aus ihrem Gesicht, zog die rot-orange karierte Decke aus dem Rucksack und breitete sie dicht am Ufer aus.

»Die Gesäßtasche also. Und warum betrachte ich gerade deinen Allerwertesten, wenn ich fragen darf?«

Emma schnaubte. »Also wirklich … Wir machen natürlich einen kleinen Ausflug.«

»Aha, und wo geht's hin?«

»Wir sind schon da. An meinem Lieblingsleseort, mitten in den Rheinauen.«

»Ah, heute wird also gelesen.«

»Natürlich. Als ob es eine Alternative gäbe.«

Sie zog das Handy aus der Hosentasche und winkte dem braunen Pullover kurz zu. Dann drehte sie sich einmal um sich selbst, um ihm die volle Schönheit ihres Lieblingsplatzes zu zeigen.

»Du hattest dir doch gewünscht, dass ich dich einmal mitnehme. Also, bitte sehr.«

Ein moosbewachsenes Ufer und wurzeliger Untergrund. Saftig grüne Blätter malten hüpfende Schatten auf die winzigen, glitzernden Wellen des Sees. Es war einfach herrlich. Am liebsten hätte sie ihm auch noch den erdig, harzigen Geruch geschickt und die leichte Brise, die golden und warm über ihre Haut strich und eine leichte Gänsehaut verursachte.

»Und? Gefällt's dir?«, fragte sie.

»Sieht sehr einladend aus.«

»In der Realität ist es sogar noch besser.«

Das war ein Wink mit dem Zaunpfahl, denn ein Teil von ihr wünschte sich, dass er es sich wirklich ansehen würde.

Jetzt war die ultimative Gelegenheit für ihn zu sagen: *Okay, ich komme vorbei.*

Ihr Herz klopfte bei dem Gedanken, dass er gerade neben ihr säße, mit einem eigenen Buch in der Hand, und einem Lächeln auf den Lippen … wie auch immer das aussah.

Aber er ging nicht darauf ein, vielleicht hätte sie deutlicher werden müssen.

»Ich hab mich übrigens sehr über die Einladung eben zum Live-Hangout gefreut«, sagte er. »Danke, dass ich dir beim Auspacken zusehen durfte.«

»Gern. War doch selbstverständlich. Schließlich war es dein Geschenk und umgekehrt wäre ich wahrscheinlich vor Neugier geplatzt.«

»Das kann ich mir vorstellen.«

»Hey, warst du nicht neugierig?«

»Doch, sehr.«

»Na siehst du.« Sie lehnte das Handy gegen eine Wurzel, um es nicht die ganze Zeit festhalten zu müssen. Daneben stellte sie die Wasserflasche, holte das kleine Kissen aus ihrem Rucksack und zum Schluss ihren neuen, feuerroten Schatz, den sie zur Sicherheit in eine durchsichtige Plastiktüte eingeschlagen hatte, aus der sie ihn nun befreite.

»Sieht ziemlich gemütlich aus«, stellte Lukas fest.

»Natürlich, so eine einmalige Gelegenheit muss zelebriert werden.«

»Schön, dass ich deinen Geschmack getroffen habe.«

Na ja, das war wohl nicht allzu schwer. Trotzdem. »Das kannst du aber so was von laut sagen.« Sie streichelte demonstrativ und sehr zärtlich über den Einband. »Am liebsten würde ich gleich den Rest auch auspacken, nur, um zu sehen, was du dir sonst alles ausgedacht hast.« Sie schlug das Buch auf und überflog mit einem Kribbeln im Bauch ein weiteres Mal die Widmung. Oh, wie sie sich darauf freute, endlich loszulesen.

»Kannst du gerne machen, allerdings …«

»Ja, ja«, unterbrach sie ihn. »Dann funktioniert die Supersonderüberraschung nicht mehr. Ich weiß, ich weiß. Wann gibt es die eigentlich?«

»Es dauert nicht mehr lange.«

Sie seufzte. »Na gut, ich werde mich zusammenreißen.« Was einfach war, schließlich hielt sie eine ganz neue Welt in den Händen.

Sie schlug den Buchdeckel zu und betrachtete die glänzenden, goldgelben Buchstaben auf dem Cover. Es war wirklich unglaublich, dass er das hinbekommen hatte …

»Sag mal, kennst du Richard Taylor eigentlich?«

Das würde einiges erklären.

Sie sah, wie er ein wenig unruhig auf seinem Stuhl herumrutschte. Volltreffer?

»Vielleicht …«, sagte er.

»Vielleicht?« Emma bekam große Augen. »Wie kann man jemanden denn *vielleicht* kennen?«

»Na ja, ich hab noch nie so richtig mit ihm gesprochen … aber ich kenne einige Leute, die mit ihm per Du sind.«

War ihm das Thema unangenehm? »Ist doch kein Problem. Ich dachte nur, dass du mit ihm geredet hättest, weil er sogar von meiner Spendenaktion weiß und das in die Widmung geschrieben hat. Dann hätte ich dich jetzt nämlich ausgequetscht, wie er so ist.«

»Da gibt's nicht viel zu erzählen.« Er zuckte mit den Schultern. »Er hat davon erfahren, dass die Kinderbücherei Hilfe braucht und weil er selber früher viel in Bibliotheken gelesen hat, wollte er das unterstützen.«

So ganz zufriedenstellend fand sie die Antwort nicht, aber trotzdem war das mal wieder typisch Taylor. Er war eben ihr Held.

Emma seufzte und ließ sich auf das Kissen fallen. Was für ein unglaublich toller Mann, auch noch großzügig und einfühlsam und trotz des Pressedebakels offen für solche Kleinigkeiten. Herzerwärmend.

Sie würde ihn nur zu gerne irgendwann mal selber treffen. Also nicht so wie bei einer Signierstunde, auf einer Buchmesse, sondern richtig. Das wäre toll.

»Du schmachtest ja ganz schön«, stellte Lukas fest.

Sie drehte den Kopf und sah den Pullover an. »Das überrascht dich?«

»Nicht wirklich …« Wieder setzte er sich auf seinem Stuhl zurecht. »Was findest du eigentlich an ihm?«

»An Richard Taylor?«

»An wem sonst?«

»Hmmm« Sie blickte zwischen den Baumwipfeln hindurch auf das klare Glasblau des Himmels.

»Na, er ist freundlich und klug, fantasievoll und warmherzig, stilvoll und …«

Sexy hatte sie sagen wollen, aber das war hier wohl unangemessen. Sie spürte, wie ihr das Blut in die Wangen schoss, setzte sich schnell auf und schlang die Arme um die Knie.

Eine Weile herrschte Schweigen.

Er saß da wie festgefroren. Für einen Augenblick hätte sie schwören können, dass die Verbindung abgebrochen war, aber wenn sie ganz genau hinsah, konnte sie erkennen, wie sich der Oberkörper unter seiner Atmung leicht hob und senkte. Sie hatte doch nur seine Frage beantwortet. Hatte sie etwas Falsches gesagt?

»Bist du noch da?«, fragte sie.

Er hob seine Hand und sie stellte sich vor, wie er sich damit durchs Haar strich. Welche Farbe es wohl hatte.

»Aber du kennst ihn doch gar nicht«, sagte er kühl.

War er eifersüchtig?

Emma spürte ein leises Summen am Rande ihrer Wahrnehmung. Würde ihr das gefallen?

»Ich hab ihn schon einmal getroffen«, sagte sie. Das war auf einer Buchmesse, als er ihr das Lippenstift-Autogramm gegeben hatte. Er war wirklich nett gewesen, auch wenn sie sich keine zwei Minuten mit ihm unterhalten hatte und kaum ein Ton über ihre Lippen gekommen war. Sie musste trotzdem lächeln.

»Bei einer Lesung oder einer Signierstunde? Vielleicht hat er ja nur nett getan, weil er wusste, dass er beobachtet wird. Woher willst du wissen, was hinter seiner öffentlichen Maske steckt?«

»Ich glaube nicht, dass er nur so tut als ob ...« Nachdenklich starrte sie auf den See und beobachtete, wie eine Ente auf dem Wasser landete und sich spiegelnde Glitzerwellen in weiten Kreisen ausbreiteten.

»Aber du weißt doch gar nicht, was in seinem Kopf vorgeht.«

Sie lächelte. »Wohl. Ich hab Dutzende von Interviews mit ihm gesehen und vor allem kenne ich seine Geschichten. Natürlich sind das nur abstrakte Fantasien. Aber irgendwo dahinter, zwischen den Zeilen, da vibriert immer die Seele des Autors, schwingt mit den Buchstaben mit und bringt die Ideen hinter den Texten zum Leuchten.« Das klang wahrscheinlich ultra kitschig.

»Bist du auch Schriftstellerin?«, fragte er.

Emma lachte verlegen, denn sie konnte das Grinsen zwischen den Silben funkeln spüren. »Ganz sicher nicht.«

»Trotzdem, ich glaube, du hast unrecht. Nur, weil du seine Interviews gesehen hast und seine Geschichten kennst, weißt du immer noch nicht, was für ein Mensch hinter all diesen Worten steckt. Ich meine, hat er Freunde? Ist er nett zu ihnen? Vielleicht ist er ständig wütend oder ein völliger Einsiedler. Oder vielleicht ist er exzentrisch oder arrogant oder ... einsam.«

Wieso die heftige Reaktion? Nachdenklich drehte sie den Kopf zum Telefon. »Ich kann mir beim besten Willen nicht vorstellen, dass Richard Taylor einsam ist. Der hat doch so viele Fans. Deshalb wäre es auch bestimmt irgendjemandem aufgefallen, wenn er eine besondere Macke hätte. Und mindestens einen Freund hat er auch, seinen Agenten ... wie hieß der noch gleich?« Es wollte ihr gerade nicht einfallen. »Auf jeden Fall kann er so schlimm gar nicht sein.«

»Er hat *behauptet*, dass er mit seinem Agenten befreundet wäre. Aber wer weiß, ob das auch stimmt.«

»Also, wenn das alles nur ein riesengroßes Theaterstück ist, dann hat er sich auf jeden Fall eine Menge Mühe damit gegeben. Ganz ehrlich? Das kann ich mir nicht vorstellen. Außerdem, ich dachte, du bist auch ein Fan.«

Sie sah, wie sich sein Brustkorb unter einem tiefen Atemzug hob und senkte.

»Du hast recht … Ich finde es nur generell sehr seltsam, wie schnell aus ganz normalen Menschen überirdische Gottheiten werden, die sich alles erlauben können, einfach nur, weil ihr Gesicht irgendwann mal auf dem Cover einer großen Zeitschrift zu sehen war.«

Wieso klang er dabei so bitter?

Kannte er Richard Taylor wirklich und hatte sich mit ihm gezofft?

»Das klingt, als hättest du etwas Bestimmtes im Kopf.«

Er winkte ab.

Irgendwie sah das lustig aus.

Sie wünschte sich, dass er vernünftig mit ihr reden würde … von Angesicht zu Angesicht.

Und schon wieder die Frage, was ihn davon abhielt.

Sie seufzte. »Mir ist schon klar, dass er wahrscheinlich nicht ganz so perfekt ist, wie er rüberkommt … aber ich finde, er hat definitiv eine Chance verdient.«

Lukas lehnte sich in seinem Stuhl zurück und ein winziges Stück seines Kinns rutschte ins Bild.

Emma legte sich wieder auf das Kissen, um näher am Bildschirm zu sein, aber davon wurde auch nicht mehr von ihm sichtbar.

Sinnlos.

»Auf jeden Fall werde ich jetzt seine Geschichte lesen.« Sie nickte entschlossen und lächelte, um die Stimmung ein bisschen aufzulockern.

Er verschränkte die Arme.

»Ich hoffe, sie gefällt dir.«

»Oh, das wird sie bestimmt. Und selbst wenn nicht, hatte ich auf jeden Fall einen tollen Tag im Freien.«

An der Neigung des Kinns konnte sie erkennen, dass er den Kopf zur Seite legte. »Es sieht wirklich hübsch bei dir aus.«

Sie ließ den Blick erneut über das dunkle Wasser des Sees gleiten. »Finde ich auch.«

Unheimlich schön.

»Wenn du willst, kann ich dir auch meinen Park zeigen …« Klang das zögerlich?

Das wäre immerhin ein Anfang. »Klar, zeig her«, sagte Emma.

»Ich muss erst hingehen.«

»Keine Panik, ich bin fürs Erste beschäftigt. Ruf einfach an, wenn du da bist.« Sie rollte sich auf den Rücken, zog das Buch auf ihren Bauch und schlug ehrfürchtig die erste Seite auf.

»Du willst warten?«, fragte er.

»Klar«, sagte sie über die Schulter. »Du hast doch auch in meiner Hosentasche gesteckt.«

»Okay?« Immer noch unsicher.

Sie winkte lachend. »Bis gleich.« Damit legte sie auf, lehnte sie sich zurück und begann zu lesen.

Erinnerungen

Er lehnte sich in seinem Sessel zurück und war in Gedanken bei Emma, die jetzt auf ihrer rot und gelb karierten Decke lag und bereits in Richard Taylors handsignierte Neuveröffentlichung vertieft war.

In seiner Fantasie kam sie gerade auf Seite drei an und kicherte in sich hinein. Sofort wurde ihm ganz warm in der Brust. Denn *er* hatte ihr das geschenkt.

Mit einem tiefen Seufzen blickte er zum Fenster. Der Park war wirklich nicht weit und früher hatte er gerne an der frischen Luft gearbeitet.

Früher …

Das fühlte sich an, als wäre es Ewigkeiten her.

Sein *Ausflug* mit Emma kam ihm wieder in den Sinn: Ein kurzer Fußmarsch zum Schloss Charlottenburg und das winzige Gefühl von Freiheit, das ihn dort überkommen hatte.

Das hatte Emma ihm geschenkt.

Er trat an die Fensterbank und sah nach draußen. Sonnenstrahlen fielen durch die Baumkronen auf das frische Grün der Wiese.

Das Wetter war atemberaubend, ein leichter Wind rauschte durch die Blätter und versprach einen ruhigen Spaziergang.

Bastian versuchte schon so lange, ihn dazu zu bewegen, wieder mehr nach draußen zu gehen.

Außerdem hatte er es Emma versprochen.

Er atmete einmal tief durch, griff nach seinem Laptop und machte sich auf den Weg zur Tür.

***

Ihr Handy summte und Emma schreckte hoch. Sie war so sehr in die neue Geschichte vertieft, dass sie sich nun mit einem verwirrten Blinzeln umsah. Nur langsam erinnerte sie sich daran, dass Lukas ihr ja seinen Park zeigen wollte.

Sie nahm die Unterhaltung an und hatte diesmal eine Seitenansicht.

Lukas saß auf einer Parkbank und hatte die Kamera scheinbar neben sich gestellt. Sie sah seine Jeans, den braunen Pullover und einen Laptop auf seinem Schoß. Im Hintergrund erstreckte sich eine kleine Wiese unter einem dichten, grünen Blätterdach und darauf jagte ein Golden Retriever hin und her, der mit einem Ball spielte.

»Hübscher Park«, sagte sie.

»Danke schön. Leider gibt es hier keinen See, aber es ist schattig und vor allem ruhig. Sehr angenehm zum Arbeiten.« Er zog seinen Laptop zurecht und justierte den Bildschirm. Währenddessen machte der Retriever im Hintergrund einen gigantischen Satz und verschwand hinter einem Baum.

»Ist das dein Hund?«, fragte Emma.

»Nein. Wie kommst du darauf?«

Sie zuckte mit den Schultern. »Ich hab gedacht, ich hätte etwas Pelziges in etwa dieser Farbe bei dir in der Wohnung gesehen.«

Einen langen Moment nachdenkliches Schweigen. Dann lachte er plötzlich. »Das muss dann wohl die Plüschdecke meiner Großmutter gewesen sein.«

»Deine Oma lebt noch?« Sie beneidete jeden, der eine Familie hatte. Erst recht, wenn sie zwei Generationen zurückreichte. Becky hatte auch so viel Glück. Ihre Oma schickte ihr sogar jeden Monat ein CARE-Paket mit selbstgebackenem Kuchen und eingelegten Gurken, um sicherzugehen, dass *das Kind nicht vom Fleisch fiel*.

»Nein, nicht mehr«, seine Stimme klang traurig, als er seine Hand hob, um sich vielleicht das Kinn oder den Nacken zu reiben. »Aber, wenn es mir ganz besonders schlecht geht, mache ich mir einen Pfefferminztee, heize den Kamin an und setz mich unter die Decke, dann fühlt es sich ein wenig so an, als wäre sie noch da und hätte mir einen *Sorgen-weg-Abend* gemacht.« Er ließ die Hände sinken. »Ich weiß, das ist albern.«

Emma stützte das Kinn auf die Hände. »Finde ich gar nicht. Ich hab noch eine alte Wärmflasche von meiner Mutter, weißt du, so eine in die man heißes Wasser einfüllen muss. Der Überzug ist selbstgestrickt mit weißen Wölkchen drauf und hat einen dicken, rosa Bommel, wie eine Zipfelmütze. Kitschiger geht es wohl nicht mehr. Aber, wenn ich krank bin, dann hol ich sie heraus und manchmal könnte ich dann schwören, dass meine Mama neben meinem Bett sitzt und meine Hand hält, bis es mir wieder besser geht.« Ihr Mund lächelte bei dem Gedanken, aber ihre Augen brannten und sie musste bei der Erinnerung schlucken. Auch nach all den Jahren fiel es ihr noch schwer, über ihre Mutter zu reden.

Sie räusperte sich.

»Wie kommt man eigentlich dazu, in einer Kinderbücherei zu arbeiten?«, fragte er und wollte damit ganz offensichtlich das Thema wechseln.

Dummerweise stürzte die Frage sie nur noch tiefer in die Abgründe ihrer Vergangenheit.

Doch das konnte er nicht wissen. Deshalb versuchte sie, beiläufig zu klingen und zuckte mit den Schultern. »Ich mag Kinder und ich mag Bücher.« Das war zumindest ein großer Teil der Antwort, wenn auch nicht die ganze Wahrheit.

»Also war das schon immer dein Traumberuf?«, fragte er.

»Irgendwie schon.« Und irgendwie auch gar nicht.

»Wie kann denn etwas *irgendwie* ein Traumberuf sein?«

»Ich liebe die Arbeit in der Bücherei, ich liebe die Gespräche, die Vorlesenachmittage und das ganze Drumherum.«

»Aber?«

»Es ist nicht das, wovon ich als Kind geträumt habe.« Sie zuckte mit den Schultern. »Aber bei wem ist es das schon?«

»Das sollte bei jedem so sein. Natürlich abhängig davon, inwieweit sich deine Vorstellungen mittlerweile geändert haben. Ich wollte zum Beispiel lange Zeit Seehund werden. Mittlerweile kann ich mir Schöneres vorstellen.«

»Seehund?« Sie prustete und hielt sich die Finger vor die Lippen.

»Hey«, schalt er. »So lächerlich ist das gar nicht … Seehunde sind unter Wasser sehr elegante Wesen.«

Aber Emma kicherte immer noch.

»Wovon hast du denn als Kind geträumt?«, fragte er.

Sie wurde wieder ernst. »Ich wollte immer Bücher lesen, Literatur studieren und in einer Kolumne bei einer großen Zeitschrift darüber berichten, was ich alles gelesen habe.«

Dieser Traum war aus der Zeit, als sie zur Schule ging … als sie noch ein Kind war.

»Das klingt doch toll. Warum machst du das nicht?«

Ja, warum tat sie das nicht? »Der Job in der Bücherei ist vielleicht nicht ganz das, was ich mir damals vorgestellt habe. Aber es macht mir Spaß und unter den Umständen ist es wohl das Beste, das ich mir wünschen konnte.« Sie schaffte es, sich von den Gedanken an ihre Mutter loszureißen und brachte ein kleines Lächeln zu Stande.

Sie erwartete die Frage nach *den Umständen*, aber stattdessen überraschte er sie.

»Aber du hättest gerne *mehr*? Ich meine, etwas, das dichter an deinem Traum ist?«

Das war eine gute Frage. Bisher hatte sie sich sehr erfolgreich eingeredet, dass dem nicht so war. Sie zuckte mit den Schultern. »Was soll ich denn machen? Jetzt noch nebenbei mein Abi nachholen, um Literatur zu studieren, und dann vielleicht mit Vierzig irgendwann bei einer Zeitung anfangen?«

»Wieso nicht? Wenn es wirklich das ist, was du möchtest. Ich weiß, das klingt abgedroschen, aber es ist nie zu spät und der einzige Unterschied zwischen einem Verlierer und einem Gewinner ist, dass der eine nur träumt, aber der andere *macht*.«

Sie musste lächeln. »Du klingst wie ein Richard Taylor Roman.«

»Klar tu ich das. Du kennst doch mein Bücherregal.«

Emma sah der Ente zu, die unter der Wasseroberfläche nach Nahrung suchte, und dachte nach. »Ich weiß nicht, ob ich das immer noch will. Becky meinte, das Literaturstudium wäre längst nicht so spannend, wie ich mir das früher vorgestellt habe.«

»Also gut, was willst du dann? Über Bücher sprechen? Das machst du doch schon.«

Natürlich spielte er auf ihren Youtube-Kanal an. Sie legte den Kopf zur Seite. »Aber mir hört ja keiner zu.«

»War das denn dein Ziel?«

»Wie meinst du das?«

»Wenn ich das richtig gesehen habe, hast du deinen Kanal bereits seit zwei oder drei Jahren.«

Sie nickte.

»Siehst du. Trotzdem hast du nur siebzehn Abonnenten.«

»Achtzehn«, warf Emma ein. »Und was heißt hier *nur*?«

Er lachte ein bisschen »Stimmt, achtzehn. Aber, ich meine, für ein paar *Jahre* ist das doch recht wenig. Und in der ganzen Zeit hast du auch nicht besonders viele Videos hochgeladen.«

»Ich hatte eben keine Zeit.« Emma merkte selbst, wie defensiv das klang.

»Eben. Deshalb hast du nur gemacht, worauf du gerade Lust hattest, ohne echte Richtung. Denn wenn es dein Ziel gewesen wäre, Zuschauer zu sammeln, dann wärest du anders vorgegangen. Zum Beispiel hättest du regelmäßig Videos gedreht, Kommentare auf anderen Kanälen abgegeben und dir immer wieder neue Aktionen ausgedacht.«

»Du scheinst ja den vollen Durchblick zu haben. Und woher weißt du das alles?«

»Ich hatte eine … interessante Lehrerin.« Kurze Stille. »Außerdem habe ich mich ein bisschen umgesehen, nachdem ich deinen Kanal gefunden hatte … und ich hatte schon häufiger Kontakt mit Leuten, die ihren Kanal sehr professionell betreiben. Eine Sache haben sie alle gemeinsam: regelmäßige Uploadzeiten. Außerdem kennen sich viele untereinander. Eine ist sogar die Trauzeugin der anderen und auf der Hochzeit werden sie sich zum ersten Mal real begegnen.«

Damit hatte er wahrscheinlich mehr Kontakte zu Youtubern als Emma. »Aber *ich* kenne niemanden.« Trotz seines Trauzeuginnen-Beispiels hatte sie das Gefühl, das wäre ein unüberwindbares Hindernis.

»*Noch* nicht.« Sie hörte ein Grinsen in seiner Stimme.

Was sollte das bitteschön bedeuten?

»Musst du eigentlich immer in Rätseln sprechen?«

»Nicht immer. Aber meistens.«

***

Lukas hielt die Luft an, aber Emma lachte. Da hätte er sich doch fast verplappert. So kurz *davor* wäre das wirklich ärgerlich gewesen.

Jetzt musste er sie nur wieder von dem Thema wegbringen.

»Außerdem ist das kein richtiges Rätsel. Alle Dinge, die man kann oder die man hat, die entwickeln sich. Jeden Tag lernst du etwas dazu. Stell dir vor, du würdest dein einjähriges Ich fragen, ob du laufen kannst. Dann würdest du inbrünstig *nein* antworten. Aber schon dein zweijähriges Ich würde wahrscheinlich *ja* antworten, obwohl es immer noch die Treppen hinauf stolpert. Und heute …«

»Kann ich tanzen«, beendete sie seinen Satz.

Lukas war verblüfft. »Du tanzt?« Das wäre toll. Carolin hatte das damals zu einem verstaubten Hobby erklärt und sich geweigert.

Er stellte sich vor, Emmas Hand zu nehmen, sie im Kreis zu drehen und …

»Nee, ich hab zwei linke Füße«, sagte sie verlegen. »Das meinte ich nur im übertragenen Sinne.«

Natürlich hätte es auch sonst nichts gegeben. Über eine Internetverbindung hinweg zu tanzen, wäre ziemlich schwierig geworden. Trotzdem musste er zugeben, dass er ein klein wenig enttäuscht war.

»Egal, genau das ist der Punkt«, fuhr er fort. »Du wirst jeden Tag besser und lernst etwas dazu. Das ist doch toll, nutz das aus, du hast dein ganzes Leben noch vor dir.«

Emma blickte nachdenklich über den See.

Ja, er wusste selbst, wie schwierig es war, diesen *einfachen* Rat zu befolgen.

Mit geschlossenen Augen lehnte er sich zurück, fühlte das Gewicht seines Laptops auf dem Schoß, spürte, wie die Sonnenstrahlen über sein Gesicht streichelten und atmete tief durch.

Es war längst nicht so schlimm, wie er vermutet hatte, wieder im Freien zu sein. Ganz im Gegenteil. Der Wind rauschte sanft in den Bäumen und durch den Videofeed konnte er Emma beim Denken beobachten.

Ihr Haar glänzte wie flüssiges Goldkaramell, sie hatte das Buch auf ihrem Schoß liegen und strich abwesend über das Cover.

Während er sie beobachtete, öffnete er eine neue Datei und begann zu arbeiten. Nichts Großes, nur eine Kleinigkeit für den Einstieg, aber zum ersten Mal seit langer Zeit ging ihm die Arbeit wieder leicht von der Hand.

Der Hund im Hintergrund bellte, er war ein bisschen hyperaktiv, aber durchaus inspirierend und das Herrchen wurde zum Glück nach kurzer Zeit bereits müde.

Tatsächlich lief es so gut, dass er völlig die Zeit vergaß. Als er auf die Uhr sah, wäre er fast von der Bank gekippt, so spät war es schon. Er verabschiedete sich und ließ eine ziemlich verdatterte Emma zurück. Aber immerhin gab es noch ein paar Sachen, die zu erledigen waren, damit die Spezial-Überraschung reibungsfrei funktionieren konnte.

Antwort

Es war noch früh, als Emma nach Hause kam. Eigentlich wäre sie noch länger geblieben, aber Lukas war ziemlich plötzlich verschwunden.

Allerdings hatte sie sich schon davor nicht mehr richtig konzentrieren können. Sein kleiner Vortrag drehte sich immer wieder durch ihre Gehirnwindungen.

Und als er sich dann auch noch verabschiedet hatte, war ihr ganz die Lust vergangen. Irgendwie hatte sie sich einsam gefühlt.

Dabei war er ja auch vorher gar nicht wirklich da gewesen.

Sie fischte Konrad mit einem sicheren Griff aus ihrem Rucksack und war noch nicht ganz oben angekommen, da stolperte Becky bereits auf den Flur, als hätte sie hinter ihrer Wohnungstüre gelauert.

»Hast du es schon gesehen?«, fragte sie und schnappte nach Luft.

Emma war verwirrt. »Was hab ich gesehen?«

»Das Video natürlich.«

»Wenn du von meinem Live-Unpacking sprichst, das hab ich mir noch nicht angesehen, aber ich war ja auch dabei.«

»Nein! Meine Herren, du weißt es tatsächlich nicht.« Sie packte Emma am Arm und zog sie in ihre Wohnung. »Komm schnell, ich zeig's dir.«

Flur, Wohnzimmer und winzige Küche, das Apartment war genauso geschnitten wie Emmas Wohnung, allerdings hörten da die Gemeinsamkeiten auch schon auf. Denn hier hatte man das Gefühl, eine Zeitreise in die Achtziger anzutreten.

Selbst in einem sonnengelben VW-Bus mit Batikvorhängen hätte es nicht mehr nach Hippie aussehen können als bei Becky zu Hause. Hier gab es alles, vom Traumfänger über Patchworkdecken bis hin zur schmutzigen Wäsche, die ihre Möbelstücke zierte und damit der Wohnung seltsamerweise einen unkonventionellen, gemütlichen Charme verlieh.

Becky kümmerte das natürlich alles gar nicht. Sie stürzte zu ihrem Computer, drückte ein paar Tasten und sagte dann triumphierend »Hier!«

Neugierig setzte Emma ihren Rucksack ab und ließ sich neben ihrer Freundin auf dem Sofa nieder.

Der Bildschirm zeigte eine junge, blonde Frau, die mit einem breiten Lächeln Beauty-Produkte in die Kamera hielt. »Und zu guter Letzt enthält das Gewinner-Päckchen natürlich noch das hier.« Damit erschien ein Foto von Richard Taylors Neuerscheinung. »Selbstverständlich mit einer persönlichen Widmung. Um dieses Superpäckchen zu gewinnen, hinterlasst einen Kommentar unter diesem Video, dass ihr gespendet habt. Die Kontodetails gibt's im Infokasten. Ausgelost wird folgenden Samstag. Gleichzeitig gibt es dann auch den Link zum nächsten Überraschungs-Päckchen, wie immer bei *Emmas bunte Bücher-Welt* und einem neuen Überraschungskanal. Aber …« Sie machte eine spannungsgeladene Pause und faltete vergnügt die Hände. »Das ist noch nicht alles. Um die Sache noch ein bisschen interessanter zu gestalten, habe ich heute einen ganz besonderen Gast auf meinem Kanal: *Richard Taylor* hat sich nämlich bereit erklärt, uns nach langer Interview-Pause *eine* Frage zu beantworten. Hallo Richard.«

Damit wurde Richard Taylor eingeblendet. In einem himmelblauen Hemd und mit dunkler Krawatte lächelte er sein umwerfendstes Lächeln. Dann strich er sein fast kinnlanges, blondes Haar aus der Stirn.

Emma klappte der Mund auf. »Richard Taylor?«, fragte sie, an Becky gewandt. Die nickte nur.

»Hat er sich eigentlich auf *deine* Interviewanfrage gemeldet?«

»Nein, aber offensichtlich ist seine Presseabstinenz jetzt vorbei.« Sie deutete auf den Bildschirm.

»Hi, freut mich, bei dir zu sein«, sagte Taylor mit einem unsicheren Lächeln in die Kamera.

»Freut mich auch, dich hier zu haben«, sagte die Blonde und drehte eine Locke um ihren Finger. »Du setzt dich also persönlich für diese Kinderbücherei ein. Hat das einen besonderen Grund?«

Er setzte sich in seinem großen, roten Ohrensessel ein wenig zurecht. »Nun, zum einen bin ich Autor, das heißt, ich liebe Wörter in jeder Form. Außerdem finde ich es wichtig, dass Kinder früh einen Zugang zu Büchern finden. Schließlich sind Geschichten unsere Art zu lernen, zu lehren, Erfahrungen weiterzugeben und sogar uns selbst zu definieren.« Er legte kurz den Kopf zur Seite. »Aber es hat auch persönliche Gründe.«

Er klang so, als wollte er noch weitersprechen, doch nun wurde die Blondine wieder eingeblendet und bat ihn mit einem atemberaubenden Lächeln um die Details.

Emma hätte sie für den Flirtversuch am liebsten gewürgt. Aber das war natürlich blanker Unsinn. Sie hatte an Richard Taylor keine Rechte, genauso wenig wie die anderen Fans, die ihn wahrscheinlich gerade beobachteten.

Sie schob den Wirrwarr an Fangefühlen zur Seite und konzentrierte sich auf seine Antwort, dabei hätte sie schwören können, ein trauriges Glitzern in seinen Augen zu sehen. Ganz so, als würde ihm die Antwort schwerfallen.

Aber statt sich herauszuwinden, schaffte er ein Lächeln, das seinem schelmischen Grinsen aus früheren Interviews sehr nahekam und begann zu erzählen. »Als ich noch klein war, habe ich für zwei Jahre bei meiner Großmutter gelebt. Das war eine schwere Zeit, mein Vater war gerade verstorben. Meine Mutter versuchte, das selbst zu verarbeiten und uns beide währenddessen mit zwei Jobs über Wasser zu halten … meine Großmutter hat sich unheimlich viel Mühe gegeben, mich abzulenken. Aber immerhin war sie auch schon in ihren besten Jahren.« Er machte eine kurze Pause, in der er sich den Nacken rieb und sein Blick wanderte nachdenklich in die Ferne. »Mir ging es in dieser Zeit wirklich schlecht, ich fühlte mich einsam und verlassen … bis meine Großmutter die Idee hatte, mit mir in die Bücherei zu gehen.« Sein Lächeln wurde ehrlich und warm. »Darin bin ich aufgegangen. Und du kannst mir glauben, meine Großmutter war sehr froh darüber, dass sie die ganzen Bücher nicht kaufen musste, die ich zu der Zeit verschlungen habe.« Noch einmal strich er sich durch das seidig weiche Haar. »Ich kann mir nur zu gut vorstellen, wie schrecklich es für mich damals gewesen wäre, wenn die Bücherei geschlossen hätte. Deshalb ist mir diese Aktion sehr wichtig und ich hoffe, dass wir es alle gemeinsam schaffen, Emma zu helfen, ihren Kindern die Welt der Geschichten zu erhalten.«

Emmas Herz blieb stehen und explodierte augenblicklich in einer gigantischen Super-Nova.

Er hatte ihren Namen gesagt!

Sie konnte es einfach nicht fassen. Ein Feuersturm brannte durch ihre Mitte und sengende Funken rieselten zu Boden.

Richard Taylor hatte tatsächlich ihren Namen gesagt. Und nicht nur, weil einer seiner Charaktere zufällig so hieß, nein. Weil er wusste, wer sie war. Nicht nur das. Er kannte ihre Aktion, er fand sie super und er wollte ihr auch noch dabei helfen!

Die Blonde hatte in der Zwischenzeit ein wenig Mitleid bekundet und dann die Aktion noch mit den verschiedenen Videos, Kanälen und Überraschungspäckchen ein weiteres Mal angepriesen.

Aber Emma hörte sie kaum. Sie war immer noch völlig perplex und spürte, wie sich die roten Funken als glühender See in ihrer Mitte sammelten.

Doch da kam die Blonde auch schon zum nächsten, höchst interessanten Teil. »Und dann endlich zu meiner eigentlichen Interview-Frage, die wohl alle meine Zuschauerinnen brennend interessieren dürfte.«

Emma fragte sich, was da noch kommen konnte. Schließlich hatte Taylor gerade bereits einen halben Seelenstriptease hingelegt. Aber die Dame war noch nicht zufrieden.

»Wie sieht es aus, Richard, hast du zurzeit eine Freundin?«

Emmas Mund wurde staubtrocken.

Aber die Blonde zog nur mit einem kessen Lächeln vielsagend eine Braue hoch und zwinkerte ihm zu.

Er räusperte sich kurz. Ob aus Unsicherheit oder weil er sich tatsächlich geschmeichelt fühlte, konnte Emma nicht sagen. »Im Augenblick nicht, aber selbst wenn es so wäre, würde ich das nicht öffentlich machen.«

Emmas Herz wurde zu Eis. Er würde seine Freundin verstecken?

»Oh.« Die Blonde zog eine Schnute. »Das heißt, die zukünftige Miss Taylor würdest du vor uns geheim halten?«

Das kratzte an alten Erinnerungen, die sie lieber vergessen hätte.

»So sieht es aus.« Mit einem umwerfenden Lächeln schaffte er es, die Situation komplett für sich zu retten. Emma schmolz dahin.

Die Blondine machte unterdessen eine wegwerfende Handbewegung. »Na ja, nach dem, was deine Ex da abgezogen hat, mit all ihren Anschuldigungen und hässlichen kleinen Geschichten, kann man dir das wohl nicht verdenken.«

Er räusperte sich, genau wie eben. Aber diesmal wechselte die Blondine schnell das Thema. Fast, als wäre das ein vereinbartes Zeichen gewesen, das ihr nun wieder einfiel.

»Wie ihr gehört habt, Mädels, unser Richard hier ist noch zu haben. Wenn es euch nichts ausmacht, euren heißen Typen geheim zu halten, würde ich sagen *ran an den Mann*.« Sie kicherte albern.

Noch ein Räuspern aus dem Hintergrund.

Emma hätte *Blondie* am liebsten geschüttelt. Konnte die nicht mal langsam aufhören, Taylor auf den Geist zu gehen?

Wenn das immer so ablief, war es nicht verwunderlich, dass er sich so lange vor Interviews gedrückt hatte.

Aber für sie … für ihr Projekt war er von seinem Elfenbeinturm heruntergestiegen.

Ihr Herz schmolz weiter dahin.

Blondie strich sich diesmal doch ein wenig verlegen ihr Haar zurück. »Auf jeden Fall lohnt es sich für euch, auch bei den anderen Videos vorbeizuschauen, denn ab jetzt wird es jede Woche ein Interview mit unserem lieben Mister Taylor geben und ein weiteres Gewinnspiel.« Sie erläuterte noch einmal den Ablauf, aber Emma hörte nicht mehr hin, das kannte sie ja alles, sie hoffte nur, dass ihr Lieblingsautor noch etwas sagen würde, aber das tat er leider nicht.

Zum Schluss lächelte die Blondine breit, formte mit den Händen ein Herz und zwinkerte in die Kamera. In dem Fingerherz wurde Richard Taylors Foto eingeblendet und der Bereich war als Link markiert.

Becky klickte ganz aufgeregt darauf und landete auf Emmas Videokanal.

Emma konnte es einfach nicht glauben, das war phänomenal. Wen auch immer Lukas da kannte, derjenige musste einen verdammt guten Draht zu Richard Taylor haben.

»Das ist noch nicht alles«, sagte Becky und rutschte auf ihrem Sitz noch weiter nach vorne.

Völlig sprachlos sah Emma ihrer Freundin zu. Was bitteschön könnte das noch toppen?

Becky klickte zurück zum Kanal der blonden Dame und deutete auf ihre Abonnentenzahlen, die sich im oberen fünfstelligen Bereich befand.

Emma klappte der Mund auf, ihr Puls stolperte und verwandelte sich mühelos in einen rasenden Galopp.

»Ja, ja«, sagte Becky. »So hab ich auch geguckt.«

»Wie hast du das Video überhaupt gefunden?«

»Ich hab unser Blondie hier abonniert, die hat immer tolle Haartutorials.« Sie zuckte mit den Schultern. »Was meinst du, wie blöd ich geguckt habe, als ich deinen Namen im Videotitel gelesen habe. Und sie hat dich überall verlinkt.«

Becky klickte noch einmal zurück auf Emmas Video, das plötzlich Zugriffszahlen im dreistelligen Bereich hatte. Dreistellig!

Normalerweise war Emma froh, wenn sie die zehn knackte. Und als eins ihrer Videos zwanzigmal angesehen worden war, hatte sie mit Becky ein Freuden-Eis-Fiasko veranstaltet. Fiasko, weil sie ein bisschen übertrieben hatten und ihnen richtig übel geworden war.

»Das ist echt …«, begann Emma.

»Unglaublich«, beendete Becky ihren Satz. »Das kannst du wohl laut sagen. Wen hast du dir da nur an Land gezogen?«

»Jemanden mit Beziehungen …«, sagte Emma leise, aber ihre Freundin war viel zu beschäftigt damit, ständig hin- und herzuklicken und die verschiedenen Statistiken zu vergleichen.

Sogar auf dem Spendenkonto waren mittlerweile drei weitere Beträge eingegangen und das Video war erst vor einer halben Stunde online gegangen.

Einfach unfassbar.

Frage

Sie wartete nur so lange, bis sie wieder alleine in ihrer Wohnung war. Dann wollte sie einen privaten Hangout starten, aber Lukas ging natürlich nicht dran. Klar, als ob er nur darauf gewartet hätte, mit ihr zu sprechen.

Also beschränkte sie sich auf eine freundliche Nachfrage.

Emma: Du bist ja wohl komplett durchgeknallt.

Dann warf sie ihren Rucksack in die Ecke und ließ sich auf ihr Bett fallen.

Diesmal kam die Antwort sofort.

Lukas: Einen wunderschönen Guten Abend. Freut mich sehr, von dir zu lesen. Ich gehe davon aus, du hast die Überraschung gefunden.

Emma: Gefunden? Sie hat mich umgehauen.

Die Anzahl der Menschen, die ihr Video ansahen, war in der Zeit, während sie bei Becky geblieben war, immer weiter gestiegen.

Lukas: Und? Hat sie dir gefallen?

War das eine ernsthafte Frage?

Emma: Megamonstersupergenialtoll!

Keine Antwort.

Emma: ?

Lukas: Sorry, ich hab gelacht und mich gefreut. Aber das konntest du natürlich nicht sehen.

Emma: Sehr scharf beobachtet. Warum wolltest du kein Hangout?

Lukas: Technische Probleme.

Was sollte das denn heißen?

Emma: Die hatte Herr Taylor auch, klang, als säße er in einer Blechtonne, hat ihn aber auch nicht gestört.

Sie wusste überhaupt gar nicht, was sie damit erreichen wollte. In allererster Linie war sie einfach nur super aufgedreht und wäre am liebsten vor Freude geplatzt.

Sie knuffte das Kissen unter ihrem Kopf zurecht.

Emma: Irgendwann musst du mir echt mal verraten, wen du kennst und wie du Taylor dazu gebracht hast, bei der ganzen Aktion mitzumachen.

Lukas: Im Endeffekt habe ich ihn einfach gefragt.

Emma: Per E-Mail?

Lukas: Wieso nicht?

Emma: Na, weil er jeden Tag sicher hunderte von den Dingern bekommt und die Wahrscheinlichkeit, dass du ihm einfach nur auf den Keks gehst, gigantisch ist.

Kribbelig stand sie wieder auf und ging in die Küche. Schlafen konnte sie jetzt sowieso nicht. Es war definitiv Zeit für einen beruhigenden Tee. Also stellte sie den Wasserkocher an.

Lukas: Vielleicht. Aber dich hat meine Fanpost doch auch gefreut, oder?

Emma: Schon. Aber ich hab ja auch nicht Zweiquatrillionen Fans.

Lukas: Richard Taylor auch nicht.

Emma: Aber nah dran.

Mit einem Löffel fischte sie Pfefferminzblätter aus der schwarzen Dose, sog den würzigen Duft ein und füllte sie in ein Teesieb.

Lukas: Wie auch immer. Ich hab mir gedacht, wenn ich ihn *nicht* frage, dann hilft er mir ganz sicher nicht.

Emma: Ja, ja, hundert Prozent der Pfeile, die du nicht abgibst, verfehlen ihr Ziel.

Das war natürlich nur ein dummer Spruch, aber irgendwie stimmte er eben auch.

Sie dachte an all die Pfeile, die sie nicht abgegeben hatte und ihr Gespräch vom Nachmittag, über Studium, Kolumnen und Träume.

Sie goss das kochende Wasser über die Pfefferminzblätter. Die färbten das Wasser in einem gelblichen Grün und Emma beobachtete nachdenklich, wie sie umeinander strudelten.

Lukas: Du hast es erfasst. Also, wann schreibst du deinen nächsten Fanbrief?

Aber in Gedanken war sie bei ihrem Videokanal und bei ihrem Traum. Sie versuchte, sich auf seine Frage zu konzentrieren.

Emma: Du meinst, ich sollte an Richard Taylor schreiben?

Lukas: Wieso nicht? Was hast du zu verlieren?

Wahrscheinlich könnte sie sich wirklich einfach mal bei ihm bedanken.

Emma: Vielleicht mache ich das sogar.

Lukas: Und was erwartest du dann von ihm?

Emma: Nichts.

Lukas: Aber wenn er nicht antwortet, bist du enttäuscht?

Emma: Wahrscheinlich.

Sie knetete auf ihrer Unterlippe herum.

Lukas: Und was wäre die beste Antwort, die er geben könnte?

Emma: Hey, hast du nicht mal Lust, dich auf einen Kaffee zu treffen?

Erst als sie das abgeschickt hatte, fiel ihr auf, dass Lukas glauben könnte, sie meinte ihn.

Sie fischte das Teesieb aus der Tasse, ließ ihn einen Augenblick denken, was er denken wollte und hoffte, dass er einfach antwortete: *Klar, ich komm vorbei, wann hast du Zeit?* Aber erstens lebte er in Berlin und zweitens versteckte er sich immer noch vor ihr.

Es kam keine Antwort.

Sie ging mit ihrer Tasse zurück ins Schlafzimmer und setzte sich auf ihr Bett. Dann beschloss sie, ihn zu erlösen.

Emma: Ich meine, das ist das, was Taylor antworten könnte, was definitiv nicht passieren wird … meine Güte, klingt das kompliziert. Kannst du nicht mal deine Technik reparieren? Das wird langsam lästig mit der ganzen Tipperei.

Lukas: Bin dabei … sag mal, welche Frage hättest du ihm eigentlich gestellt?

Emma legte den Kopf zur Seite und nippte an ihrer Tasse. Die war natürlich noch viel zu heiß, deshalb wanderte sie auf ihren Nachttisch.

Emma: Ich wüsste gerne, welchen Tee er am liebsten trinkt.

Keine Reaktion. Sie konnte sich bildlich vorstellen, wie Lukas … oder das schemenhafte Bild mit dem freundlichen Lächeln, das sie von ihm hatte, sich verwirrt am Kopf kratzte.

Lukas: Du kannst ihn *alles* fragen und was du wissen willst, ist seine Lieblingsteesorte?

Emma: Warum nicht?

Lukas: Ich weiß nicht, mir wäre alles Mögliche eingefallen aber … die Lieblingsteesorte?

Emma: Ich hab die Antwort darauf noch nirgendwo im Netz gefunden. Und es würde mich eben interessieren … ist das wirklich so merkwürdig?

Lukas: Ich hätte nur etwas anderes erwartet.

Emma: Und was?

Lukas: Keine Ahnung, vielleicht, wie sein erster Kuss war, oder so.

Emma: Das ist doch viel zu intim, sowas kann man doch nicht einfach fragen.

Lukas: Das schien die Dame von heute Nachmittag aber nicht zu stören.

Emma: Ja, und ich fand's beachtlich, dass er geantwortet hat. Und das, obwohl ihm die Geschichte mit seiner Großmutter offensichtlich sehr nahe ging … wahrscheinlich hätte er lieber die Frage mit dem ersten Kuss beantwortet.

Lukas: Wieso?

Emma: Ich kann mir nicht vorstellen, dass der genauso emotional aufwühlend gewesen ist.

Lukas: War deiner denn so unspektakulär?

Emma: Blöd, würde ich sagen.

Er schwieg. Aber sie konnte die Neugier förmlich in der Leitung knistern hören.

Und immerhin war nichts Besonderes dabei.

Emma: Es war auf einer Geburtstagsparty. Ich war sechzehn, er zwei Jahre älter und hat mir von der Bar eine Cola mit Schuss besorgt. Als Dankeschön wollte er einen Kuss auf die Wange. Als ich mich vorgebeugt habe, hat er schnell den Kopf gedreht und ich hab einen harten, feuchten Schmatzer auf die Lippen bekommen.

Wenn man das so erzählte, klang es noch bescheuerter, als es gewesen war.

Lukas: Was für ein Blödmann.

Danke!

Emma: Das darfst du laut sagen.

Lukas: WAS FÜR EIN BLÖDMANN!

Sie grinste.

Lukas: Besser?

Emma: Viel besser.

Lukas: Übrigens war das nicht dein erster Kuss.

Emma: Nicht? Komisch, hat sich aber so angefühlt.

Lukas: Vielleicht war es *sein* erster Kuss, aber sicher nicht *deiner.*

Emma: Aber du kannst doch nicht fordern, dass der erste Kuss gut sein muss, damit man ihn so nennen kann.

Lukas: Ganz sicher nicht. Aber ich denke, er muss willentlich passieren und du musst dich daran erinnern können.

Sie überlegte. Da kam ja wohl nur ihr erster Freund in Frage. Aber ihr fiel nicht ein, wie der erste Kuss mit ihm gewesen war.

Emma: Hmm … dann hatte ich wohl keinen.

Seltsam.

Sie rutschte ein wenig tiefer in die Kissen.

Lukas: Das heißt, du bist noch Jungfrau :p

Emma: Ganz so schlimm ist es dann auch wieder nicht.

Das klang jetzt irgendwie verzweifelt.

Emma: Ich hatte schon den einen oder anderen Freund.

Okay, das machte es auch nicht besser. Außerdem waren die meisten Erinnerungen daran nicht gerade berauschend. Zwar nicht schlecht, aber eher mittelmäßig und ein bisschen so wie ihr erster Kuss.

Lukas: Ich meinte auch eher jungfräulich bezogen auf den ersten richtigen Kuss.

Sie drehte sich auf die Seite und schaute aus dem Fenster in die langsam eintretende Dämmerung.

Ob er damit recht hatte? Musste man sich an den ersten *richtigen* Kuss erinnern?

Aber viel interessanter war eine andere Frage, die sich daraus ergab.

Geschichte

Emma zögerte nicht, sondern schickte ihre Nachricht schnell ab.

Emma: Das heißt, du kannst dich an deinen erinnern?

Ihr Atem vibrierte in der leeren Wohnung, hing rasselnd in der Luft und hallte von den Wänden wieder.

Ob Lukas sich rauswinden würde?

Vielleicht hätte sie nicht fragen dürfen.

Aber er hatte immerhin angefangen.

Sie setzte sich auf, fühlte an ihrer Tasse, aber der Tee war immer noch zu heiß. Also scrollte sie noch einmal in der Unterhaltung nach oben.

Wahrscheinlich hätte sie mit ihrer Antwort gar nicht so weit ausholen müssen und er hätte sich auch mit der ersten Version zufriedengegeben, in der sie einfach gesagt hatte, dass ihr Kuss blöd gewesen war.

Sie kniff feste die Augen zu und wünschte sich, sie könnte die Textnachricht zurückholen.

Da summte das Handy unter ihren Fingern und ihr Herz sprang fast aus ihrer Brust.

Die Antwort war *lang*.

Lukas: Ich war fünfzehn und schwer verknallt. Natürlich in das beliebteste Mädchen der Stufe und ich hatte keine Chance. Schmächtig, pickelig und ein Büchernerd … du weißt, was ich meine. Es ist auf einer Klassenfahrt passiert. Die Mädchen hatten in ihrem Schlafraum eine Mitternachtsparty organisiert, es gab Musik und sogar Stroboskoplicht in sonst absoluter Finsternis. Alle haben getanzt. Okay, ich bin von einem Fuß auf den anderen gewippt. Dann stand sie plötzlich vor mir. Ich konnte ihre Silhouette im Pulsieren des silberblauen Lichts erkennen und ihr Körper hat sich im Rhythmus von meinem bewegt. Ich konnte es gar nicht glauben, mein Herz wummerte im Takt der Musik und dann hat sie ihre Arme um meinen Nacken gelegt … ich konnte die Wärme ihres Körpers spüren, roch den Erdbeerduft ihres Lippenstifts und dann legte sie ihren Mund auf meinen. Zart und weich, es war das köstlichste Gefühl, meines ganzen Lebens. Ich konnte mein Glück kaum fassen.

Emma hatte den Atem angehalten und stieß nun die Luft aus. Das war eine wunderschöne Geschichte. So musste ein erster Kuss aussehen. Himmlisch, magisch und zwischen zwei Menschen, die sich offensichtlich mehr als mochten. Ihr Handy summte ein weiteres Mal.

Es gab eine Fortsetzung?

Wie wollte er das toppen?

Lukas: Am nächsten Morgen hat sie so getan, als wäre niemals etwas passiert.

Das war unmöglich. So durfte die Geschichte nicht ausgehen.

Emma: Hey, ich will ein Richard-Taylor-Happy-End!

Lukas: Die gibt's im wahren Leben eher selten.

Emma: Aber vielleicht hat sie dich ja bloß nicht erkannt, also am Abend meine ich. Vielleicht hätte sie am nächsten Morgen mit dir gesprochen, wenn sie gewusst hätte, wen sie da geküsst hat.

Lukas: Das hab ich mir auch eingeredet. Deshalb habe ich all meinen Mut zusammengenommen, sie alleine abgefangen und einfach gefragt. Erst wollte sie gar nicht zugeben, dass sie überhaupt jemanden geküsst hat und dann hat sie mir gedroht. Wenn ich nur einer Menschenseele von dem Kuss erzählte, dann würde sie alles abstreiten und behaupten, dass ich das nur sage, um davon abzulenken, dass ich heimlich in unseren Englischlehrer verknallt bin. Dreimal darfst du raten, wem die anderen im Zweifelsfall geglaubt hätten.

Emma: Aber warum?

Was für eine blöde Frage.

Lukas: Ich habe mir selbst lange Zeit eingeredet, dass es für sie wahrscheinlich ein mieser Kuss war. Rückblickend kann das aber nicht sein, schließlich hat sie ja auf mich reagiert. Nein, ich denke, es lag daran, dass es ihren Ruf ruiniert hätte. So etwas in der Richtung hat sie zumindest später einmal gesagt.

Emma: Blöde Zicke.

Lukas: Eigentlich war sie nett. Nur eben zu sehr davon beeinflusst, was die anderen von ihr erwarten oder denken könnten …

Emma: Trotzdem … aber vielleicht muss der erste Kuss ja ein Reinfall sein. Weißt du, damit alle anderen Küsse nur besser sein können. :)

Das war ein ziemlich mickriger Versuch, ihn aufzuheitern.

Lukas: Vielleicht …

Ob er schon viele Frauen geküsst hatte?

Bei dem Gedanken biss sie sich auf die Unterlippe.

Und plötzlich fiel ihr noch eine ganz andere Sache ein. Meine Güte, warum erst jetzt?

Ihr Kopf sagte ihr, dass die Antwort auf diese Frage völlig egal war, aber ihr Bauch bestand darauf, dass sie es wissen musste.

Sie tippte die Worte schnell ein und hing dann eine ganze Minute mit dem Finger über der Sendentaste.

Denk dran, Emma, das kannst du nicht zurücknehmen.

Ihr Herz raste wie ein fliehendes Einhorn und dann landete ihr Zeigefinger zielsicher auf dem Knopf.

Emma: Hast du eine Freundin?

Der Cursor blinkte unerbittlich auf weißem Grund und die Sekunden dehnten sich zu Ewigkeiten.

Lukas: Nein.

Ein massiver Fels plumpste ihr von der Brust.

Völlig bescheuert.

Er konnte so viele Freundinnen haben, wie er wollte, schließlich kannte sie ihn gar nicht. Nur seinen Pullover und sein Kinn … und seinen wunderschönen, magischen, herzzerreißenden ersten Kuss … mit einer Zimtzicke.

Lukas: Du?

Aber die Antwort kannte er, das hatte sie ganz sicher in ihren Videos gesagt.

War das eine Einladung?

Ein Wink mit dem Zaunpfahl?

Hatte er endlich den inneren Sprung gewagt und wollte sie sehen?

Emma: Nein. Das heißt, wir können uns ja vielleicht doch mal auf einen Kaffee treffen.

Diesmal ließ sie sich keine Zeit zum Nachdenken, sondern schickte die Nachricht so schnell ab, wie sie tippen konnte. Ihr Herz donnerte in ihrer Brust.

Das klang wie eine ziemlich schiefe Anmache.

Emma: Ich lade dich ein, als Dankeschön für das Päckchen :)

Ach herrje, das machte die Sache auch nicht besser. Im Gegenteil. Das klang, als wäre sein Päckchen gerade mal so viel wert wie ein Kaffee.

Meine Güte, Emma, hast du dein Hirn heute im Gurkenglas vergessen?

Lukas: Ich weiß nicht, ob es so eine gute Idee wäre, wenn du mich siehst.

Wegen ihrer hirnlosen Einladung?

Oder vielleicht wegen der Pickel, von denen er erzählt hatte?

Sah er immer noch so aus?

Sie brauchte einen Augenblick, um sich selbst zu der nächsten Frage zu überreden.

Emma: Warum nicht?

Lukas: Es liegt nicht an dir …

Oh, diese Antwort war immer ganz schlimm.

Es liegt nicht an dir, es liegt an mir. Lass uns Freunde bleiben.

Aber verloren hätte sie dadurch schließlich nichts.

Also beschloss sie, ihren Verdacht laut auszusprechen.

Emma: Liegt es an deinem ersten Kuss?

Lukas: … nicht ganz … aber fast.

Sie hob die Brauen und hätte ihn am liebsten durch den Bildschirm gezerrt und zur Rede gestellt.

Sollte sie noch einmal nachhaken?

Lukas: Übrigens ist das immer so.

Emma legte den Kopf zur Seite, aber hatte keinen blassen Schimmer, was er damit meinte.

Emma: ?

Lukas: Das Gewinnspiel …

Oh … ein äußerst plumper Themenwechsel.

Lukas: Ich meine, die Päckchen, die du bekommen hast, sind alle für dich. Die Teilnehmer bei der Verlosung bekommen ein eigenes und die anderen Youtuber auch.

Sollte sie ihn damit durchkommen lassen?

Wie war das mit den jungen Hunden? Wenn sie bereit sind, kommen sie von ganz alleine. Aber langsam bezweifelte sie, dass das auch für mysteriöse Paketeschicker mit Autorenkontakten galt.

Sie seufzte tief.

Emma: Da hast du dich ja mächtig in Unkosten gestürzt. Ich sag ja, du bist verrückt.

Lukas: Ah, also doch ein gutes Verrückt.

Emma: Ja, ein gutes Verrückt.

Lukas: Danke. Freut mich. :)

Emma: Ich geh jetzt ins Bett und lese weiter in meinem neuen Buch.

Lukas: Dann viel Vergnügen. Wir sehen uns. :#

Sehen?

Hatte er sich vertippt?

Das konnte nicht sein. Normalerweise gab er viel zu sehr acht auf seine Wortwahl.

Und was war das für ein merkwürdiger Smiley?

Lukas: :=

Jetzt war sie erst recht verwirrt.

Lukas: Zu dicke Finger …

Lukas: :)

Lukas: Besser.

Sie musste grinsen. Nicht nur, weil er albern war, sondern auch, weil der letzte Abschnitt vermuten ließ, dass er doch nicht ganz abgeneigt war, sie zu treffen … auch wenn er das vielleicht nicht zugeben wollte und es ihn ganz offensichtlich nervös machte.

Emma hätte nur zu gerne gewusst, was hinter seinem Schweigen steckte.

***

Hatte er ihr wirklich gerade von seinem ersten Kuss erzählt?

Nicht einmal Bastian kannte die Geschichte.

Nur Carolin natürlich.

Warum musste er sie jetzt wieder herauskramen? Warum tat er sich das an?

Weil er Emma mochte. Viel zu sehr.

Er hätte sie tatsächlich gerne getroffen.

Und dann?

Was, wenn sich die Vergangenheit wiederholte?

Aber sein Bauch behauptete steif und fest, dass er sich diesmal nicht irren konnte. Als ob ihm das beim letzten Mal geholfen hätte.

Damals war er sich so sicher gewesen und die Konsequenzen verfolgten ihn noch heute.

Er legte sein Gesicht in die Hände und schloss die Augen.

Vielleicht sollte er mit Bastian darüber sprechen. Aber der würde sich wahrscheinlich nur freuen, dass er *mal wieder rauskam*, in mehr als einem Sinne.

Aber sein Freund hatte unrecht, das hier konnte genauso gut nach hinten losgehen. Erst wenn sie sein Gesicht sah, würde sich herausstellen, was für ein Mensch sie wirklich war.

Selbst dann konnte er sich immer noch nicht sicher sein. Es müsste einen Weg geben, Emma kennenzulernen, aber ohne, dass dieses *Ding* zwischen ihnen stand.

Natürlich war das utopisch. Dieser Ulf-Typ hatte weder seine Pfunde noch sein Bier-Buch verbergen können und Lukas konnte schlecht mit einer Papiertüte auf dem Kopf zu einem Treffen erscheinen.

Völlig sinnlos also, sich darüber Gedanken zu machen.

Es würde ihn am Ende sowieso nur unglücklich machen.

Also gut, dass er es nicht ausprobieren konnte.

Nur merkwürdig, wie sehr ihn das störte.

Entdeckt

Es wurde gerade erst hell draußen, als Emma aufwachte. Merkwürdig, denn sie hatte die halbe Nacht gelesen, aber sie war so aufgeregt.

Weshalb?

Das wusste sie selbst nicht so genau. Es hatte sicher nichts mit einem gewissen, mysteriösen Paketschicker zu tun und auch nichts damit, dass sie es schon jetzt kaum abwarten konnte, das nächste Päckchen zu öffnen, obwohl es fast noch eine ganze Woche hin war.

Emma goss sich einen grünen Tee auf, suchte ihren Lieblings-Yoga-Kanal und streckte sich zur Beruhigung in ein paar Posen. Dann zog sie das neueste Buch von Taylor wieder heraus. Aber obwohl sie wirklich unheimlich gerne wissen wollte, wie die Geschichte von Tristan weiterging, schaffte sie es nicht, sich richtig zu konzentrieren.

Kurzentschlossen packte sie das Buch ein und ging nach unten, um eine Runde mit dem Fahrrad zu drehen und dabei vielleicht einen Vormittags-Abstecher zum Auensee zu machen.

Sie öffnete die Haustür und wäre fast über die kleine Marie gestolpert.

Die Zehnjährige saß auf der Treppe vor dem Haus und hatte ihre Arme um den Rucksack mit dem ausgerissenen Reißverschluss geschlungen. Eilig machte sie Platz und wischte sich beiläufig mit dem Ärmel über das Gesicht.

»Was ist denn los?«, fragte Emma. »Ist alles in Ordnung?«

»Ja, alles gut.«

Wer's glaubt, wird selig.

Emma setzte sich kurzentschlossen neben die Kleine. »Kaugummi?«, fragte sie.

Marie schüttelte den Kopf. Aber Emma öffnete trotzdem ihren eigenen Rucksack und suchte nach der kleinen Packung. Natürlich fand sie als Erstes Konrad, da hatte sie eine Idee, albern, aber es könnte funktionieren.

Sie befestigte den Kaugummi mit ihrem Haarband an Konrads Mund und verstellte die Stimme. »Hier, mit Einhornglitzer. Hilft auch gegen den größten Kummer.«

Maries Mundwinkel zuckten, aber sie lachte nicht, sondern griff zögernd nach dem Einhorn. »Aber der ist ja nicht echt.«

»Natürlich bin ich echt, Einhörner machen keine Scherze.« Sie setzte Konrad demonstrativ auf den Spruch, der ihren Rucksack zierte und sprach mit normaler Stimme weiter. »Aber im Ernst, Marie, was ist denn los? Kann ich irgendetwas für dich tun?«

»Es ist nur …«

Emma hätte ihr gerne einen kleinen Schubs gegeben, aber stattdessen hielt sie sich an die Weisheit ihrer Mutter und wartete ab.

Hey, langsam wurde sie richtig gut darin.

»Die Bücherei hat ja geschlossen … und die Leserunde fällt deshalb auch aus …« Ihre Stimme schien mit jedem Wort leiser zu werden, sie zog den Rucksack enger an ihre Brust. »Und ich hab nichts mehr zum Lesen …«, flüsterte sie nun so leise, dass Emma es kaum verstehen konnte.

Ihr Herz krampfte sich zusammen.

Die Leserunde! Die war ihr über die ganze Spendenaktion völlig durchgegangen.

Und ein kleiner, winziger, völlig irrealer Funken Hoffnung hatte wohl geglaubt, die Bücherei mache innerhalb weniger Tage wieder auf.

Aber das war blanker Unsinn. Allein die Baumaßnahmen konnten Monate dauern, wenn sie überhaupt eingeleitet wurden. Bis dahin musste auf jeden Fall ein Ausweichprogramm her, um die Kinder in der Zwischenzeit mit Büchern zu versorgen.

»Weißt du was? Wir machen die Vorlesestunde einfach trotzdem.«

»Aber wie denn?« Die Kleine sah sie mit großen Kulleraugen an.

»Es ist doch schönes Wetter, wir setzen uns einfach auf die Kirchwiese.«

Ein Leuchten huschte über Maries Gesicht, doch dann sackten ihre Schultern wieder nach unten. »Aber es weiß doch keiner, dass wir da sind.«

Emma überlegte. »Na, dann schauen wir einfach in die Ablage im Hinterzimmer.« Mit ein bisschen Glück fanden sie dort noch eine Anmeldeliste, für eine der Leserunden, die außerhalb stattgefunden hatten. »Dann machen wir eine Telefonkette und sagen den Kindern Bescheid, die sonst auch immer kommen. Was meinst du?«

Marie wischte sich noch einmal über das Gesicht und diesmal funkelten ihre Augen richtig. »Wirklich?«

»Klar. Alleine schaffe ich das aber nicht, ich bräuchte schon deine Hilfe.«

»Au ja.« Sie warf ohne Vorwarnung ihre Arme um Emmas Bauch. »Oh, Danke!«, rief sie.

Emma lachte verlegen. »Keine Ursache.«

Um ehrlich zu sein, freute sie sich sogar. Außerdem war das eine super Methode, um sich davon abzulenken, dass das nächste Päckchen noch fast eine Woche auf sich warten lassen würde.

***

Die Kirchwiese lag im strahlenden Sonnenschein, leider passte das gar nicht zu ihrer Stimmung.

Bei ihrem ninjahaften Unterfangen, eine alte Anmeldeliste zu ergattern, hatte Emma einen genaueren Eindruck von dem Inneren der Bücherei bekommen. Und nach ihrer, zugegeben nicht sehr fachmännischen Meinung war das Gebäude komplett im Eimer.

Wenigstens hatten sie durch die Liste ein paar Kinder erreichen können, die nun ziemlich begeistert auf dem Weg hierher waren, einige hatten sich sogar schon eingefunden.

Jetzt fehlte nur noch ein gemütlicher Platz zum Sitzen.

Da entdeckte sie zum Glück Becky, die auf dem Fahrrad in ihre Richtung kam. Gerade rechtzeitig.

Marie kam sofort angelaufen. »Können wir jetzt anfangen?«, quietschte sie.

»Jupp«, antwortete Emma. »Aber erst müssen wir noch aufbauen.« Sie reichte der Kleinen die große, rot-gelb karierte Decke und Marie stürmte sofort los, um sie mit Hilfe der anderen auf der Wiese auszubreiten.

Becky war noch gar nicht richtig angekommen, sondern stieg gerade erst mit ganz kleinen Äuglein vom Fahrrad.

»Warum bin ich noch mal so früh aufgestanden?« Ihre beste Freundin sah aus, als wäre sie eben erst aus dem Bett gefallen.

Emma lachte amüsiert und nahm die ersten Kissen vom Gepäckträger.

»Du hast mir versprochen, bei der Vorlesestunde zu helfen«, erinnerte Emma ihre Freundin.

»Da hab ich bestimmt noch geschlafen.« Sie gähnte und fuhr sich mit den Händen durch ihre rote Mähne.

»Ach, komm schon. Die Kinder brauchen doch ihre Geschichten. Und ich hab Marie versprochen, dass sie nicht ohne Bücher auskommen muss.«

Becky verdrehte die Augen. »Dann schenk ihr doch ein paar, statt mich sonntags noch vor dem Morgengrauen aus dem Bett zu werfen.«

Das mit den Büchern war gar keine so schlechte Idee. Aber das mit dem Morgengrauen war nackte Übertreibung. »Wir haben elf«, stellte Emma nüchtern fest.

»Sag ich doch.«

»Pass auf, sobald wir alle Kissen abgeladen haben, darfst du wieder nach Hause fahren. Aufräumen schaffe ich schon alleine.«

Becky half ihr, die Kissen auf der Decke zu drapieren. Marie hüpfte vor Glück und die Kinder bildeten lachend und erzählend einen Kreis.

Becky seufzte inzwischen und machte eine theatralische Geste. »Nee, versprochen ist versprochen, auch wenn ich mich nicht dran erinnern kann. Ich werde mich zusammenreißen … aber sag mal … wo ist hier das nächste Bett?«

»Da drüben ist eins, siehst du es nicht?« Emma deutete zur nächsten Straßenecke. »Es ist braun, heiß und etwa einen halben Liter groß.«

Becky brauchte nur eine halbe Sekunde, um zu begreifen. »Kaffee?« Plötzlich leuchteten die Augen ihrer Freundin wie Weihnachtskerzen. »Ich bin gleich wieder da und ich verspreche, ich bin dann ein ganz neuer Mensch.«

Das glaubte sie ihrer Freundin aufs Wort.

In der Zwischenzeit setzte Emma sich auf die Decke und zog ein paar Bücher aus ihrem Rucksack.

Dabei schaute sie in die begeisterten Gesichter all der Kinder.

Ja, scheinbar wurde es höchste Zeit, dass die Bücherei wieder eröffnete.

Aber so, wie es von innen aussah, war bestimmt eine Komplettsanierung nötig und die Tatsache, dass immer noch nicht daran gearbeitet wurde, machte ihr Sorgen.

Vielleicht sollte Emma noch einmal genauer nachfragen, ob es bereits Pläne gab. Mittlerweile mussten doch ein paar Entscheidungen getroffen worden sein. Vielleicht könnte sie auch ganz leise verkünden, dass sie eine Spendenaktion gestartet hatte. Eventuell würde man sie dafür auslachen, aber immerhin bedeutete es, dass ihr die Sache wichtig war und sie bereit war, die Ärmel hochzukrempeln und etwas zu unternehmen.

Das musste doch irgendetwas wert sein.

Aber jetzt war erst einmal Zeit für eine gemütliche Vorleserunde im Sonnenschein, mit ein paar alten Kinderbüchern aus ihrem eigenen Regal.

Read Along

Taubengrauer Himmel hing über der Stadt und obwohl Emma gerade erst von der Arbeit nach Hause gekommen war, hätte es genauso gut Nacht sein können, so dunkel war es.

Emma war unter die Dusche gestiegen und, als wollte der Himmel ihr nacheifern, fing es fast zur gleichen Zeit an zu regnen. Und zwar nicht nur ein bisschen.

Als sie wieder aus der Dusche stieg, strömten dicke Tropfen als fast durchgängige Wand vor ihrem Fenster herunter.

Emma streifte sich ihren Kuschelpullover über. Natürlich hatte auch der ein Einhorn vorne drauf und den Spruch *Glitzer macht aus Mistwetter Regenbögen*.

Sie startete einen Hangout. Lukas begrüßte sie und saß in seinem Park, bei strahlendem Sonnenschein. Das war ein merkwürdiges Gefühl, wie ein Fenster in eine fremde Welt.

Emma lehnte das Handy im Regal gegen die Bücher, stand nachdenklich da und überlegte, welches ungelesene Exemplar als nächstes dran war.

»Irgendwelche Ideen?«, fragte sie.

»Warum magst du eigentlich so gerne Einhörner?«, fragte Lukas.

»Ich meinte, was meine nächste Lektüre angeht.«

»Ich weiß.«

Emma hatte das Gefühl, mittlerweile ziemlich genau zu hören, wann er grinste. Diesmal war es ganz besonders breit.

Sie zuckte mit den Schultern, weil die Antwort sie traurig gemacht hätte, aber dann lachte sie, weil ihr etwas einfiel. »Das ist ja gar kein Einhorn, das ist ein Pferd mit einem Schwert auf der Stirn und es bewacht meine Hoffnungen und Träume.« Dummerweise war das auf eine bedrückende Weise sehr viel näher an der Wahrheit, als ihr lieb war.

Sie griff ins Regal und zog die Schmuckausgabe von *Alice im Wunderland* heraus.

Sie erwartete von ihm, dass er sich zeigte, vielleicht war es an der Zeit, ihm einen kleinen Einblick zu gewähren. »Als meine Mutter gestorben ist, hab ich mich sehr einsam gefühlt.« Sie biss sich auf die Lippe. »Da hat es mir irgendwie geholfen, an etwas zu glauben, das unschuldig ist, ein Symbol für Hoffnung und Liebe …« Die Erinnerung legte sich wie ein nasser Lappen schwer über ihre Brust. Das war nicht gerade eine riesige Offenbarung gewesen. Aber es zählte sicher mehr als sein Kinn, das zufällig ins Bild rutschte.

Sie lachte noch einmal, um das Gefühl wieder zu vertreiben. »Außerdem glitzern Einhörner und sie sind rosa. Was will man mehr?« Jetzt bloß das Thema wechseln. »Ich war übrigens heute in der Firma unterwegs, um herauszufinden, was aus der Bücherei wird, ob es schon irgendwelche Pläne gibt.«

Zum Glück ließ er sie damit davonkommen. »Und? Sieht es gut aus?«

»Keine Ahnung, ich kam mir ein bisschen vor wie bei *Asterix erobert Rom*, dauernd wurde ich von A nach B geschickt und gleich wieder zurück, weil keiner zuständig war. Und der Chef ist natürlich nicht im Haus.« Emma schielte ein bisschen. »Aber so leicht geb ich nicht auf. Ich gehe denen einfach so lange auf den Keks, bis ich eine vernünftige Auskunft bekomme.«

»Hast du schon jemandem von deiner Aktion erzählt?«

Sie schüttelte den Kopf. »Nein. Und jetzt brauche ich ein wenig Ablenkung.« Sie stellte *Alice* zurück ins Regal.

»Wonach suchst du denn?«, fragte er. »Keine Liebesgeschichte?«

Natürlich wollte er wissen, ob sie den neuen Taylor schon zu Ende gelesen hatte. Aber sie brachte es nicht über sich, darüber zu sprechen. Noch nicht.

»Nein. Irgendetwas Spannendes, aber auch nicht triefend blutig oder so.«

»*Stephen King*?«

»Ich hab gesagt spannend, nicht so, dass ich nicht mehr schlafen kann.«

»Dann probier *Das Feuerkind*. Auch ein *King* und es ist schon ein paar Jahre her, dass ich es gelesen habe. Aber ich glaube, das passt sehr gut zu deiner Beschreibung.«

»Und wenn ich mich zwischendurch doch zu sehr grusele?«

»Dann lies ein Buch mit Einhörnern.«

Schon wieder ein Grinsen zwischen seinen Worten. »Du könntest auch einfach mitlesen«, schlug Emma vor.

»Ich?«

»Wer sonst, ist ja niemand anders da.« Sie zog ihren Zopf nach vorne und drehte ihn um ihren Finger. »Es sei denn natürlich, du hast keine Lust, es ein zweites Mal zu lesen. Dann nehme ich das aber als Hinweis, dass es nicht so gut gewesen sein kann.«

»Ein interessanter Vorschlag …«

»Sag bloß, du hast noch nie ein Buch mit jemandem zusammen gelesen.«

»Um ehrlich zu sein, habe ich das nicht.«

»Nicht einmal mit einer Freundin?« Sie war ehrlich überrascht.

»Nein. Die hat nicht wirklich gerne gelesen.«

»Du meine Güte. Na dann, herzlich willkommen bei deinem ersten Read-Along.«

»Read-Along?«

»So nenn ich das. Du kannst meinetwegen auch Leserunde sagen oder Buch-Party oder dir etwas ganz Eigenes ausdenken. Wie du magst.«

»Read-Along ist schon okay.«

»Jetzt brauchen wir nur noch das Buch …« Emma tippte sich nachdenklich auf die Unterlippe. »Es könnte sogar sein, dass Becky *Das Feuerkind* noch aus ihrer Sturm-und-Drang-Zeit im Regal stehen hat.«

Sie schrieb eine schnelle Nachricht und als Antwort klopfte es keine zwei Minuten später an der Tür. Becky war mächtig aufgebrezelt.

»Mister Grillanzünder?«, fragte Emma.

»Nein, aber der mit den Würstchen.«

Emma prustete albern los.

Und ihre Freundin verdrehte die Augen. »Er hat sich um die Bratwürstchen gekümmert«, warf Becky ein.

»Das macht es ehrlich gesagt auch nicht besser.« Sie kicherte immer noch.

»Meine Herren, du bist heute aber albern.«

»Ach, lass mich doch.«

Becky schüttelte den Kopf und reichte ihr das abgegriffene, doch gut erhaltene Buch. »Bitte schön. Aber vorsichtig behandeln, das ist eins meiner Allerersten und ein Lieblingsbuch.«

»Ich bin immer vorsichtig, das weißt du doch.«

»Gut, dann viel Spaß mit Herrn *King*. Ich schau mir mal an, ob meine Verabredung noch etwas anderes kann als Würstchen halten.«

Emma lachte schon wieder. »Sei aber vorsichtig und benutzt einen Schirm.«

Becky knuffte sie gegen die Schulter, aber sie grinste auch. »Werden wir. Aber im Kino bekommt man sowieso nicht viel Regen ab.«

»Das sagst du jetzt. Der Freundinnen-Notruf steht auf jeden Fall bereit, falls du wegen eines dringenden familiären Notfalls abgeholt werden musst, reicht eine SMS.«

»Aye, Ma'am.«

Mit einem Winken verabschiedete sich Becky und Emma kehrte zurück zum Regal, wo sie das schwarze Buch mit den Flammenaugen auf dem Cover in die Kamera hielt. »Bitte sehr. Jetzt fehlt nur noch eine Kopie für dich. Hast du eine zu Hause?«

Lukas deutete auf den Bildschirm seines Laptops. »Ich bin versorgt.«

»Okay, wenn du nicht mehr arbeiten musst, würde ich sagen, wir legen direkt los.« Sie setzte sich auf ihr Bett, knautschte das Kopfkissen für eine angenehme Sitzposition zurecht und stellte das Handy auf den Nachttisch.

So hatte sie auch noch keinen Read-Along gemacht. Aber irgendwie fühlte es sich nett an, nicht alleine zu lesen, während der Regen in beständigem Rauschen an die Fensterscheibe klopfte.

Und durch das Handy als virtuellem Fenster hatte sie einen netten Ausblick nach Berlin, wo Lukas im warmen Licht der Nachmittagssonne saß, bereit, mit ihr gemeinsam zu lesen.

Leseort

Der Balkon war nicht einmal groß genug, um sich ausgestreckt darauf hinzulegen. Trotzdem hatte Emma einen kleinen, runden Holztisch darauf gequetscht und einen passenden, dunklen Stuhl, dessen Rückenlehne sich gerade genug bewegen ließ, um eine Liegeposition vorzutäuschen.

Emma hatte ihn mit ein paar gelb und rot geblümten Kissen gepolstert, eine große Kanne mit selbstgemachtem Eistee neben sich gestellt, dazu eine kleine Schüssel mit Weintrauben und Erdnüssen.

Der Leseabend konnte beginnen und der E-Reader auf ihrem Schoß war frisch aufgeladen. Denn *Stephen King* hatte sie mit Lukas bereits beendet. Mittlerweile waren sie zu Alice im Wunderland übergegangen. Absolute Pflichtlektüre, weil ihr Lesepartner die Geschichte beim ersten Versuch doch tatsächlich abgebrochen hatte. Das konnte Emma unmöglich so stehen lassen.

»Und, wie weit bist du gekommen?«, fragte sie und öffnete das Buch bei ihrer letzten Lesemarke.

»Schönes Wetter heute«, sagte Lukas übertrieben. »Bei uns zumindest. Regnet es bei euch immer noch?«

»Nein. Aber ich hab gefragt, wie weit du gestern noch gekommen bist.«

»Was ist mit morgen? Freust du dich schon auf dein nächstes Päckchen?«

Und wie, sie war schon ganz hibbelig. »Hey, du sollst nicht ablenken. Wie weit bist du gekommen?«

Er seufzte theatralisch. »Nicht besonders weit. Es macht mir einfach keinen Spaß.«

»Du musst es schon richtig versuchen, sonst macht das alles doch keinen Sinn.«

»Okay.« Aber er klang nicht gerade überzeugt.

»Nein, ich meine das ernst. Du musst mir versprechen, dass du ihr eine echte Chance gibst.«

Noch ein Seufzen. »Okay. Ich verspreche es.«

»Indianer-Ehrenwort?«

»Indianer-Ehrenwort.«

»Sehr gut. Dann zu deiner Frage. Um ehrlich zu sein, bin ich ziemlich nervös.« Beim Gedanken daran schäumte ihr ganzer Bauch, als wäre eine Brausetablette in Sprudelwasser gefallen.

»Wieso das denn?«

»Na, weil ich noch nie vor so vielen Menschen gesprochen habe.« Ihre Abonnentenzahl kratzte bereits an der Fünfzig und obwohl das im Vergleich zu anderen Kanälen rein gar nichts war, drehte die Brausetablette in ihrem Innern Kreise, wenn sie nur daran dachte.

»Aber die Anzahl der Abonnenten macht doch überhaupt keinen Unterschied.«

»Wenn es live ist und diese Leute anwesend sind, schon.«

»Tut es nicht. Das, was du sagst, bleibt doch dasselbe, egal, ob dir drei Leute zusehen oder dreitausend. Außerdem siehst du die Zuschauer doch gar nicht.«

»Aber ihre Anzahl wird eingeblendet.«

»Dann kleb einen Sticker drüber.«

»Davon werden es auch nicht weniger.«

»Soll ich dir zeigen, wie sehr ich gerade meine Augen verdrehe?«

Emma hätte sich fast verschluckt. Ob er das beabsichtigt hatte? Zumindest sein Unterbewusstsein?

»Ja«, sagte sie schnell.

Er schnaubte. »Du wirst das Kind schon schaukeln. Es hat doch bis jetzt auch immer gut geklappt.«

»Und was, wenn sie sich langweilen?«, fragte Emma

»Dann gehen sie wieder.« Er zuckte mit den Schultern. »Aber das kann ich mir nicht vorstellen. Warum kommen sie denn überhaupt? Weil sie etwas spenden wollen, oder ein kleines Fanpaket gewinnen möchten. Beides bietest du auf jeden Fall. Sie haben also gar keinen Grund, sich gleich wieder zu verabschieden oder enttäuscht zu sein. Wenn überhaupt jemand nervös sein müsste, dann ja wohl ich.«

Sie schüttete sich ein großes Glas Eistee ein. »Du? Wieso das denn?«

»Na, es kann ja sein, dass dir diesmal gar nicht gefällt, was ich eingepackt habe. Vielleicht findest du es langweilig oder blöd oder zu wenig Richard-Taylor-mäßig.«

»So ein Blödsinn. Seit deinem ersten Päckchen habe ich meinen Schlüssel nie mehr suchen müssen, Konrad springt mir förmlich entgegen, sobald ich den Rucksack öffne. Und das Buch von Taylor mitsamt Widmung war einfach nur zum Dahinschmelzen.« Zum größten Teil … »Du hast bisher also zweimal einen Treffer gelandet.«

»Na also, wie groß ist die Chance, dass ich das wiederholen kann?«

»Weißt du was? Ich verspreche dir, dass ich mich freue, egal, was es ist. Alleine, weil du dir so viel Gedanken und Mühe gemacht hast.«

»Sehr beruhigend. Das heißt, selbst wenn du dich freust, werde ich jetzt denken, dass du nur so tust, obwohl du es in Wirklichkeit gähnend langweilig findest.«

»Oh, so meinte ich das doch gar nicht.« Wie konnte er das nur so falsch verstehen?

»So hat es aber geklungen.« Doch seine Stimme war merkwürdig.

»Gar nicht wahr, du weißt genau, wie ich es gemeint habe.« Das musste er einfach.

»Klar, du hast gemeint, dass du aus Mitleid auf jeden Fall so tun wirst, als würde es dir gefallen.« Jetzt klang er wirklich seltsam.

»Sag mal, willst du mich gerade absichtlich ärgern?«

»Kommt drauf an.«

Kommt drauf an? »Worauf?«, fragte sie skeptisch.

»Geht es dir jetzt besser?«

Ach, daher wehte der Wind. »Schuft!« Aber sie konnte sich ein Lächeln nicht verkneifen. »Zumindest hast du mich sehr gut abgelenkt. Danke. Aber da hätte es vielleicht auch nettere Möglichkeiten gegeben.«

»Keine, die auf so eine Entfernung funktioniert.«

»Ach ja, dann komm doch vorbei. Bist herzlich eingeladen. Für dich quetsche ich sogar noch einen zweiten Stuhl auf meinen Balkon.« Sie hielt die Luft an.

Schweigen.

Toll.

Nächster Versuch gescheitert.

»Ich wüsste wirklich gerne, was ich tun muss, damit du mir vertraust.«

Er schwieg, wie immer.

Sie seufzte und wechselte das Thema … mal wieder. »Trotzdem hab ich Sorge, dass es den Leuten nicht gefällt. Ich meine, das wird doch langweilig, wenn ich mich immer nur vor meiner Wohnzimmerwand filme.«

»Das Wetter ist bombastisch. Geh doch nach draußen, dahin, wo du Taylors Buch zum ersten Mal gelesen hast. Das sah sehr entspannt aus und hübsch anzusehen war es auch.«

Hübsch anzusehen? Ihr Herz machte einen Salto und das Brausesprudelwasser schäumte wieder auf. Diesmal aber aus wesentlich positiveren Gründen. Jetzt also doch ein Kompliment. Konnte der Typ sich mal entscheiden?

Moment. Oder war es doch keins gewesen? Er hatte sicher nur den Ort gemeint.

Vielleicht.

Wahrscheinlich.

Konzentrier dich.

Sie legte den Kopf zur Seite und dachte über seinen Vorschlag nach. Eigentlich war das gar keine so schlechte Idee. Das Wetter war herrlich und Bücher machten sich im Grünen immer gut. Wieso war sie da nicht selber drauf gekommen?

»Tolle Idee.«

Aber ihren Lieblingsort würde sie sich für später aufheben. Wie wäre es für morgen mit dem Poppelsdorfer Schloss?

Das würde bestimmt eine tolle Kulisse abgeben. Aber jetzt wartete erst mal *Alice im Wunderland* auf ein weißes Kaninchen.

Live

Emma war aufgeregt.

Ein milder Wind strich durch die Bäume der Poppelsdorfer Allee. Er kräuselte das Wasser des flachen Burggrabens und strich über das satte Grün der Wiese vor dem Schloss.

Beim nächsten Live-Unpacking würde Emma vielleicht die bunte Pracht des botanischen Gartens in Szene setzen, aber heute war es das verschnörkelte Geländer der kleinen Brücke, das saftige Grün des sommerlichen Rasens und das zarte Pastellgelb der stuckverzierten Schlossfassade mit dem kuppelähnlichen Dach.

Um ihre Kamera sinnvoll aufstellen zu können, war sie noch schnell in die Innenstadt gefahren und hatte sich so ein Stativ mit flexiblen Beinen besorgt. Das hing jetzt nicht gerade graziös an dem alten Geländer, hielt dafür aber bombenfest.

Sie sah auf die Uhr. Ihr Herz pumpte ungeduldig gegen ihr Brustbein und schien die Sekunden zu zählen, bis es Zeit wurde loszulegen. Ja, sie war nervös, wenn sie daran dachte, dass ihr mehr als *drei* Leute zusehen könnten – vielleicht sogar viel mehr! Aber immerhin war es für einen guten Zweck.

Nervös dachte sie an den Inhalt des Päckchens. Sie freute sich natürlich aufs Auspacken. Aber was, wenn ihr tatsächlich nicht gefiel, was drin war?

Immerhin war es von einem Lukas gepackt worden, der sie gar nicht kannte. Ein Jetzt-Lukas hätte wahrscheinlich ein völlig anderes Päckchen gepackt als ein Damals-Lukas. Was, wenn nur ein Paar alte Socken drin waren?

Okay, vielleicht keine Socken, aber eben irgendetwas Langweiliges, mit dem sie überhaupt nichts anfangen konnte.

Dann war das auch nicht zu ändern.

Sie atmete tief durch, wartete noch, bis eine Gruppe Studenten vorbeigeschlendert war und schaltete dann das öffentliche Hangout live.

Stolz stellte sie fest, dass ihre Stimme fast gar nicht zitterte, während sie kurz zusammenfasste, was bisher geschehen war.

Dann zog sie ein rechteckiges Päckchen aus ihrem Rucksack. »Also, jeder, der seit dem letzten Video bis heute Morgen um zehn gespendet hat, sitzt automatisch im Lostopf und darf auf den Inhalt dieses kleinen Schätzchens gespannt sein.« Sie drehte die Verpackung langsam in ihren Händen.

Sie hatte natürlich bereits eine ziemlich genaue Vorstellung davon, was drin war. Und vielleicht war sie tatsächlich ein wenig enttäuscht. Natürlich mochte sie Taylors Bücher, aber immerhin hatte sie schon die meisten. Und die Sache mit der Widmung war beim ersten Mal toll gewesen, aber eine Wiederholung wirkte schon irgendwie langweilig.

Andererseits, was hätte ein Damals-Lukas sonst hineinpacken können? Immerhin kostete das Ganze ja auch Geld.

Sie setzte ein Lächeln auf und atmete tief durch. Dann kontrollierte sie noch einmal, dass man auf dem Bild auch alles sehen konnte und achtete extra nicht auf die zweistellige Zuschauerzahl, durch die das Wummern in ihrer Brust nur noch heftiger wurde.

Vorsichtig löste sie das Klebeband von dem samtigen Papier, erst an den Seiten, dann unten.

Es raschelte und um es spannend zu machen, hob sie extra langsam die Lasche, die den Inhalt freigeben würde.

Darunter befand sich … ein feuerrotes Cover mit schwarzem Klappentext und einer Klatschmohnblüte. Emmas Herz sank auf den bedeckten Fußboden und rollte durch den feinen, weißen Kies.

Noch einmal? Wirklich?

Zum Glück war ihr Lächeln eingefroren. Was hatte er sich nur dabei gedacht? Erst gab er sich solche Mühe und dann verschenkte er dasselbe Buch doppelt?

Selbst von einem Damals-Lukas hätte sie wirklich mehr erwartet. Vielleicht war das unfair, vielleicht …

Da entdeckte sie ein Lederband. Was hatte das denn neben einem Buch zu suchen? Ein Lesezeichen? Das war aber wirklich dick …

Sie zog daran und entdeckte, dass es mit beiden Enden am Buch befestigt war.

Emma stutzte.

Und dann bemerkte sie, dass man das Buch gar nicht öffnen konnte. Die Seiten waren alle zusammengeklebt, der Umschlag war unlösbar mit dem Einband verbunden und eine Schnalle schloss sich über dem Buchschnitt.

Eine Handtasche!

Ihr klappte der Mund auf. Er hatte tatsächlich eine Handtasche aus seinem eigenen Buch gemacht.

Das war … bombastisch. Ein Buch und eine Handtasche in einem und es sah so unglaublich hübsch aus.

Sie zog an der Schnalle, die mit einem Magnetverschluss zusammenhielt und das ausgehöhlte Innere war mit einem rot-orangenen Klatschmohnmuster ausgeschlagen.

Außerdem befand sich ein Stein und Packpapier darin, wahrscheinlich, um das fehlende Gewicht der Seiten zu kompensieren, außerdem ein Zettel.

Das habe ich anfertigen lassen.
Ich hoffe, es gefällt dir.

Darunter eine Adresse mit der Dame, die dieses Kunstwerk produziert hatte.

Emma war sprachlos.

Sie blinzelte und besann sich, dass ihr gerade – vielleicht – immer noch fünfzig Leute zusahen. Sie hielt die Buchtasche ausführlich und in allen Winkeln in die Kamera, las den Zettel vor und konnte gar nicht genug davon bekommen, all die kleinen Details an diesem Meisterwerk hervorzuheben.

Dann wollte sie den glücklichen Gewinner aus ihrer extra dafür mitgebrachten Mütze ziehen. Aber stattdessen benutzte sie passenderweise ihr neues Lieblingsstück als Lostopf.

»Und der Gewinner iiiiist …« Vielleicht musste sie sich doch mal etwas besorgen, das als Trommelwirbel funktionieren konnte.

Sie zog einen Zettel heraus und las den Namen vor. Der sagte ihr gar nichts, aber die junge Frau war tatsächlich anwesend und freute sich so ausführlich im Chat, dass Emma lachen musste. Ja, das war wirklich ein tolles Überraschungspaket.

Dabei fiel ihr Blick auf die Besucherzahl, die sich mittlerweile im dreistelligen Bereich befand.

Emma hielt die Luft an, um nicht zu quietschen und konzentrierte sich mit aller Macht auf die junge Frau, die weiterhin Smileys und Herzchen im Chat verteilte und von den anderen beglückwünscht wurde.

Sie verwies auf den anderen Kanal, auf dem später dasselbe Päckchen noch einmal verlost werden würde, und verabschiedete sich schließlich bis zur nächsten Woche.

Dann schaltete sie sofort ein privates Hangout mit einer ganz bestimmten Person.

Offensive

Einhundertdrei.

Emma versuchte, nicht völlig auszuflippen, während sie darauf wartete, dass Lukas dranging.

Einhundert Zuschauer.

Das konnte unmöglich stimmen.

So viele Abonnenten hatte sie doch gar nicht.

Sie klickte auf ihr Profil und stolperte über die neue Abonnentenzahl, dreiundneunzig.

»Herzlichen Glückwunsch«, kam Lukas Stimme aus ihrem Telefon.

Sie spürte, wie ihre Wangen rot wurden, während sie seine Stimme registrierte. »Dankeschön.« Fast einhundert.

Das war unglaublich.

Sie fasste sich wieder und winkte ab. »Ich hab doch gar nichts gemacht.«

»Natürlich, du hast dich wirklich super gehalten, man hat deine Nervosität fast gar nicht gemerkt.«

»Bis auf die Tatsache, dass mir das Päckchen fast aus der Hand gefallen wäre.«

»Ist es aber nicht … und zur Krönung habe ich dir sogar fast geglaubt, dass du dich gefreut hast.« Da war wieder dieses subtile Grinsen in seiner Stimme.

»Hey, ich hab mich wirklich gefreut.«

»Und du empfindest das nicht als Verunstaltung des Buches?«

Emma legte den Kopf zur Seite. »Würde ich vielleicht, wenn ich nicht eine völlig unversehrte Kopie zu Hause hätte.« Sie lächelte. »Das war wirklich eine fabelhaft geniale Idee.« Sie drehte das kleine Schmuckstück in ihren Fingern.

»Freut mich sehr, dass du dich freust.«

»Ja, durch den Stein hast du mich echt reingelegt. Ich dachte im ersten Augenblick, jetzt gibt es für den Rest der Zeit immer dasselbe Buch.« Sie ließ das kleine Prachtstück in ihren Rucksack gleiten.

»Das war der Plan.« Er lachte leise und seine Brust hob und senkte sich dabei in kleinen Schüben. Sie würde jetzt zu gerne neben ihm sitzen und sich richtig bedanken … seine Nähe spüren. Die Wärme seines Körpers, das Lachen auf seinem Gesicht sehen und ihre Hand in seine legen.

Emma begann ihre Sachen einzuräumen.

»Übrigens«, setzte Lukas an. »Du hast dir einen netten Ort für die Verlosung ausgesucht. Ein bisschen Abwechslung für die Zuschauer, das finde ich toll.«

»Freut mich, dass es dir gefällt. Ich kann ja mal nach Berlin kommen, dann hätten sie echte Vielfalt.« Emma biss sich auf die Zunge, grinste schief und tat, als wäre es ein Scherz gewesen. Doch das war es natürlich nicht … und er schwieg … wie gewöhnlich.

Sie atmete tief, um sich nichts anmerken zu lassen und griff nach der Mütze, die neben den Rucksack gefallen war. »Aber mal im Ernst. Ich hab über deine Anmerkung nachgedacht, dass ich in den ersten Jahren nicht so viele Videos produziert habe. Deshalb habe ich mir überlegt, damit die Leute jetzt auch etwas anderes zu sehen bekommen als nur die Spendenvideos, stelle ich vielleicht mal meine Lieblingsleseorte vor. Was hältst du davon?« Wenn man genau sein wollte, hatte er sie auf die Idee gebracht, weil er ihren Lieblingsleseplatz als Drehort vorgeschlagen hatte.

»Klingt sehr interessant. Ich würde es mir auf jeden Fall ansehen.«

»Meinst du?« Sie lehnte sich gegen das Geländer, blickte über das spiegelnde Wasser in dem flachen, breiten Graben und beobachtete eine Mutter, die ihren Kinderwagen über die Brücke schob. »Ich bin mir noch nicht ganz sicher, was ich da genau filmen soll. Ein Rundumblick, klar, aber … ich meine, ich kann ja schlecht filmen, wie ich lese.« Das klang ultralangweilig.

»Wieso nicht? Das ist es doch, was die Leute am liebsten machen. Vielleicht kannst du ja einen Zeitraffer einbauen, muss ja keine Ewigkeiten dauern.«

»Hmmm, meinst du?« Sie stellte sich vor, selber so ein Video zu schauen. »Vielleicht könnte ich eine Art Vlog daraus machen, mit Anfahrt und noch eine Art Liste der Special Features, also der Dinge, die mir an dem Leseort am besten gefallen.«

»Das klingt doch sehr ansprechend. Vielleicht könntest du auch noch ein spezielles Buch dazu nehmen, das du mit dem Ort verbindest.« Sie sah, wie sein Kinn ins Bild nickte.

»Oh, und einen Lesesnack und überhaupt eine Liste der Dinge, die ich mitnehme, wenn ich an dem jeweiligen Ort lese.« Sie wurde ganz aufgeregt, das klang richtig toll.

»Und welche Bücher du dort überhaupt schon gelesen hast.«

»Das ist gigantotastisch.« Die Idee gefiel ihr mit jeder Minute besser. Das könnte wirklich funktionieren. Sie würde sich so etwas auf jeden Fall gerne ansehen.

»Stimmt. Ich finde, das klingt hervorragend. Das wird sicher ein neuer Trend«, sagte er mit fester Stimme.

Sie spürte, wie ein glühender Wind sie von innen wärmte. »Na ja, das muss sich erst noch zeigen.«

»Wieso nicht? Außerdem könntest du mal wieder eine Rezension einstellen. Das perfekte Buch dafür hast du ja gerade als Tasche geschenkt bekommen.« Wieder ein Grinsen in seiner Stimme.

Sofort verwandelte sich die warme Brise in einen kalten Ascheregen. Denn Emma hatte ihm diesbezüglich noch immer nicht die Wahrheit gesagt.

Sie biss sich auf die Lippe und begann sehr geschäftig das flexible Stativ vom Geländer zu lösen.

***

Statt einer Antwort schwieg sie.

Lukas' Herz klatschte mit lautem Schmatzen auf den Boden unter der Parkbank.

Er räusperte sich und versuchte seine Stimme wiederzufinden, denn natürlich gab es nur eine Möglichkeit, ihre Reaktion zu deuten.

»Es hat dir nicht gefallen«, sagte er.

Das war keine Frage, sondern eine simple Feststellung. Er bildete sich ein, dass sie den Schmerz in seiner Stimme hören konnte, denn sie machte ein entschuldigendes Gesicht.

»Nicht so richtig …«, flüsterte sie ganz leise und blickte zur Seite, während sie drei knubbelige, kurze Beine aus Metall oder Plastik zusammendrückte und in ihrem Rucksack verstaute.

Er hatte so fest damit gerechnet, dass es ihr gefallen würde. Und jetzt?

***

»Es tut mir echt leid, ich wollte wirklich, dass es mir gefällt, gerade, weil du es mir geschenkt hast …«, setzte sie an. »Aber …«

Emma sah, wie er in seinem Stuhl zurückfiel, sein Kinn war jetzt auf dem Bild zu sehen und tatsächlich auch sein

Mund. Doch seine Lippen waren zu einem schmalen Strich zusammengepresst.

»Ich meine, es ist nicht wirklich schlimm oder so, es ist eine tolle Geschichte … unglaublich gefühlvoll. Ich hab mitgefiebert, mitgelacht, mitgeliebt …«

»Aber?« Seine Stimme klang heiser.

»Ich weiß nicht, das Ende hat einfach nicht gepasst. Ich meine, klar müssen nicht alle Liebesromane ein super fluffiges Rosa-Zuckerwatte-Happy-End haben, aber das … Er kann den armen Tristan doch nicht einfach so in der Luft hängen lassen.«

Sie dachte daran, wie sie den letzten Satz gelesen hatte und verzweifelt das letzte Blatt immer wieder umgewendet hatte, in der Hoffnung, dass auf magische Weise, doch noch ein paar Wörter darauf erscheinen würden.

Lukas' Schultern sackten herunter und seine Lippen wurden wieder weich. Sanft geschwungene Linien, die sich leicht öffneten und gleich wieder schlossen, wie zu einem Kuss.

Also Emma, reiß dich zusammen.

Es tat ihr nur umso mehr leid, dass sie nichts Besseres über das Buch zu sagen hatte, aber ihr fehlte einfach ein vernünftiger Schluss.

Er schien zu ahnen, wie unangenehm ihr die Sache war. Denn er setzte sich aufrecht hin und sein Kinn verschwand wieder aus dem Bild.

»Das ist alles?«, fragte er.

»Was meinst du mit *alles*?«

»Na ja, wenn dir *nur* das Ende nicht gefallen hat, dann war ja nicht das ganze Buch schlecht, oder?«

Sie kaute auf ihrer Unterlippe herum. »Wohl nicht … im Gegenteil, der Rest der Geschichte war ein absolut waschechter Taylor.«

»Na also.« Seine Stimme klang aufmunternd, aber das war natürlich nur geraten. Emma hätte nur zu gerne sein Gesicht gesehen.

Sollte sie es noch einmal versuchen? Aber diesmal vielleicht nicht gleich mit einem Treffen, schließlich würde ihr ein Blick in seine Augen reichen. Wie wäre es mit etwas, das er tun konnte, ohne viel Aufwand zu betreiben?

Sie musste es nur aussprechen, sich einfach trauen. Immerhin war es doch das, was den Leuten in den Liebesromanen gerne so schwerfiel, das miteinander Reden.

»Sag mal … ich weiß, dass du immer schweigst, wenn ich dich darauf anspreche, ob wir uns treffen können. Und das ist auch völlig in Ordnung … irgendwie. Aber würde es dir vielleicht etwas ausmachen, die Videokamera ein klein wenig nach hinten zu kippen?« Sie hielt die Luft an.

Sein Oberkörper schien plötzlich so steif wie ein Brett. Alleine diese winzige Reaktion schnitt ihr wie ein langes Messer tief ins Fleisch.

Wieso hatte er nur solche Angst vor ihr?

Hatte sie irgendetwas falsch gemacht?

Wie konnte er sich als ihr Fan bezeichnen, aber dann so wenig Vertrauen in sie haben?

Vielleicht war es auch zu früh. Immer noch. Vielleicht erwartete sie zu viel. Was war schon groß passiert? Sie hatten sich ein paarmal unterhalten, den ein oder anderen lockeren Spruch getauscht, vielleicht sogar ein bisschen geflirtet, aber das war es auch gewesen. Doch was war mit den gemeinsamen Lesestunden … war das auch nur Geplänkel?

Stille.

Wie immer.

Dumm von ihr, dass sie etwas anderes erwartet hatte. Einfach nur dumm. »Hey, sorry, dass ich gefragt habe. Du musst das wirklich nicht.« Sie versuchte ein Lächeln, aber das brüchige Schaben ihrer Stimme hatte sie bestimmt verraten. Wahrscheinlich sollte sie einfach akzeptieren, dass er keine Lust auf einen echten Kontakt mit ihr hatte.

Das war auch nichts, was sie verletzen sollte, oder konnte, schließlich kannten sie sich noch nicht lange. Trotzdem wäre sie am liebsten davongelaufen.

Sie konnte sich jetzt unmöglich länger mit ihm unterhalten. »Ich … weißt du … ich muss sowieso weg … ich … bin mit Becky verabredet …«, sagte sie. Und wahrscheinlich hätte nur ein Neonzeichen über ihrem Kopf die miese Ausrede noch deutlicher gemacht.

»Oh … sicher.«

Sie stellte sich vor, dass er nicht nur überrascht, sondern auch ein wenig enttäuscht klang. Das war natürlich pure Einbildung. Aber es half ihr ein bisschen zu glauben, dass ihm das Ganze doch etwas bedeutete … wenn auch vielleicht nicht so viel wie ihr. Und es war so einfach, in eine Stimme ohne Gesicht alles hineinzuinterpretieren, was sie wollte.

»Wir … hören uns dann«, sagte sie leise und schaltete aus, bevor er noch etwas erwidern konnte.

Fast hätte sie gesagt *wir sehen uns dann*, aber das wäre pure Ironie gewesen.

Was konnte nur so schrecklich sein, dass er es ihr immer noch nicht sagen wollte?

Pause

Auf der Terrasse des *Café Morgenlicht* verbreiteten schlichte Gartenstühle, zartgrau karierte Tischdecken und zierliche Topfpflanzen mit winzigen, rosafarbenen Köpfen ein sommerlich idyllisches Ambiente.

Der herb würzige Duft von Kaffee stieg ihm in die Nase. Neben seinem Laptop stand ein Stück dichte, dunkle Walnusstorte mit frisch geschlagener Sahne und sah zum Anbeißen aus.

Trotzdem stand sie unangetastet da.

Dafür gab es nur eine Erklärung: Emma hatte sich die ganze Woche nicht gemeldet.

Es war sinnlos, das abstreiten zu wollen.

Umgekehrt hatte er es nicht gewagt, ihr zu schreiben. Denn bei ihrer letzten Unterhaltung hatte sie schon wieder gefragt, ob sie sich treffen könnten. Diesmal hätte ihr ein virtuelles Miteinander gereicht. Dummerweise blieben die Probleme dieselben.

Gerade beobachtete er zum dritten Mal, wie sie das neueste Päckchen öffnete. Zuerst wickelte sie das relativ dicke Objekt aus. Eine Kuscheldecke war darin und in ihr eingeschlagen, lauter kleine Päckchen: Tristans Lieblingsfilm, passend dazu eine Kerze mit Vanille-Duft, zwei Pakete Taschentücher, süßes Mikrowellen-Popcorn und ein Reagenzglas voller Kakaopulver mit Mini-Marshmallows für heiße Schokolade.

Sie freute sich … oder sie gab sich Mühe. Aber er konnte in ihren Augen lesen, dass sie nicht ganz bei der Sache war. Wegen ihm? Konnte das sein?

Vielleicht war es auch, weil ihr das Ende des zugehörigen Buches nicht gefallen hatte.

Eine Rezension hatte sie dazu bisher nicht gedreht.

Sie hatte gesagt, dass Tristan ihr am Ende zu sehr in der Luft hängengeblieben war.

Ihm hatte das Ende immer gefallen.

Er öffnete das Buch auf seinem Laptop und blätterte darin, folgte Tristan in schnellen Sprüngen durch seine Geschichte und versuchte herauszufinden, wo die Dinge angefangen hatten, falsch zu laufen.

Vielleicht hatte sie recht … vielleicht verdiente er ein anderes Ende …

Mit einem Seufzen startete er das Video zum vierten Mal. Nicht, weil es ihm besonders gut gefiel, sondern weil er sich vorstellen konnte, bei ihr zu sein.

Er wusste schon so lange, dass er sie treffen wollte.

Wahrscheinlich war es tatsächlich unfair von ihm, sich zu verstecken. Wenn er sich vorstellte, immer nur ihren Oberkörper sehen zu können … ihren zugegebenermaßen unglaublich hübsch geformten Oberkörper … er würde sich auch seltsam fühlen.

Aber er wollte sich ihr nicht zu erkennen geben. Erst recht nicht, weil sie ihn so drängte.

Denn er konnte sich nur zu gut vorstellen, was das bedeutete, sobald sie den Grund für sein Versteckspiel erkannte.

Nein, noch nicht. Er wollte sie noch ein bisschen behalten, so, wie sie war. So, wie sie ihn bisher ansah.

Oder eher, angesehen hatte …

Er seufzte noch einmal.

In seinem gut durchdachten Plan hatte sie die Päckchen der Reihe nach geöffnet, durch das Letzte alles erfahren, was es zu erfahren gab und sie wären wieder getrennter Wege gegangen. So weit, so einfach.

Hätte sie auf sein Päckchen nicht mit einer Nachricht geantwortet, dann müsste er jetzt auch nichts geheim halten und er würde nicht in so einem Gefühlschaos stecken.

Auf der anderen Seite hatte das Ganze auch etwas Gutes. Seit er Emma kannte, hatte sich sein Leben deutlich zum Positiven verändert.

Er saß im Freien, in einem Café, mit anderen Gästen. Das hätte er vor ein paar Wochen noch für unmöglich gehalten.

Er hob den Kopf. Sah über das schlichte Geländer und die breite Allee zum Park hinüber.

Zugegeben, er war nur einen Katzensprung von seiner Wohnung entfernt, aber es war ein Anfang und das war allein Emmas Verdienst.

Vielleicht wurde es doch Zeit, über seinen eigenen Schatten zu springen und sie zu sehen.

In ihm kämpften die zwei Stimmen wie Löwen gegeneinander, aber sie konnten sich nicht einigen.

Er wollte sie treffen, aber ohne sein Gesicht zu zeigen … vielleicht sollte er es ja doch mit einer Papiertüte über dem Kopf probieren.

***

Emma stand zwischen riesigen Bücherstapeln in ihrem Wohnzimmer. Das gesamte Regal war leer und sie versuchte, eine neue Ordnung in ihre gesammelten Werke zu bekommen. Erst hatte sie nach Farben sortiert, dann wieder alles über den Haufen geworfen und Genrestapel errichtet. Aber das gefiel ihr auch nicht.

Gerade sortierte sie alphabetisch nach Autor, aber es nützte alles nichts. Das Einzige, an das sie denken konnte, war die Tatsache, dass Lukas sich immer noch nicht gemeldet hatte.

Dabei hatte sie mit der ollen Sortiererei überhaupt erst angefangen, um eben nicht mehr daran zu denken.

Sie ließ sich auf ihr Sofa plumpsen und starrte auf das riesige Chaos vor sich.

Plötzlich klopfte es an der Tür.

Mit einem tiefen Seufzen ging Emma hin und öffnete. Becky stand vor ihr und rieb sich grinsend die Hände. »Und? Können wir loslegen?« Sie schritt beherzt an Emma vorbei in die Wohnung und blieb stehen, als sie das Durcheinander sah. »Meine Herren! Was ist denn hier passiert? Ich dachte, wir wollten ein Frage-und-Antwort-Video mit dir drehen.«

»Oh«, sagte Emma, stellte sich neben ihre Freundin und betrachtete das Chaos. »Das hab ich völlig vergessen«, nuschelte sie.

»Das sehe ich … was ist denn los?«

Emma band ihren Zopf neu, damit ihre Finger etwas zu tun hatten und erzählte Becky von der Unterhaltung mit Lukas.

»Er hat sich nicht gemeldet?«

Emma schüttelte den Kopf und nahm ein Buch von einem der bunt gemischten Stapel. Es war die alte Kopie von *Das Feuerkind*.

»Vollpfosten«, befand Becky.

Emma strich über das Cover mit den Flammenaugen. »Wahrscheinlich … aber, ich weiß nicht … ich hab ihn ja auch schon wieder gedrängt.«

»Na und? Wird ja wohl auch mal langsam Zeit, dass er mit der Geheimniskrämerei aufhört. Ihr könnt ja schlecht für den Rest eures Lebens kopflos chatten. Das ist erstens langweilig und zweitens kindisch.«

»Wie war eigentlich dein Date mit dem Würstchen-Mann?«, fragte Emma und reichte ihrer Freundin das Buch.

»Ganz nett.« Sie zuckte unbestimmt mit den Achseln. »Aber du lenkst ab. Ich finde immer noch, dass du im Recht warst. Dein geheimnistuerischer Lukas ist schließlich ein erwachsener Mann. Ich finde, er sollte mal anfangen, sich auch so zu verhalten. Entweder er soll Klartext reden oder du musst ihn eben gehen lassen.«

Emma antwortete nicht. Wahrscheinlich hatte Becky recht. Man konnte eine Beziehung, egal welcher Art doch nicht auf einem Geheimnis aufbauen. Andererseits wollte sie ihn auch nicht verlieren.

Sie mochte ihn, seinen gemütlichen Kapuzenpullover, das freundliche Lachen, sein Einfühlungsvermögen und seine Großzügigkeit.

Ja, wenn man davon absah, dass er sich vor ihr versteckte, dann war er ein rundum toller Mensch.

Lukas

Wie festgeklebt saß er am Schreibtisch, starrte auf seinen Computer und die Finger rasten nur so über die Tasten.

Er war im Fluss, mittendrin, er konnte es spüren und flog nur so durch die Wörter. Da klopfte es an der Tür.

Der Postbote.

Na super.

Das konnte er jetzt überhaupt nicht gebrauchen. Nicht, wenn es gerade so gut lief.

Da klopfte es wieder, diesmal heftiger. Den Rhythmus kannte er. Wenn er nicht schwer danebenlag, hatte er es mit Bastian zu tun. Der würde garantiert nicht wieder verschwinden, bevor Lukas geöffnet hatte.

So schnell er konnte, beendete er den letzten Satz. Es klopfte wieder, er stand auf, tippte die letzten Buchstaben halb im Stehen und lief zum Eingang.

Er hatte die Klinke gerade erst gedrückt, da wurde die Türe auch schon aufgestoßen.

Bastian, groß, dunkelhaarig und schlank trat herein und nahm mit seiner Persönlichkeit gleich die ganze Wohnung in Anspruch. Wenn er seine schwarze Hornbrille auszog, standen die Damen Schlange, um mit ihm auszugehen. Zumindest solange, bis sie herausfanden, dass er keine zwei Meter weit gucken konnte. Er trug einen schwarzen Anzug mit blauer Krawatte und wirkte aufgebracht.

»Alles in Ordnung? Lebst du noch?«, stieß er hervor.

»Hi, schön, dass du da bist, komm doch rein«, sagte Lukas ironisch und schloss die Tür. »Natürlich lebe ich noch. Ich stehe doch vor dir.«

Doch Bastian war schon im Wohnzimmer und wanderte vor dem Kamin auf und ab. »Aber du meldest dich nicht, gehst nicht ans Telefon, hörst deine Mailbox nicht ab. Da muss man sich doch Sorgen machen.«

»Entschuldige bitte, kommt nicht wieder vor.«

Bastian blieb stehen. »Das will ich auch schwer hoffen. Und wo wir schon mal dabei sind, wie kannst du so eine riesige Spenden-Aktion starten, ohne mir vorher Bescheid zu sagen?«

Lukas schob die Hände in die Taschen. »Erstens ist das nicht meine Aktion, ich unterstütze sie nur und zweitens bist du mein Agent und nicht mein PR-Berater.«

Bastian winkte ab. »Ach, so ein Quatsch. Die Aktion ist *genial*. Ich hab schon zwei Anfragen von Verlagen bekommen, wann denn dein nächstes Buch fertig ist. Du bist ein kleines Marketing-Genie. Aber was noch viel wichtiger ist …« Er blieb mitten im Lauf stehen, fiel ihm um den Hals und drückte ihn so feste, dass Lukas die Luft wegblieb. »Ich bin einfach nur so froh, dass du endlich wieder unter die Leute gehst«, sagte Bastian, ließ ihn wieder los und setzte sich auf den Sessel vor dem Kamin. »Ich kann immer noch nicht glauben, dass du tatsächlich nach draußen gegangen bist und dann auch noch echte Interviews gegeben hast. Nur dein Haar, das ist mittlerweile wirklich sehr lang geworden, das solltest du mal wieder schneiden lassen.« Er fuhr sich durch den eigenen, fast schon militärischen Kurzhaarschnitt. »Und die Kleine, die du dir da ausgesucht hast, ist wirklich nett. Hübsch ist sie auch noch. Aber sag mal, ich dachte, du gehst nicht mit Fans aus.«

Lukas' Lippen wurden schmal. »Mache ich auch nicht.«

»Aha und wie nennst du das dann?«

»Ich rede mit ihr, sonst nichts. Außerdem ist sie kein Fangirl.«

»Also, wenn *sie* kein Fangirl ist, dann gibt es überhaupt keine. Oder hast du ihre neueste Rezension nicht gesehen?«

»Doch«, gab er widerstrebend zu.

»Na also, dann wirst du mir auch zustimmen müssen, dass die Gute vor Lob über den neuen Roman fast geplatzt wäre und gar nicht genug bekommen konnte. Sogar das Ende kam ihr zu früh. Das ist ja wohl die Definition von einem Fangirl.«

»Vielleicht. Aber das macht gar nichts. Denn ich gehe ja gar nicht mit ihr aus.« Nicht richtig. Ein paar Hangouts, in denen nicht einmal sein Kopf zu sehen war, konnte man wohl schlecht als *Ausgehen* bezeichnen.

»Ach nein? Aber vielleicht solltest du das.«

Er sah Bastian überrascht an.

»Also, ich weiß ja nicht, in welcher Realität *du* lebst, aber in meiner hat die Kleine dich dazu gebracht, wieder nach draußen zu gehen, freiwillig Pressearbeit zu leisten, Interviews zu geben und vor allem endlich mal wieder zu lächeln. Wenn du mich fragst, hat sie einen Orden verdient. Wahlweise eben ein Date mit dir.«

»Aber ich gehe nicht mit Fans aus.«

Bastian verdrehte die Augen. »Immer noch wegen dieser Schnüffeltante? Ich behaupte nach wie vor, dass Carolin das eingefädelt hat. Das kam doch alles viel zu passend.«

»Es liegt nicht an der Schnüffelfrau. Und Carolin hat die bestimmt nicht *eingefädelt*. So ein Mensch ist sie nicht.«

»Ist sie nicht? Also, nach all dem, was sie sich geleistet hat, wäre das nur die Spitze des Eisbergs.« Plötzlich klatschte er sich die Hand vor die Stirn. »Ach, daher weht der Wind. Hätte ich mir ja denken können, dass Carolin auch bei deiner Anti-Fan-Regel der Grund allen Übels ist. Aber falls ich dich erinnern darf, sie war nie ein richtiger Fan. Und ehrlich gesagt, weiß ich nicht, was du je an ihr gefunden hast. Auf jeden Fall wird es endlich Zeit, über sie hinwegzukommen und wieder zu leben. Was gäbe es da besseres als ein Date mit einer jungen Frau, die dich ganz offensichtlich super findet.«

Lukas trat ans Fenster und blickte über den Park. Mit ein wenig Fantasie konnte er die Bank zwischen den Blättern hindurch schimmern sehen. Die Bank, auf der er erst gestern gesessen hatte … auf der er wegen Emma wieder häufig saß. Und das Café Morgenlicht befand sich nur ein paar Meter weiter, gleich hinter den Bäumen.

Bastian atmete extra laut durch. Als Lukas immer noch nicht reagierte, schien sein Freund vorerst das Thema zu wechseln. »Übrigens, was darf ich eigentlich den Verlagen mitteilen, die angefragt haben? Bist du weiter in deinem Carolin-Tief gefangen, müssen sie auf dein nächstes Buch zwei bis drei Jahre warten? Ich sag dir, wenn du noch vor Weihnachten etwas liefern könntest, weißt du, so wie früher, dann würden sie sich darum reißen. Durch deine kleine Aktion bist du gerade in einer super Situation.«

»Du musst mich gar nicht anstacheln. Ich bin schon wieder dran.« Er schob die Hände in die Hosentaschen und nickte zu seinem Laptop herüber.

»Ich schätze, das ist dann auch die *kleine Süße* schuld, was? Die ist ja ein echter Glückstreffer.«

»Sie ist nicht klein und auch nicht süß«, Lukas funkelte seinen Freund an.

»Aha!« Sofort war Bastian auf den Beinen. »Erwischt! Du magst sie.«

»Sie ist ganz nett …«

»Ganz *nett*? Na, wenn dir das hilft, dann findest du sie eben nur *ganz nett*. Trotzdem. Lad sie ein, sprich mit ihr, wer weiß, vielleicht findest du heraus, dass du sie mehr als nur *nett* findest.«

Lukas fuhr herum. »Sie weiß nicht, wer ich bin! Okay?«

Bastian stand wie versteinert da. Ganz offensichtlich hatte er es noch nicht verstanden. Wie sollte er auch.

Er versuchte, sich zu beruhigen. »Sie weiß nicht, dass ich Richard Taylor bin.«

Bastian lachte. »Wer sollst du denn sonst sein?«

»Lukas.«

Jetzt schien Bastian erst recht verwirrt. »Du hast ihr also deinen echten Namen gesagt, na und?«

»Sie weiß nicht, dass Lukas unter dem Pseudonym Richard Taylor schreibt.«

»Aber das ist doch wohl ziemlich offensichtlich.«

»Ist es nicht. Weil sie mein Gesicht noch nie gesehen hat.«

Bastian kratzte sich am Hinterkopf. »Eine Chatfreundschaft? … Sie hat wirklich keine Ahnung?«

Lukas schüttelte den Kopf. »Sie glaubt, dass ich Taylor vielleicht kenne oder jemanden, der ihn kennt, aber das ist alles.«

Bastian ließ sich wieder in den Sessel fallen. »Mit Verlaub, das ist bescheuert. Was hast du dir nur dabei gedacht?«

»Ich wollte einfach nur nett zu ihr sein. Stell dir vor, Richard Taylor wäre nett zu ihr gewesen. Dann wäre sie explodiert und die ganze Aktion hätte sich nur noch um den großen Schriftsteller gedreht, aber sicher nicht mehr um die Kinder.«

»Das ist doch jetzt auch so.«

»Er ist so eine Art Sponsor, aber er steckt nicht in jeder Entscheidung drinnen. Was meinst du, wie viel Eigeninitiative sie gezeigt hätte, wenn sie geglaubt hätte, dass sie *Richard Taylor* um Erlaubnis fragen muss.« Er fuhr sich mit beiden Händen in den Nacken. »Natürlich hätte sie mich gar nicht fragen müssen, aber sie hätte sich ganz sicher so gefühlt.«

Sein Freund rieb sich das Kinn. »Nehmen wir für einen Moment an, dass ich dir zustimme und dass dein Schweigen eine gute Idee war. Denkst du nicht, dass es Zeit wird, reinen Tisch mit dieser Emma zu machen?«

»Aber ich bin froh, dass sie mich wie einen normalen Menschen behandelt und ich will nicht zu ihrem Idol mutieren.«

Er setzte sich auf seinen Schreibtischstuhl und fühlte sich wie in einem schlechten Traum. Er wollte sie treffen, ohne sie zu treffen. Das gab doch alles keinen Sinn.

»Und wie willst du das anstellen? Willst du dich den Rest deines Lebens vor ihr verstecken? Soll ich dir vielleicht eine Maske kaufen?«

»Ich hatte an eine Papiertüte gedacht«, grummelte Lukas vor sich hin und spürte, wie etwas am Rande seines Bewusstseins schabte. »Ich will doch nur sichergehen, dass sie *mich* mag und nicht Richard Taylor.«

»Aber du *bist* Richard Taylor.«

»Eben.«

Verzweifelt rieb Bastian mit einer Hand durch seinen Kurzhaarschnitt. »Was soll das jetzt wieder bedeuten?«

»Sie ist ein Fan von Richard Taylor, das heißt, ganz egal, was er macht, sie wird eine Entschuldigung für ihn finden und irgendwie mögen, was er tut, völlig egal, ob er in Wirklichkeit ein Arschloch ist.«

»Umso besser, oder?«

Lukas schnaubte. »Nur so lange, bis sie herausfindet, dass ein echter Mensch mit Fehlern und Narben hinter der Maske steckt und sie zu einer zweiten Carolin mutiert. Das kann ich einfach nicht ertragen …« Nicht noch einmal. Und wieder dieses leise, ungeduldige Kratzen einer Erkenntnis.

»Hör doch auf. Carolin war von Anfang an ein falsches Biest.«

Auch nach all der Zeit tat es Lukas immer noch weh. Wie hatte er sich nur so sehr in einem Menschen irren können? Was, wenn ihm das gerade wieder passierte? »Auf jeden Fall ist es jetzt sowieso vorbei, Emma will mich nämlich treffen.«

»Wunderbar!«

Lukas funkelte seinen Freund wütend an.

Resigniert schüttelte Bastian den Kopf. »Ich weiß wirklich nicht, wie man sich das Leben so kompliziert machen kann. Sie gefällt dir, du magst sie offensichtlich auch. Triff dich mit ihr und dann wird sich alles andere schon ergeben. Was ist das Schlimmste, das passieren kann?«

»Dass sie zu einer zweiten Carolin wird, zu jemandem, der meinen monatlichen Gehaltsscheck oder meine Publicity mehr mag als *mich*. Oder dass sie sich in einen sabbernden Fan verwandelt und keine normale Unterhaltung mehr möglich ist. Ich will doch einfach nur jemanden, der *mich* mag. Ist das wirklich zu viel verlangt?«

»Nein. Aber es ist wohl auch nicht zu viel verlangt, wenn man sich von Angesicht zu Angesicht mit jemandem unterhalten möchte, oder?«

Lukas stützte die Ellbogen auf seine Knie und legte das Gesicht in seine Hände. Es war zum Verzweifeln. Aber natürlich hatte Bastian recht. Er konnte ein Treffen nicht ewig hinauszögern, schon gar nicht wegen der Päckchen.

»Außerdem, bei diesem ganzen Internet-Zeug, da fehlen doch die wirklich wichtigen Dinge«, sagte sein Freund.

»Die da wären?«, fragte Lukas und hob müde seinen Kopf.

»Sex.«

Lukas ließ das Gesicht wieder in seine Hände fallen.

Entschlossen stand Bastian erneut auf und verschränkte diesmal die Arme. »So, wie ich das sehe, hast du genau zwei Möglichkeiten. Entweder, du schießt sie jetzt sofort in den Wind oder du triffst dich mit ihr und findest heraus, aus welchem Holz sie wirklich geschnitzt ist. Es sei denn, natürlich, du hast vor, in einem Mickey-Mouse Kostüm bei eurer Verabredung aufzutauchen, das wäre dann wohl die dritte Option.«

Das Kratzen am Rande seines Bewusstseins wurde so laut, dass es wie das schabende Krachen eines abbrechenden Eisberges klang.

»Du hast recht«, sagte Lukas plötzlich und sah auf.

»Tu nicht so überrascht. Natürlich hab ich recht«, sagte Bastian. »Womit?«

»Was du über das Kostüm gesagt hast …«

»Du willst als Mickey Mouse gehen?«

»Nein, aber ich könnte mich trotzdem verkleiden.«

Bastian klappte der Mund auf. »Das ist nicht dein Ernst.«

Nur *ein* Date. *Eine* ganz normale Verabredung mit einem ganz normalen Menschen. Das war alles, was er wollte. »Wart's ab. Ich könnte wetten, dass ihr die Idee sogar gefällt«, sagte Lukas.

»Aber das durchschaut sie doch sofort.«

»Wenn du dich mit einer wildfremden Person unterhältst, von der du das Gesicht nicht kennst und sie taucht verkleidet bei eurer ersten Verabredung auf, würdest du dann auf die Idee kommen, dass es Shakira ist?«

»Hey. Sie ist eine geniale Sängerin.«

»Eben. Würdest du in Erwägung ziehen, dass sie hinter der Maske steckt.«

»Das kommt ganz auf ihren Hintern an.«

»Du weißt genau, was ich meine.«

»Okay, nein, ich würde nicht mal im Entferntesten auf die Idee kommen. Aber du bist nicht Shakira.«

»Aber für sie ist Richard Taylor fast genauso überirdisch.«

Bastian kratzte sich am Kinn. »Zumindest wird sie dir nicht um den Hals fallen. Dafür könnte es passieren, dass sie sich umdreht und die Flucht ergreift.« Er sah immer noch skeptisch aus.

Aber in Lukas' Kopf formte sich die Idee bereits zu einem ausgefeilten Plan. Mit ausreichend Vorbereitung, ein klein wenig Glück und durch den Fakt, dass sie absolut nicht mit Richard Taylor rechnete, könnte es tatsächlich funktionieren.

Drachenfels

An diesem Montag hatte Emma einfach früher Schluss gemacht. Ihr sicher hundertster Versuch, Neuigkeiten über die Bücherei zu erfahren, war nämlich fehlgeschlagen. Bei all den Ausreden, Nicht-Zuständigkeiten und der langsam sehr auffälligen Abwesenheit ihres Chefs, bekam sie das Gefühl, dass sich die ganze Welt gegen sie verschworen hatte.

Also hatte sie kurzerhand beschlossen, das schöne Wetter auszunutzen und ein Video zu drehen.

Wenn ihr Chef nicht da war, konnte er sie schließlich auch nicht feuern. Und falls die Bücherei nicht neu eröffnet wurde, würde sie sich sowieso einen anderen Job suchen. Papierstapel-Schieber war nichts, was sie für den Rest ihres Lebens machen wollte.

Also hatte sie ihre Kamera geschnappt, war mit der Bahn ans andere Rheinufer und dort den Drachenfels hinaufgefahren.

Unterwegs hatte sie ein paar tolle Aufnahmen gemacht, aber das Beste gab es auf halber Höhe.

Dort thronte Schloss Drachenburg, aus rostbraunem Stein gebaut, in der Nachmittagssonne. Geschmückt von etlichen winzigen Erkern, verschnörkelten Säulen, hohen Fenstern und spitzen Türmen versetzte es den geneigten Betrachter mit einem einzigen Blick in die Zeit von Burgfräulein und Minnesängern.

Emma suchte sich eine ruhige Bank am Rand des liebevoll angelegten Rosengartens. Zwischen den Bäumen hindurch blitzte ein atemberaubender Blick über das Rheintal und über ihr spannte sich das strahlende Blassblau des Sommerhimmels, auf dem eine Herde aus dicken, flauschigen Schäfchenwolken dahinzog.

Ja, das wäre ihr absoluter Lieblingsleseort, wenn es nicht immer so teuer wäre, hier hoch zufahren.

Trotz dieses kleinen Makels schaffte es der Drachenfels aber immerhin noch auf Platz sieben ihrer Liste der Lieblingsleseorte.

Und für die zugehörige Videoserie kam ihr die spektakuläre Burg und das geniale Wetter gerade recht.

Zu gerne hätte sie jetzt ein kleines Hangout mit einer gewissen Person gestartet und diesen Moment geteilt. Aber *er* hatte sich seit ihrer letzten Unterhaltung immer noch nicht gemeldet.

Und weil ihre Rezension zum neuen Taylor, bis auf das Ende, sehr positiv ausgefallen war, konnte das nur an ihrer wiederholten Bitte liegen, sein Gesicht zu sehen.

Trotzdem hätte sie erwartet, dass er sich wenigstens nach dem Auspack-Video melden würde.

Aber selbst das war nicht passiert.

Und Becky hatte definitiv recht, es war Zeit, dass er sich zeigte. Wenn er nicht bereit dazu war, dann war da sicher etwas faul.

Sie schob diese trüben Gedanken energisch beiseite, stellte die Kamera mit dem neuen Stativ auf und zog ihr Buch heraus.

Da summte ihr Handy.

Becky hatte eben erst geschrieben, dass sie in einem Meeting saß und auch nicht wegkönnte, weil *sie* ihren Job behalten wollte. Das bedeutete, es gab nur drei mögliche Absender: die Arbeit, der komische Stromanbieter, der ihr schon seit etwa einem halben Jahr auf die Nerven ging, und natürlich … Lukas.

Auf alle drei hatte sie absolut keine Lust.

Demonstrativ schlug sie das Buch auf.

Das Erinnerungs-Summen ließ sie noch einmal aufhorchen.

Entschlossen versuchte sie noch einmal, den ersten Satz für die Kamera zu lesen.

Ein Drittes, neues Vibrieren.

Okay, okay, ich komm ja schon.

Lukas: Hi.

Das war sein erster Kommunikationsversuch? Nach fast einer Woche Funkstille?

Aber ihr wäre wohl auch nichts Eloquenteres eingefallen.

Sie las die zweite Nachricht.

Lukas: Störe ich dich?

Was für eine Frage. Sie blickte sich um. Es war still. Nur ein Pärchen mit einem vielleicht fünfjährigen Jungen kam gerade den Weg herauf und ein Eichhörnchen knabberte ein paar Meter vor ihren Füßen an einer Nuss.

Emma: Ich nehme gerade ein Video auf.

Kein ja, kein nein, immer schön lässig sein.

Lukas: Ich hab dir noch ein Päckchen geschickt.

Emma hatte mit allem Möglichen gerechnet, aber sicher nicht damit.

Sie war ein wenig enttäuscht. Das fühlte sich irgendwie billig an. So, wie die reichen Typen, die in den Filmen mit teuren Geschenken alles wieder hinbogen.

Emma: Aha.

Im Nachhinein klang das nicht sehr nett. Also schob sie eine zweite Antwort hinterher.

Emma: Ich hab nichts bekommen.

Auch das wirkte nicht wesentlich freundlicher.

Aber vielleicht sollte es das auch gar nicht.

Sie seufzte.

Der kleine, blonde Junge hatte gerade das Eichhörnchen entdeckt und hielt schnurstracks darauf zu. Das winzige, pelzige Ding mit dem wuscheligen Schwanz und den schwarzen Knopfaugen war natürlich viel zu schnell und verschwand eilig in einer besonders dicken, moosbewachsenen Baumwurzel.

Lukas: Doch :) Es ist gerade in deinem E-Mail-Postfach gelandet.

Nachrichten via E-Mail? Klar.

Briefe? Sicher.

Aber Päckchen …?

Was sollte das denn bitte sein?

Eigentlich mochte sie nicht nachsehen. Sie wollte nicht neugierig sein. Das hatte er sich nicht verdient. Und sie wollte erst recht nicht, dass ihr gefiel, was er geschickt hatte.

Denn dann hätte sie ihm vielleicht verzeihen müssen.

Trotzdem schien es unmöglich *nicht* nachzusehen.

Wieso musste man bei Päckchen unbedingt wissen, was drinsteckte? War das ein Naturgesetz oder so?

Aber egal, was er sich ausgedacht hatte, sie würde nicht weich werden. Diesmal würde sie nicht davon abrücken. Er musste sich zeigen oder das hier hatte einfach keine Zukunft.

Was machte es da schon für einen Unterschied, ob sie die E-Mail öffnete oder nicht?

Nur einmal kurz reinsehen, das war alles.

Schnell tippte sie auf die App und fand, wie versprochen, eine Mail mit einer Datei im Anhang.

Sie setzte sich auf dem harten Stein ein wenig zurecht, als noch eine Nachricht eintrudelte.

Lukas: Aber das ist nur für dich und noch geheim. Eigentlich dürfte ich dir das gar nicht schicken.

Geheim? Okay, *jetzt* war sie richtig neugierig.

Was soll's?

Sie klickte schnell auf die Datei und erstarrte, als sie die Überschrift las: *Tristan.*

Emma bekam große Auge und ihr Magen füllte sich mit Seifenblasen.

Das war unmöglich.

Emma: Ist es das, was ich denke, das es ist?

Sie musste ganz sicher sein, bevor sie sich freute.

Lukas: Das kommt drauf an.

Las sie da ein schelmisches Lachen zwischen den Buchstaben?

Sie begann zu tippen, kam aber nicht dazu, ihre Frage abzusenden, weil bereits Lukas' nächste Nachricht eintrudelte.

Lukas: Wenn du denkst, dass es die ersten Seiten von Richard Taylors aktuellem Roman-Manuskript sind, dann ja, es ist genau das, was du denkst.

Sie schnappte nach Luft.

Lukas: Du darfst aber noch niemandem ein Wort darüber verraten, das ist nämlich noch streng geheim. Die fertige Version gibt's frühestens nächstes Jahr in den Buchläden.

Emma: Aber wie bist du da drangekommen?

Lukas: Ich hab einfach gefragt.

Sie betrachtete immer noch fassungslos die Datei und wagte nicht, die ersten Zeilen zu lesen.

Was, wenn es ihr nicht gefiel?

Konnte eine Fortsetzung das aktuelle Ende doch noch retten? Oder würde sie es nur schlimmer machen?

Nachdenklich sah sie auf und beobachtete, wie der kleine Junge von eben mit einem Stock in dem Eichhörnchenversteck herumstocherte. Gerade ging er dazu über, seine Hand hineinzustecken.

Lukas: Gefällt es dir nicht?

Emma: Ich weiß nicht. Ich trau mich nicht, es zu lesen.

Lukas: Musst du ja nicht. Ich dachte nur, dass es dich interessieren würde.

War er beleidigt?

Emma: Tut es auch.

Und wie. Am liebsten hätte sie sich sofort in die Worte geschmissen und wäre erst wieder aufgetaucht, nachdem sie fertig war. Aber …

Da schrie der kleine Junge auf und rannte weinend zu seiner Mutter. In der Zwischenzeit hüpfte das Eichhörnchen glücklich über die wiedergewonnene Freiheit den Baum hinauf.

Emma: Was, wenn ich es blöd finde?

Lukas: Also, ich glaube, es wird dir sehr gefallen. :)

Zweifelnd betrachtete sie den Smiley.

Lukas: Wenn du willst, kann ich hier auf dich warten, bis du fertig bist. Falls ich falsch liege, kann ich dich auffangen und trösten. :)

Die Seifenblasen in ihrem Bauch begannen, sich umeinander zu drehen. Das war die ultimative Vorlage. War ihm das nicht bewusst?

Er konnte nicht eine Woche schweigen und dann erwarten, dass sie einfach vergaß, was passiert war.

Vielleicht war es richtig, die Sache gleich auf den Tisch zu bringen, bevor sie sich irgendwelche Hoffnungen machte, die dann doch wieder zerbrachen.

Emma: Dafür müsstest du wohl anwesend sein.

Sie wartete auf das übliche Schweigen.

Stattdessen kam sofort eine Antwort.

Lukas: Ich habe mir da etwas überlegt.

Sie hätte sich fast verschluckt. Hieß das, er war nicht mehr abgeneigt? Hieß das, er wollte sich treffen?

Die Seifenblasen begannen in zartem Gold zu schimmern und drehten sich schneller umeinander.

Lukas: Ein Kompromiss.

Ein Kompromiss zwischen treffen und nicht treffen? Wie sollte das denn funktionieren?

Aber sie war für alles offen, dass sie endlich in seine Augen blicken ließ.

Emma: Schieß los.

Seltsam. Das passte doch mit dem Sprichwort zusammen, das Lukas letztens zitiert hatte. Dem, mit den Pfeilen, die man nicht abfeuert. Zufall?

Lukas: Es gibt am Donnerstag einen kleinen Mittelaltermarkt in der Nähe von Köln. Wenn du dich etwas früher von der Arbeit loseisen kannst und hinkommst, können wir uns dort treffen.

Er schickte ihr die Adresse. Die Seifenblasen in ihrer Mitte platzten auf und verwandelten sich in schillernde Schmetterlinge, die durch ihre Mitte stoben.

Emma: Du kommst extra nach Köln?

Lukas: Wenn du möchtest.

Emma: Das wäre toll!

Ihre Finger waren so schnell über die Tasten geflogen, dass sie sich beinahe verknotet hätten.

Lukas: Unter einer Bedingung …

Emma hielt inne.

Na super, jetzt kam es.
Er machte wieder einen Rückzieher.
Sie hätte es wissen sollen.

Lukas: Du musst dich verkleiden.

Sie blinzelte verwirrt.

Emma: Verkleiden?

Lukas: Na sicher. Das ist schließlich ein Mittelaltermarkt.

Das war doch albern.

Außerdem hatte sie nichts Passendes zum Anziehen. Becky war von ihnen beiden die Cosplayerin, Emma stand gewöhnlich hinter der Kamera und war sehr zufrieden mit dieser Rolle.

Wenn sie Glück hatte, besaß Becky etwas, das sie mit wenig Aufwand umnähen konnte, um es Emmas Körperform anzupassen.

Moment mal, dachte sie gerade ernsthaft darüber nach, sich für ihn zu verkleiden?

Ja, das tat sie. Und dann fiel ihr auf, dass das noch etwas anderes bedeutete.

Emma: Du verkleidest dich auch?

Lukas: Sicher.

Ein Verdacht stieg in ihr auf.

Emma: Um dein Gesicht zu verstecken.

Sie war enttäuscht. Das nahm dem Ganzen irgendwie den Sinn.

Lukas: Wenigstens einen Teil davon.

Emma: Wenn du in Vollplatte mit Ritterhelm und Visier auftauchst, dann gehe ich wieder.

Lukas: Ich besitze überhaupt keine Rüstung.

Emma: Dann ist ja gut.

War es das?

Was erwartete sie sich von diesem Treffen?

Zunächst einmal wollte sie sich vergewissern, dass er echt war. Dann wollte sie die Mimik in seinem Gesicht sehen, während er sprach. Nicht zuletzt wollte sie ihm in die Augen sehen und herausfinden, was für ein Mensch er war.

Wenn er dafür Teile seines Gesichts verstecken musste, fein. Vielleicht konnte sie ihm so beweisen, dass er das wirklich nicht nötig hatte.

Emma: Pass auf, solange ich deine Augen sehen kann, darfst du dich verstecken oder maskieren oder grün anmalen, wie du möchtest.

Lukas: Grün? Ich bin doch kein Ork.

Emma: Soweit ich weiß, könntest du alles sein. Mister Spock, ein Minion oder sogar komplett kopflos.

Lukas: Ab Donnerstag nicht mehr.

Ihr Herz machte einen Satz. Er meinte das tatsächlich ernst.

Emma: Okay.

Das golden schillernde Kitzeln in ihrer Mitte nahm zu.

Lukas: Dann lass ich dich mal weiter dein Video drehen. Wir sehen uns übermorgen :)

Übermorgen! Sie konnte es immer noch nicht fassen.

Lukas: Oh, und viel Spaß beim Lesen von Tristan.

Emma: Danke.

Emma: Warte!

Emma: Darf ich in meiner Rezension, in der ich über Tristans Ende gesprochen habe, so ein Kästchen einblenden und sagen, dass es wahrscheinlich eine Fortsetzung geben wird?

Schweigen. Hatte er sich bereits verkrümelt?

Sie brauchte eine Antwort.

Wenn Richard Taylor tatsächlich an einem Folgeband arbeitete – und es sah immerhin so aus –, dann konnte sie ihre Rezension unmöglich so stehen lassen.

Lukas: Mach ein *vielleicht* draus und das sollte in Ordnung gehen.

Emma: Dankeschön.

Emma: Ich freu mich.

Keine Antwort.

Typisch.

Mist.

Warum?

Wieso konnte er nicht …

Lukas: Ich mich auch.

Die Schmetterlinge wirbelten in goldenen Spiralen durch ihre Brust und summten in aufgeregter Erwartung durcheinander.

Übermorgen, flüsterte Emma leise und beobachtete den Jungen, der mit einem Pflaster um den Finger auf dem Schoß seiner Mutter saß.

Ja, übermorgen …

Mittelaltermarkt

Bunte Zelte reihten sich im herrlichen Sonnenschein aneinander und füllten die große Rasenfläche zwischen den Bäumen.

Händler in mittelalterlichen Gewändern empfingen die Kunden mit »Seid gegrüßt, was darf ich Euch anbieten?«, verlangten Taler für ihre Waren und boten altertümliche Güter an.

Ein vielleicht zwölfjähriges Mädchen, in leuchtend grünen, prunkvoll verzierten Kleidern stolzierte durch die beschauliche Menge, ein Mann in grauen Lumpen saß barfuß auf dem Boden und bettelte um Almosen, ein junger Mann, mit Kapuze und Robin-Hood-Maske feilschte mit einer Schmuckhändlerin und dann sah sie *ihn*. Ein riesiger Kerl in silberner Ritterrüstung mit einem Vollvisierhelm, der genau auf sie zuhielt.

Emma hielt die Luft an, während der Mann immer näher kam. Das durfte er nicht sein. Das Klirren der Metallplatten bei jedem Schritt ließ sie im Kern erschaudern. Noch drei Schritte. Sie hatte doch extra gesagt, dass … zwei, eins … vorbei.

Sie stieß die Luft aus. Zum Glück.

Da sprang ein Typ im Narrenkostüm auf sie zu, große gelbe und violette Rauten schmückten seinen hautengen Anzug, sein Gesicht wurde von einer lilafarbenen Maske verdeckt und auf seinem Kopf saß eine Mütze mit drei Zipfeln, an deren Enden Glöckchen bimmelten, genau wie auf den gebogenen Zehenspitzen seiner Lederschuhe. Er jonglierte kunstfertig mit drei Bällen vor ihrer Nase.

»Schönes Wetter, holde Maid, womit darf ich Euch beglücken?«, fragte er mit krächzend hoch verstellter Stimme. Gefolgt von einem breiten Grinsen, mit dem er sich selbst zu seinem doppeldeutigen Scherz gratulierte.

Emmas Herz sackte in ihre Magengrube. Das war so ungefähr die dämlichste Anmache aller Zeiten und damit war Lukas definitiv ein zweiter Ulf. Falls …

»Lukas?«, fragte sie und hoffte mit jeder Faser ihres Seins, dass sie unrecht hatte.

»Hau den Lukas gibt's da drüben.« Geschickt fing er seine Bälle auf und verneigte sich. »Folgt mir holde Maid, dann werd ich euch meine Manneskraft beweisen.«

Das war wieder ein dummer Spruch und keine richtige Antwort. War er nun Lukas und ein ungehobelter Blödmann oder hatte er einfach keine Ahnung, wovon sie sprach?

Sie hätten ein Erkennungszeichen ausmachen sollen. Aber weil Lukas ja wusste, wie ihr Gesicht aussah, war sie gar nicht auf die Idee gekommen, dass so etwas nötig sein könnte.

»Nein Danke«, sagte sie bestimmt.

»Sehr wohl, ein Hohn. Wer nicht will, der hat es schon.« Mit diesem wirren Spruch drehte er sich einmal im Kreis und verschwand mit klingenden Glöckchen in der Menge.

Erleichterung wusch ein zweites Mal durch Emma hindurch.

Es blieb die Frage, wie sie den echten Lukas unter all den Menschen finden sollte.

Sie schlenderte den Platz hinunter und reckte den Hals. Zu ihrer Rechten stand eine kleine Holzhütte, in der sich ein gigantischer Bottich befand. *Badehaus* stand in alten Buchstaben über dem breiten Eingang. Und drinnen saßen tatsächlich zwei splitterfasernackte Männer im Wasser. Zumindest wirkten sie nackt. Emma hatte nicht die geringste Absicht, einen Blick in den hölzernen Bottich zu werfen, um herauszufinden, ob sie richtiglag.

Stattdessen ging sie weiter und fand am nächsten Stand eine junge Frau im schlichten Arbeiterinnenkleid, die aus polierten Kokosnussschalen kunstvolle Ranken und Tiersilhouetten schnitzte.

Emma sah sich zum hundertsten Mal um. Sie hoffte nur, dass sie nicht den ganzen Nachmittag aneinander vorbeiliefen. Oder ob sein Flug Verspätung gehabt hatte?

Wenigstens ein vernünftiger Treffpunkt wäre wohl eine gute Idee gewesen. Aber wer hätte bitteschön ahnen können, dass es so voll sein würde?

Langsam ging sie an einer Spinnerin vorbei, die ihr Rad mit gleichmäßigen Tritten zum Drehen brachte und blieb fasziniert vor einem Buchbinder stehen.

Der alte Mann hatte sich ein Monokel vors Auge geklemmt und stach gerade eine spitze Nadel durch ein paar Bögen aus offensichtlich selbstgeschöpftem Büttenpapier.

Vor ihm auf dem Tisch lagen Notizbücher in unterschiedlicher Dicke, Größe und Farbe.

Eins davon war besonders schwer, der Ledereinband dunkelgrün gefärbt und eine goldene Schnalle hielt den Einband zusammen. Neugierig streckte sie die Linke danach aus, als ihr plötzlich ein paar Finger in die Quere kamen.

»Entschuldigung«, sagte sie und blickte auf.

Vor ihr stand der junge Mann mit grüner Kapuze und Robin Hood Maske.

»Emma?«, fragte er überrascht. Seine Stimme war dunkel und kam ihr ungemein bekannt vor.

Eine Gänsehaut schoss ihre Arme empor und fuhr ihr in den Nacken. »Lukas?«, fragte sie.

Freundliche, braune Augen funkelten hinter dem dunklen Maskenstreifen hervor. Er lachte kurz auf und machte eine tiefe Verneigung. »Zu Ihren Diensten, Mylady.«

Er war groß und schlank und Millionen kleiner Glühwürmchen drehten sich unmittelbar durch ihre Brust, während sie die ausgestreckte Hand entgegennahm.

Seine Finger waren warm und der Händedruck kräftig. Es mussten Worte aus ihrem Mund gekommen sein, denn er lachte amüsiert.

»Nein, ich rede nicht immer so. Ich dachte nur, es passt zu meinem Kostüm.«

Fasziniert folgte sie den Bewegungen seiner weichen Lippen. Es war ein eigenartiges Gefühl, endlich eine Mimik zu all den Worten zu sehen, sein offenes, herzliches Lachen, sein fröhliches Gesicht, auch wenn sich die Partie um die Augen hinter einer schmalen Maske verbarg.

Er kam ihr unglaublich bekannt vor. Aber das war wohl zu erwarten. Schließlich hatte sie seinen Oberkörper schon oft gesehen und seine Bewegungen waren ihr so vertraut, als wäre das gar nicht ihre erste Begegnung.

»Freut mich, dich endlich zu treffen«, sagte Emma und versuchte, in die Worte hineinzulegen, wie viel ihr das tatsächlich bedeutete. Ja, sie war erleichtert gewesen, als der Ritter an ihr vorbeigelaufen war und noch mehr, als der jonglierende Narr sich wieder verdünnisiert hatte. Aber Lukas endlich vor sich zu sehen und anfassen zu können, das war noch mal eine ganz andere Dimension, das machte ihr Herz praktisch schwerelos und ließ sie abheben.

»Mich auch«, sagte er. Dabei drückte er noch einmal ihre Finger und Emma bemerkte erst jetzt, dass ihre Hand immer noch in seiner lag. Ein sanftes Kribbeln zog sich über ihre Haut.

Mit einem verlegenen Räuspern zog er seine Finger zurück. »Ich glaube, wir hätten besser einen Treffpunkt ausgemacht. Ich hätte dich in deinem Kostüm fast gar nicht erkannt«, sagte er.

Sie sah an sich herab. Das Kleid war aus schlichter, graugrüner Baumwolle, dazu eine nicht mehr ganz weiße Schürze, ein passendes Häubchen und das Haar hatte sie geflochten. Eigentlich kam sie sich fast gar nicht verkleidet vor. Andererseits trug sie unter normalen Umständen ihr Haar immer offen oder im Pferdeschwanz.

»Ich glaube, ich soll eine Dienstmagd darstellen.«

»Das glaubst du nur?«

Sie zuckte mit den Schultern. »Becky hat mir eins von ihren Kostümen umgenäht.« Genau, warum erzählte sie ihm nicht auch noch, dass ihr das Kleid ursprünglich viel zu eng gewesen war? »Und was bist du?«, fragte sie schnell.

Er packte sich ans Revers und richtete sich zu voller Größe auf. Jetzt überragte er sie mindestens um einen halben Kopf. »Eine historisch nicht sehr korrekte Darstellung von Robin Hood, natürlich.« Er lachte und legte sich die Hand in den Nacken. Dabei verrutschte die Kapuze ein wenig und die Spitzen von ein paar blonden Haaren stachen heraus.

Er war blond. Schnell zog er die Kapuze wieder zurecht.

»Schick«, sagte Emma.

Er winkte ab. »Es geht so. Aber du siehst wirklich sehr hübsch aus.«

Ihr Herz hüpfte wie ein kleiner Gummiball. »Danke.« Sie lächelte.

»Und? Wie gefällt es dir bisher? Hast du dich schon ein bisschen umgesehen?«

»Oh, ja. Ich war bei der Spinnerin, offensichtlich hab ich den Buchbinder besucht und das Badehaus habe ich gesehen. Sag mal,«, sie senkte die Stimme, »sitzen die da wirklich nackt drin?«

Wieder lachte er sein fröhliches Lachen. »Manche tun das. Aber die meisten lassen ihre Unterwäsche an.«

Emma bekam große Augen. »Heißt das, die werden gar nicht dafür bezahlt? Das sind ganz normale Besucher des Marktes?« Wer bitte setzte sich freiwillig mitten in der Öffentlichkeit in einen Bottich. Und dann auch noch zusammen mit wildfremden, haarigen, nackten Männern? Sie konnte es sich beim besten Willen nicht vorstellen.

»Nun ja, das kommt auf deine Definition von *normal* an. Der durchschnittliche Besucher eines Mittelaltermarktes ist ja nicht mit dem durchschnittlichen Besucher eines Supermarktes zu vergleichen. Aber, um deine Frage zu beantworten, nein, sie werden nicht bezahlt. Manchmal handelt es sich um den Betreiber des Badehauses, manchmal um dessen Freunde, aber häufig genug sind es Leute, die einfach das volle Mittelalter-Erlebnis mitmachen möchten.« Er zuckte mit den Schultern.

Sie sah ihn skeptisch an, aber er schien das völlig ernst zu meinen. »Du scheinst dich ziemlich gut auszukennen.«

»Dem ist auch so, werte Dame. Gibt es etwas, das ich Ihnen zeigen darf? Abgesehen von nackten Männer im Badehaus, versteht sich.« Er grinste breit.

Aber Emma wusste da nur eine Sache.

Ja, dein Gesicht.

Doch das würde er ihr ganz sicher nicht zeigen. Und sie wollte nicht gleich mit diesem Thema anfangen, sondern dem Ganzen eine Chance geben, sich zu entwickeln. Bei *Alice im Wunderland* hatte er sich schließlich auch bemüht. »Ich weiß nicht … hättest du einen Vorschlag?«

»Die Met-Bude ist immer ein beliebter Anlaufpunkt und die Bauernfladen kann ich wärmstens empfehlen.

Außerdem schaue ich mir gerne die Ritterspiele an und die Gaukler sind auch meistens sehenswert.«

»Oh nein, Danke, von denen hatte ich heute schon genug.« Sie verzog das Gesicht und dachte an den Kerl mit den Glöckchen.

»Hat dich einer geärgert? Du darfst die nicht zu ernst nehmen, die meisten machen absichtlich Schabernack, um das richtige Ambiente zu erzeugen.«

»Trotzdem muss ich sie ja deshalb nicht mögen.«

»Stimmt auch wieder.« Er nickte. »Wenn du möchtest, können wir auch einfach eine Runde über den Markt flanieren.«

Sie schenkte ihm ein Lächeln. »Das klingt nach einer guten Idee.«

»Stets zu Diensten, holde Maid.« Damit verneigte er sich und hielt ihr auffordernd den Arm entgegen.

Emma hakte sich ein, spürte warme Haut unter dünnem Stoff und die kleinen Glühwürmchen begannen, in ihrem Zentrum Kreise zu summen.

Das war natürlich völlig übertrieben. Man konnte nicht so für jemanden empfinden, den man gerade erst vor zwei Minuten getroffen hatte.

Erst recht nicht, wenn er eine Maske tragen musste, um sich wohlzufühlen.

»Gehst du öfter auf solche Märkte?«, fragte sie.

»Früher schon. Aber in letzter Zeit eigentlich gar nicht mehr.«

»Warum nicht?«, fragte sie.

Sein Blick, der gerade noch unbeschwert und fröhlich gewesen war, schweifte nachdenklich in die Ferne. »Das hat sich einfach so ergeben, schätze ich.«

»Aber früher bist du gerne hergekommen?«

Ein Lächeln voll wohliger Erinnerungen schlich sich sofort in seine Mundwinkel. »Oh, und wie. Ich liebe das Mittelalter. Es hat so etwas Magisches an sich und ist gleichzeitig so brutal und ehrlich.«

Emma konnte ihm nicht ganz folgen und legte den Kopf zur Seite.

Sie kamen am Badehaus vorbei. »Nimm die Männer im Bottich zum Beispiel, so war das früher eben. In warmem Wasser konntest du nur baden, wenn du Geld für ein Badehaus hattest. Niemand hatte eine Wanne. Einen Pullover bekamst du nur dann, wenn du ein Schaf gehalten und geschoren hast. Danach musstest du noch spinnen und stricken und hattest dann etwas, das wahrscheinlich kratzte und lange halten musste. Das heißt, alles was du besaßt, war direkt proportional dazu, wie viel und wie hart du gearbeitet hast. Sehr brutal, sehr ehrlich.« Sie gingen weiter, an dem Hofstaat der grünen Edelfrau vorbei. »Trotzdem gab es in dieser Zeit auch so spannende Dinge wie Prinzessinnen und Könige, große Hofbälle, kleine Stadtfeste und wandernde Spielleute. Es war einfach eine unheimlich spannende Zeit. Ich glaube, ich würde gerne mal ein Buch schreiben, das in dieser Zeit spielt.« Er verzog das Gesicht, als hätte er auf eine reife Zitrone gebissen.

Emma

Ein Feuer brannte in der Mitte des Platzes, über dem sich ein riesiger Schwenkgrill drehte. Darauf lagen, in sehr unmittelalterlichen Grillschalen, echte rheinische Bratkartoffeln mit Zwiebeln und Speck, dazu bergeweise röstbraunes Gemüse in allen Farben, knackige Würstchen und Schaschlik an Spießen.

Emma lief das Wasser im Mund zusammen, aber Essen könnte sie jetzt nichts. Sie war viel zu aufgeregt und ihre Gedanken hingen bei Lukas' letzter Bemerkung.

»Du schreibst auch?«, fragte sie ganz aufgeregt.

»Nein, ja, nicht wirklich. Zumindest keine historischen Romane.« Er wirkte nervös.

Also doch! Ein Schriftsteller. Nach seiner Reaktion war er zwar wahrscheinlich ein *Für-die-Schublade-Schreiber*, aber immerhin. Das war unheimlich spannend.

»Und wieso nicht?«, fragte sie neugierig.

Er zuckte mit den Schultern. »Die will doch keiner lesen.«

»Lass das bloß nicht Becky hören, die macht dich schneller einen Kopf kürzer, als du sagen kannst *Ich hab's nicht so gemeint*.«

»Ach ja? Und was ist mit dir?«

»Klar, wieso nicht? Es ist zwar nicht mein absolutes Lieblingsgenre, aber generell lese ich fast alles. Deshalb auch der Name meines Kanals *Emmas bunte Bücher-Welt*«, erinnerte sie ihn.

»Einen historischen Roman von Richard Taylor würdest du also lesen?«

Sie überlegte einen Augenblick. »Sicher, warum nicht? Ich glaube, ich fände es sogar ziemlich spannend, zu sehen, was er daraus macht.«

Er schnaubte.

»Wieso nicht?«, fragte Emma. »Einige meiner Lieblingsautoren schreiben in völlig unterschiedlichen Genres, trotzdem hab ich alles von ihnen verschlungen. Und manche haben mich kopfüber in ein völlig neues Genre geschubst. Eric Faulkner zum Beispiel hat doch auch mit einer dramatischen Liebesgeschichte angefangen. Aber durch seine letzte Veröffentlichung habe ich mich nach langer Zeit Mal wieder an einem Thriller versucht. Und weißt du was? Es hat mir gefallen. Es sind gleich drei neue auf meinen Stapel ungelesener Bücher gewandert und jetzt gerade wartet einer auf meinem Balkon auf mich.«

Er sah sie skeptisch an.

»Was ich damit sagen will, ich glaube, das Genre ist völlig egal, solange es dir Spaß macht.« Vielleicht sollte Emma sich von ihrer eigenen Weisheit eine Scheibe abschneiden.

»So einfach ist das nicht immer …«, setzte er an.

Sie seufzte. »Stimmt. Das Leben läuft nicht immer so, wie man es plant.« Sie stieg über eine Schlammpfütze. »Aber du warst doch derjenige, der mich angetrieben hat, meinen Traum zu verfolgen und meinen Kanal professioneller zu betreiben.«

»Vielleicht hatte ich einfach unrecht.« Allerdings klang er nicht gerade überzeugt.

»Vielleicht auch nicht. Seitdem habe ich mich nämlich richtig ins Zeug gelegt. Ich weiß zwar nicht, ob das etwas bringt. Denn damit ich vor Nervosität nicht schockgefriere, habe ich länger nicht in die Statistik geschaut. Aber es macht mir auf jeden Fall Spaß und ich denke, das ist wirklich die Hauptsache … ich habe zum ersten Mal seit langer Zeit das Gefühl, meinem Traum wieder näherzukommen und ich fühle mich fast wieder so lebendig wie … damals.« Da hatte sie gerade noch einmal die Kurve bekommen. Aber Lukas hatte es bemerkt und sah sie fragend an.

Natürlich wollte er wissen, was ihr Zögern zu bedeuten hatte, wenn es um ihre Vergangenheit ging.

Letztes Mal hatte sie nur gesagt, dass der Bücherei-Job die beste Option *unter den Umständen* gewesen war.

Sie schwieg einen langen Augenblick und wägte ab, ob sie ihm ihre Geschichte erzählen sollte. Aber immerhin verlangte sie von ihm auch, seine Maske abzulegen. Also war es wohl nur gerecht, für ihn das Gleiche zu tun.

Sie atmete einmal tief durch und ihre Hand legte sich fester um seinen Arm. Dann schloss sie kurz die Augen und … sprang.

»Damals, bevor meine Mutter krank geworden ist, meine ich.«

Sie konzentrierte sich auf den großen Tisch, an dem sie vorbeigingen, er hatte die Aufschrift *Mäuseroulette*. Um den Rand des Tisches war eine kleine Stadt aus Holz aufgebaut. Jedes der Häuser hatte eine Schale auf dem Dach. Der bunt verkleidete Inhaber des Standes hielt gerade eine lebendige Maus und ein Stück Schokolade in die Luft. »Wer errät, in welches Haus die königliche Maus flüchtet, ist der Gewinner.« Damit platzierte er die Leckerei in der Mitte und rief. »Ihre Einsätze, bitte!«

Emma war dankbar für die kleine Unterbrechung. Seltsam, wie schwer es ihr immer noch fiel, über ihre Mutter zu sprechen, selbst nach so langer Zeit.

Sie hielten auf den Waldrand zu. Als es wieder leiser war, sagte Lukas: »Das tut mir leid.«

Wahrscheinlich konnte er sich denken, dass ihre Mutter die Krankheit nicht überlebt hatte. Und obwohl Emma wusste, dass es rein gar nichts gab, was er sonst hätte sagen können, wurde sie das Gefühl nicht los, dass er es tatsächlich ernst meinte und mit ihr mitfühlen konnte.

Aber natürlich war die Geschichte noch lange nicht zu Ende.

Sie schluckte, fasste sich ein Herz und sprach weiter. »Ich war gerade fünfzehn, als es losging. Ich hab mich um sie gekümmert.«

Am Waldrand war es kühl und ruhig. Nur das Rauschen in den Blättern und das Vogelgezwitscher durchbrach die Stille.

»Demenz«, sagte sie schließlich und Emmas Stimme brach bei der Erinnerung. »Ihr Körper war noch lange Zeit gesund, aber der Mensch, den ich immer geliebt habe, ist ganz langsam, Stück für Stück einfach verschwunden.« Sie musste sich räuspern und war nur froh, dass sie immer noch in Bewegung waren. »Zurückgeblieben ist nur eine leere Hülle, die nicht mehr viel anderes konnte, als im Bett zu liegen und die Decke anzustarren.« Emma rieb sich ein nicht vorhandenes Staubkorn aus dem Auge und spürte eine warme Hand, die sich auf ihren unteren Rücken legte.

»Manchmal«, fuhr sie fort, »habe ich ihr verhasstestes Schimpfwort geflüstert, nur, damit sie reagiert.« Emmas Stimme war kaum noch zu hören. »Und wenn ich ganz viel Glück hatte, dann hat sie mit mir geschimpft und gesagt, dass eine junge Frau so doch nicht spricht. Dann wusste ich wenigstens, dass sie immer noch irgendwo da drinnen steckt … und dann war es nicht mehr ganz so schwer, das alles zu ertragen … für eine Weile.« Emma spürte, wie sich eine feuchte Spur über ihre Wange zog.

So weit hatte sie gar nicht gehen wollen, das hatte sie noch nie jemandem erzählt.

Plötzlich hing ein weißes Stofftaschentuch vor ihrer Nase. Sie nahm es dankbar entgegen und wischte ihre Wangen trocken.

»Wo war dein Vater?«, fragte Lukas.

Ihr Herz schrumpfte auf die Größe einer Trockenpflaume zusammen. »Nicht da.«

Er schwieg, während sie am Rand des Waldes entlang spazierten. Aus der Ferne klangen leise die Geräusche des Marktes.

»Das tut mir leid«, sagte Lukas.

»Das muss es nicht … er … weißt du, er ist nicht mein richtiger Vater … er hat eine eigene Familie in einer anderen Stadt … und er hat mir Karten geschickt …«

Das klang sogar noch erbärmlicher, wenn man es laut aussprach. Deshalb hatte sie die blöden Dinger auch nie geöffnet. Trotzdem spürte sie das Bedürfnis, diesen Mann zu verteidigen, der sie im Stich gelassen hatte, wenigstens ein bisschen. »Und einmal hat er sogar angerufen … um mir Geld zu schicken.« Aber das hatte sie nicht angenommen … nicht annehmen können. Schließlich war sie viel zu beschäftigt damit gewesen, ihm zu beweisen, dass sie ihn nicht brauchte und ganz sicher auch alleine zurechtkam.

Wie kindisch. Wenn sie jetzt zurückblickte, dann wurde ihr klar, wie oft sie davon geträumt hatte, dass er plötzlich vor der Türe stand, als Ritter in schimmernder Rüstung, der sie einfach in die Arme schloss und ihr erklärte, dass alles wieder gut würde.

Natürlich war das nie passiert.

»Das klingt aber nicht so, als wärst du ihm völlig egal gewesen.«

Wieso hatte sie bloß von ihrem Vater angefangen? Reichte es nicht, dass sie wegen ihrer Mutter in Tränen ausbrach? »Schwamm drüber«, sagte sie. »Wir sind auch ohne ihn zurechtgekommen. Trotzdem haben natürlich meine Noten unter den Umständen gelitten. Am Ende bin ich ohne Abschluss von der Schule gegangen. Die Stelle in der Bücherei habe ich ursprünglich nur als Aushilfe bekommen und auch nur, weil die damalige Leiterin mich von klein auf als wöchentliche Stammleserin kannte.« Sie legte ihre freie Hand auf seinen Arm und das Gefühl seiner Wärme unter ihren Fingern ließ sie in die Gegenwart zurückkehren. »Ich sag ja, unter den gegebenen Umständen war das der bestmögliche Job, den ich bekommen konnte, und ich mag ihn wirklich.«

Versteckspiel

Der Marktplatz war nur ein buntes Echo in der Ferne. Sie gingen langsam unter den riesigen Bäumen hindurch.

Lukas spürte das Gewicht ihrer Hände auf seinem Arm, so neu und doch irgendwie vertraut.

Er war völlig überwältigt davon, wie sehr sie sich vor ihm geöffnet hatte.

Bei ihrer Geschichte musste er an seine Großmutter denken. Auch sie vermisste er schmerzlich, jeden Tag.

»Trotz allem hast du angefangen, nach den Sternen zu greifen.« Er musste lächeln.

»Ein bisschen«, sagte Emma.

Nicht nur ein bisschen.

Sie hatte sich in den letzten Wochen mächtig angestrengt, unterschiedliche Videoformate neu entwickelt, durchgeführt und ihren Kanal mit neuem Leben gefüllt, Kontakte geknüpft, Inhalte geschaffen.

Er war richtig beeindruckt, wie viel Energie und Kreativität in ihr steckte.

Und jetzt hatte sie ihm auch noch die tiefsten Abgründe ihrer Seele offenbart. Und was tat er? Er war zu feige, um seine Maske abzunehmen.

Glaubte er wirklich immer noch, dass sie sich plötzlich in einen kreischenden Fan verwandeln würde?

Sie blieb stehen und sah ihn aus großen, moosgrünen Waldaugen an.

»Es ist nicht schlimm, weißt du?«, ihre Stimme war leise, als wollte sie ihn nicht erschrecken.

Er sah sie fragend an und Emma zuckte mit den Schultern. »Deine Maske …« Sie deutete auf sein Gesicht. »Ich dachte, eventuell ist darunter eine Narbe.«

»Vielleicht ist es das. So etwas in der Richtung …«

»Weißt du, ich kann nicht versprechen, dass es mir nichts ausmacht. Je nachdem wie schlimm es ist, müsste ich mich schon daran gewöhnen. Aber im Endeffekt haben wir doch alle irgendwelche Narben, manche sichtbar, andere unsichtbar …« Gnadenlos ehrlich und einfühlsam. Hatte sie sich die Wahrheit mittlerweile nicht mehr als verdient?

Denn natürlich spielte sie auch auf ihre eigene Vergangenheit an.

»Willst du nicht endlich Schluss mit deinem Versteckspiel machen?«, fragte sie.

Vor zwei Sekundenbruchteilen hätte er noch *ja* geantwortet. Aber genau in dem Augenblick, als die Worte über ihre wunderschönen, sinnlich geschwungenen Lippen kamen, wusste er, dass er es nicht tun konnte.

Sein Magen krampfte sich zusammen und wurde zu einem Bleiklumpen, der schwer in seinem Bauch lag.

Denn die Spendenaktion war noch in vollem Gange und die Aufmerksamkeit, die sie erzeugte, wuchs mit jedem Tag. Wenn er jetzt seine wahre Identität preisgab und auch nur der leiseste Verdacht aufkam, dass *Richard Taylor* Emma mochte, dann bestand die nicht gerade geringe Chance, dass gewisse Leute auf den Plan gerufen wurden und sich seine ganze Vergangenheit wiederholte.

Das durfte einfach nicht passieren.

Er hatte gerade erst wieder angefangen sich draußen wohlzufühlen, im Sonnenlicht, an der frischen Luft, unter Menschen.

Frustriert wollte er sich durchs Haar streichen und hätte dabei fast seine Kapuze vergessen.

Wie sollte er ihr sein Dilemma nur erklären, ohne sich dabei zu verraten?

Er seufzte tief und resigniert. »Manchmal denke ich, es wäre schön, wenn man sein Leben einfach von vorne anfangen könnte. Weißt du, wie ein leeres Buch. Einfach eine ganz frische Seite aufschlagen und neu beginnen.«

Sie legte den Kopf zur Seite und wartete.

»Kannst du dich vielleicht noch ein wenig gedulden?«, fragte er. »Nur, bis die Spendenaktion vorbei ist. Dann treffen wir uns noch einmal … ohne Maske.«

Sie biss sich in ihrer hinreißenden Art auf die Unterlippe.

»Ich weiß nicht …«

Sein Herz barst wie eine Tasse aus teurem Porzellan auf dem Küchenfußboden und zersplitterte in tausend Scherben.

Nicht?

***

Emma wusste noch nicht, wie sie den Satz beenden sollte.

Die Worte hingen zwischen ihnen in der Luft wie Gewitterwolken, die jeden Augenblick aufbrechen konnten.

Lukas schloss kurz die Augen und sah für den Bruchteil einer Sekunde unheimlich verzweifelt aus. Ein leises Seufzen strich über seine weichen Lippen.

Er war so sexy. Und er war freundlich und einfühlsam und hörte aufmerksam zu. Was gab es da noch zu wissen?

Ganz offensichtlich empfand er auch etwas für sie. Schließlich musste es einen Grund für das Päckchen geben und dafür, dass er extra aus Berlin hierher geflogen war.

Aber irgendetwas machte ihm auch Angst.

Und ja, sie hatte ihr Innerstes vor ihm ausgebreitet, aber schließlich war das hier kein Basar, an dem man Narben tauschen konnte. Und vielleicht musste sie ihm erst durch Taten beweisen, dass er ihr wirklich vertrauen konnte.

Es würde ihr schwerfallen und sie würde vor Neugier dabei ganz sicher explodieren, aber sie würde warten.

* * *

Das Schweigen zwischen ihnen blähte sich immer weiter auf. Gerade hatte Lukas die Hoffnung auf eine vollständige Antwort aufgegeben, da blieb Emma stehen.

»Einverstanden«, sagte sie.

Dieses eine, halb geflüsterte Wort ließ die Spannung zwischen ihnen zerplatzen wie eine Kaugummiblase. Befreiend, aber doch mit klebrigen Überresten.

»Danke«, sagte eine Stimme, die in einem anderen Universum seine eigene gewesen wäre. Er klang rau und unnötig laut. Was für eine absolut inadäquate Antwort für so eine Erklärung.

Aber was sollte er sonst dazu sagen?

Und er war wirklich unendlich dankbar.

Sie nickte. Schweigend standen sie sich gegenüber und rührten sich nicht.

Vom Marktplatz tönte leise Musik zu ihnen herüber. Lukas wünschte sich, dass er irgendwie die Schwerelosigkeit zurückholen könnte, die sie bei ihrer Unterhaltung über Badehäuser und die Vorzüge des Mittelalters begleitet hatte.

Aber war das nach so einem Gespräch überhaupt möglich?

Applaus folgte der Musik und das nächste Lied spielte noch lauter auf.

Plötzlich kam ihm eine Idee.

Kurzentschlossen streckte er ihr seine Hand entgegen und lächelte. »Komm mit.«

Emma sah ihn aus großen Augen an.

»Na komm«, sagte er. »Ich beiße nicht.«

Tanz

Emma hatte zugesagt. Sie konnte es nicht zurücknehmen und würde es bestimmt schon heute Abend bereuen.

Aber immerhin hatte er versprochen, seine Maske zu lüften, und es waren sowieso nur noch vier Päckchen übrig. Einen Monat, so lange konnte sie noch aushalten.

Gerade hielt er ihr die Hand entgegen mit einem breiten Grinsen im Gesicht und einem Funkeln in den Augen. Sie wusste nicht, was er vorhatte, aber genau in diesem Augenblick wurde ihr klar, dass sie ihm auch in die tiefsten Abgründe von Mordor folgen würde.

Sie griff nach seinen Fingern, die sich sofort um ihre schlossen und er zog sie hinter sich her. Angenehme Wärme schoss in ihren Körper und regte goldene Schmetterlinge zum Fliegen an.

Er beschleunigte seinen Schritt und Emma musste fast rennen, um mitzuhalten. Sie hielten auf das Zentrum des Marktes zu. Dort war ein breites Podest aufgebaut und eine Band in altertümlichen Gewändern spielte mit Elan und vollem Körpereinsatz.

Die Männer trugen eine Mischung aus Plattenpanzer und Fellen, die Damen drehten sich in engen Korsetts und ausladenden Röcken. Auf Geige, Flöte und Dudelsack spielten sie mittelalterliche Weisen mit Rockeinfluss. Die Bühne bebte unter ihren springenden Schritten und auf dem ganzen Festplatz wurde lachend getanzt.

Emma war ein wenig außer Atem, als Lukas endlich stehenblieb. Er machte eine tiefe Verbeugung, bei der er eine verschnörkelte Geste mit seiner Hand vollführte. »Darf ich bitten, Mylady?«

Sie riss die Augen auf. »Ich kann wirklich nicht tanzen.«

»Oh, ich glaube schon.«

»Das sagst du jetzt. Warte, bis du nachher Pfannkuchen als Füße hast.«

»Ich denke, damit kann ich leben.« Er verneigte sich ein zweites Mal, nahm ihre Hand, drehte sie einmal um sich selbst und zog sie dann in seine Arme.

Emma blieb die Luft weg. Sie spürte seine Hand auf ihrem Rücken, die andere schloss sich um ihre Finger und die Wärme seines Körpers strahlte durch ihre Kleider und brachte die goldenen Schmetterlingsflügel zum Glühen.

»Was sagst du?«, fragte er und schien in ihren Augen nach einer Antwort zu suchen, auf eine völlig andere Frage, deren Wortlaut sie nicht kannte.

Ach, was soll's!

Sie lachte. »In Ordnung, lass es uns versuchen.«

Emma hätte gerne behauptet, dass sie elfengleich über den Platz glitten. Aber um bei der Wahrheit zu bleiben, glich ihr Tanz eher dem einer übermütigen Koboldbande, die einen zu viel über den Durst getrunken hatte. Dafür machte es unheimlich viel Spaß, sie drehten sich, sprangen wie die Derwische und wirbelten zum heiteren Rhythmus der Musik umeinander. Emma kam sofort völlig außer Puste und war gleichzeitig maßlos glücklich.

Gemeinsam flogen sie Lied um Lied über die Tanzfläche und obwohl sie mehr als einmal seine Füße erwischte, tanzte er einfach weiter und drehte sie geschickt zwischen den Menschen hindurch.

Als das Lied erneut wechselte, wurde er langsamer. Die Musik spielte zwar immer noch in rasantem Tempo, aber er schien selbst außer Atem zu sein und wiegte sie nun in einem sanfteren Rhythmus von einem Bein auf das andere.

Dabei schloss er seine Finger fast schon zärtlich um ihre, während seine rechte Hand warm und angenehm zwischen ihren Schulterblättern lag.

Mit einem Lächeln sah Emma zu ihm hoch und wurde von seinem Blick gefangen genommen. Flüssiges Schokoladenbraun, das im goldroten Schimmer der Abendsonne glänzte.

Sie fand ihn wunderschön, ganz egal, was er unter der Maske versteckte und sie wünschte sich, es gäbe einen Weg, ihm das deutlich zu machen.

Seine Hand glitt beiläufig ihre Wirbelsäule hinab und jagte ihr einen Schauer durch die Adern. Er hielt auf ihrem unteren Rücken inne und zog ihren Körper noch dichter an seinen. Sie spürte seine schlanke Taille, seine feste Brust und seine Wärme gegen ihre.

Ein tiefes Summen flutete durch ihre Brust, beschleunigte ihren Atem und ihren Puls.

Er roch nach einer spannenden Mischung aus dem würzigen Grün von frischem Gras, dem staubigen Grau von alten Büchern und einem unverkennbaren harzigen Braun von … Lukas.

Ihr Herz stolperte aufgeregt und drängte sie nach vorne.

Aber ihr Kopf hielt sie zurück. Das war nicht logisch und nicht sinnvoll und es sprachen tausend Dinge dagegen.

Von denen ihr kein einziges gerade einfallen wollte.

Ihre Hand setzte sich ganz langsam in Bewegung und hob sich an sein Gesicht.

Emma konnte sehen, wie sich ein Funken Panik in seinen Augen ausbreitete, aber er wurde ganz still, hielt inne und bewegte sich nicht mehr.

Sie biss sich auf die Lippe und berührte vorsichtig den Rand seiner Maske.

***

Lukas konnte nicht mehr denken.

Sie stand so dicht, so warm, so echt vor ihm und strich mit den Fingerspitzen an der äußersten Kante seiner Maske entlang.

Die Musik trat in den Hintergrund, die Menge verschwamm und Lukas hielt den Atem an – fügte sich in sein Schicksal, was immer das sein mochte.

Akzeptierte jede noch so schreckliche Konsequenz, die sich hieraus ergeben mochte und die ihm eben noch so bildlich vor Augen gestanden hatte.

Aber jetzt nicht mehr, jetzt sah er nur noch Emma. Die waldgrünen Augen, den entschlossenen Blick, ihren himmlischen, erdbeerroten Mund und die edel geschwungenen Lippen.

Sie strich mit zarten Fingern an dem dünnen Stoff der Maske vorbei, ohne sie zu bewegen, und zog eine brennende Spur über seine Wangenknochen, den Hals hinunter und bis zum Schlüsselbein.

Ein heißkalter Schauer folgte ihrer Berührung und ergoss sich über seinen gesamten Körper.

Sein Herz pochte hart in seiner Brust und er musste Luft holen.

Dann stellte sie sich auf die Zehenspitzen und plötzlich war ihr Gesicht ganz dicht … so unendlich nah. Ihre sanftweichen Lippen nur einen Atemzug von seinen entfernt. Er müsste sich bloß vorbeugen, nur ein winziges Stück und sich verbinden. Haut auf Haut und warm auf weich und zart auf heiß.

Dann würde er ihre blassrosafarbenen Lippen berühren, ihren Atem schmecken und von ihrer Wärme kosten.

Sein Herz sprang fast aus seiner Brust heraus.

Und dann?

Was wäre dann?

Was hätte er davon?

Einen gestohlenen, ersten Kuss.

Trotzdem drängte sich jede Faser seines Körpers nach vorne und ihrem sinnlichen Mund entgegen.

Doch er konnte ihr das nicht antun, er konnte einfach nicht …

***

Sie hatte den ersten Schritt getan, den Mut bewiesen und nun war es an ihm, die Entscheidung zu treffen.

Emma hielt die Luft an, kaum eine Haaresbreite von seinem Mund entfernt und wartete. Darauf, dass er sich vorbeugte, darauf, dass er seine Lippen auf ihre legte, darauf, dass er sein Versprechen besiegelte, dass sie sich wiedersehen würden – ohne Maske.

Sekundenbruchteile dehnten sich zu Ewigkeiten.

Dann hob er seine Hände, schloss sie sanft um ihr Gesicht, fest, bestimmt und doch unheimlich zärtlich.

Und dann legte er seine Lippen auf ihre Wange, kitzelte gerade den äußersten Rand ihres Mundwinkels, flüchtig, warm und köstlich weich. Und doch, daneben.

Sie schloss die Augen, spürte, wie ihr Herz raste und atmete tief in ihren Bauch, um das pelzige Gefühl zu verscheuchen, dass sich dort gerade einnisten wollte.

Doch es nützte nichts. Sie standen still, in einer luftleeren Blase, zwischen bebenden Körpern und rockiger Mittelaltermusik, die an ihre Ohren dröhnte. Und Lukas hatte sie abgewiesen.

Warum?

Verzweifelt suchte sie in seinen Augen nach einer Antwort.

Doch Lukas schwieg.

Warum?

Offensichtlich verlegen, griff er sich in den Nacken und ließ die Kapuze dabei ein wenig nach hinten rutschen, natürlich nicht genug, um irgendetwas zu offenbaren.

Warum?

Sie biss sich auf die Wange und gab ihr Bestes, um ihm Zeit zu geben.

»Nächstes Mal«, sagte er schließlich.

Wieder Stille.

Nächstes Mal?

Was war das bitteschön für eine Reaktion?

Und vor allem: Was war nächstes Mal? Würde er sie küssen? Sich zeigen? Ihr alles erklären?

Am liebsten alles auf einmal!

Trotzdem war ihr danach, sich die Haare zu raufen.

Wieso nächstes Mal?

Langsam schaltete sich ihr Gehirn wieder ein. Weil dann die Spendenaktion vorbei war … und dann? Ja, dann konnte *was-auch-immer-er-zu-sagen-hatte* keine Wellen mehr schlagen. Er konnte es im Stillen aussprechen und sich anschließend gleich wieder verkrümeln …

War das der Sinn hinter alledem?

Aber *warum*?

Wollte er in Wirklichkeit vielleicht gar nicht sich verstecken, sondern Emma?

Ihr Magen knotete sich zu einem zähen, festen Teig zusammen und rollte schwer durch ihren Bauch.

Noch jemand, der sie geheim halten wollte.

Konnte das der Grund sein?

Machte das überhaupt Sinn?

Aber weshalb war er dann hier?

Am liebsten hätte sie all das gleich hier und jetzt laut ausgesprochen, die Dinge geklärt. Aber er hatte seinen Standpunkt diesbezüglich schon zweimal mehr als deutlich klargemacht. Und Emma hatte ihm versprochen zu warten.

Also nahm sie ihre gesamte Willenskraft zusammen, kämpfte mit aller Macht das pelzige Teigungeheuer in ihrem Bauch zurück und nickte.

Knapp, aber bestimmt.

Versprochen ist immerhin versprochen …

Reflexion

Düster starrte Lukas aus dem Fenster der Straßenbahn. Häuser und Autos huschten vorbei und verschwammen zu einem trüben, matschigen Grau, nur gelegentlich aufgehellt durch goldene Sonnenstrahlen, die sich in der Scheibe brachen.

Das war nicht ganz so gelaufen wie geplant.

Noch immer kribbelten seine Lippen bei der Erinnerung an ihre Haut. Samtig weich, zart und duftend hatte sie unter seinen Fingern gelegen, seinen Mund gestreichelt und sein Innerstes berührt.

Er war überrascht und auch ein wenig stolz, dass er sie nicht geküsst hatte – nicht richtig zumindest. Gleichzeitig hielt er sich für den größten Volltrottel, den die Welt je gesehen hatte. Was würde sie jetzt denken?

Sie musste ihn doch für einen riesigen Blödmann halten. Oder vielleicht glaubte sie auch, er sei durchgeknallt.

Keine dieser Aussichten war besonders prickelnd. Aber wenigstens hatte er die Situation nicht ausgenutzt. Er würde ihr alles erklären, die Wahrheit sagen und wenn sie dann immer noch wollte … dann würde er ihr Angebot annehmen, den letzten Schritt machen und sie küssen, spüren, wie sich sein Mund auf ihren legte, köstliche, rosig-weiche Lippen, ihren Atem schmecken und ihren Herzschlag spüren.

Wenn …

Ja, wenn sie darüber hinwegsehen konnte, dass er sich wie ein Vollidiot verhalten hatte.

Er schob das hässliche Durcheinander in seinem Kopf zur Seite und versuchte, an etwas anderes zu denken.

In seinem Kopf ging er den Nachmittag mit ihr noch einmal durch. Das erste Treffen, ihre Hand auf seinem Arm, das Schlendern über den Platz, die Unterhaltung unter den Bäumen … und Emmas Geschichte.

Sie hatte alles aufgegeben, ihre ganze Zukunft, nur um bei ihrer Mutter sein zu können, auf dem letzten, sehr einsamen und verworrenen Stück ihres Weges.

Genauso gut hätte Emma die Flucht ergreifen können. Das hätten wohl die meisten Menschen in ihrem Alter getan.

Aber sie nicht, sie war geblieben und hatte tapfer dabei zugesehen, wie sich die Erinnerungen ihrer Mutter ganz langsam in Nichts auflösten.

Seine Großmutter hatte immer Angst vor so einem Ende gehabt. Ihr war das zum Glück erspart geblieben. Sie war genauso gestorben, wie sie es sich immer gewünscht hatte. Schlafend in ihrem Bett.

Er dachte an den Unfall seines Vaters, an seine Mutter und an morgen.

Der Zug ruckelte und Lukas schloss seine Hand fester um die Stange, an der er sich festhielt. Im Fenster betrachtete er sein käsig wirkendes Spiegelbild mit Maske.

Die anderen Reisenden sahen ihn schräg von der Seite an, kein Wunder. Er würde im Hotel wieder die Kleider wechseln und heute am besten gar nicht mehr an Emma denken.

Emma …

Sie hatte sich so lange eingeredet, dass sie nicht das tun konnte, was sie tun wollte, weil ihr die Voraussetzungen fehlten – ein Abschluss, ein Studium, ein Job bei einer Zeitung. Aber jetzt war sie auf dem besten Weg, ihr Ziel doch noch zu erreichen und über Bücher zu reden. Mit der richtigen Reichweite könnte das tatsächlich ihr Beruf werden, wenn sie das denn immer noch wollte.

Ja, es geschah mit völlig anderen Mitteln, als sie sich das jemals hätte träumen lassen, aber das war wahrscheinlich gerade der Punkt.

Sie tat, was ihr Spaß machte und kam so ans Ziel.

Und was war mit seinen Träumen?

Er würde tatsächlich gerne einen Roman im mittelalterlichen Setting schreiben, vielleicht sogar mit Magie und Wolkendrachen und allem Drum und Dran.

Das hieß, bei ihm ging es *nur* um einen Genrewechsel. War der wirklich so gefährlich, wie Carolin immer behauptet hatte?

Eine uralte Idee für eine Geschichte suchte sich ihren Weg an die Oberfläche, kitzelte ihn unter den Fingerspitzen und er fasste einen Entschluss.

Schnell tippte er eine Nachricht in sein Telefon.

Lukas: Ich schreibe als Nächstes eine Geschichte mit Fantasy.

Die Antwort kam so schnell, dass der Bildschirm nicht einmal Zeit hatte, in den Stromsparmodus zu wechseln.

Bastian: Ich dachte, jetzt kommt Tristan dran.

Lukas: Nach ihm, meine ich.

Genau. Und niemand würde ihn davon abbringen.

Bastian: Ist das dein Ernst?

Ein alter Mann mit Gipsbein betrachtete ihn und seine Verkleidung skeptisch.

Aber Lukas hatte keine Augen für ihn. Er hatte schon so oft über diesen Schritt nachgedacht. Bisher hatte Carolin ihn auf die eine oder andere Weise immer davon abgehalten. Das könnte seine Leser verwirren, hatte sie gesagt … oder so etwas in der Richtung.

Aber jetzt war Schluss damit. Zur Not würde er sich eben ein neues Pseudonym zulegen.

Er musste all die *Was-wäre-Wenns* vergessen und endlich anfangen zu *machen*.

Lukas: Mein voller Ernst.

Bastian: Na endlich.

Er blinzelte verwirrt.

Lukas: Wieso endlich?

Bastian: Mit dem Gedanken spielst du doch schon seit Ewigkeiten. Schön, dass du Carolins Geist jetzt hinter dir lässt.

Carolins Geist …

Damit traf er den Nagel wohl genau auf den Kopf. Ein Geist, der Alpträume verursachte und noch heute hinter jeder Ecke zu lauern schien.

Es war nicht das erste Mal, dass Bastian – mehr oder weniger subtil – darauf hinwies, dass Lukas von Anfang an härter gegen Carolin hätte vorgehen sollen, statt sich in seiner Wohnung zu verkriechen.

Aber als die Sache damals angefangen hatte, war er noch viel zu verliebt und zu verletzt gewesen, um sich richtig gegen sie zu wehren … und dann war es irgendwie zu spät gewesen …

Ja, es wurde langsam Zeit ihren Geist endlich auszutreiben. Und wenn schon nicht in aller Öffentlichkeit, dann wenigstens auf dieser Ebene.

Bastian: Das heißt, euer Treffen lief gut?

Für einen wirren Augenblick dachte er, Bastian sprach von einem Treffen mit Carolin. Aber natürlich ging es um Emma.

Die Antwort war gar nicht so einfach. Er überlegte lange, bevor er sich für die simple, unverblümte Wahrheit entschied.

Lukas: Das wird sich noch zeigen.

***

Emma hatte ihren *Gilmore-Girls* Soundtrack mitgebracht, der in der dritten Wiederholung im Hintergrund lief. Sie saßen gemeinsam in Beckys Wohnung, neben einem lilafarbenen Wäschekorb mit zweihundertneunundzwanzig selbst gehäkelten Mäuse-Lesezeichen, die sie in buntes Geschenkpapier einwickelten. Nummer zweihundertdreißig hatte ein verkrüppeltes Bein, weil die Wolle zu Ende gegangen war, und deshalb einen Ehrenplatz in Beckys Regal erhalten.

Alle eingepackten Mäuse landeten in einem großen Bettbezug – frisch gewaschen, wie Becky betonen musste.

Sobald die finale Verlosung unter allen Spendern vorbei war, mussten sie die verpackten Mäuse dann nur noch eintüten, Adressen auf die Umschläge schreiben und abschicken.

Emma beendete ihre Geschichte, zog ein Stück Klebeband von der Rolle und versuchte, ein Loch im Geschenkpapier zu kitten … erfolglos.

Ihre Freundin starrte sie ungläubig an. »Du hast ihn *nicht* geküsst?«, fragte sie fassungslos.

»Nein.« Emma versuchte, neutral zu klingen, aber in Wirklichkeit war sie immer noch enttäuscht.

Warum hatte sie gewartet? Warum hatte sie ihm die Wahl gelassen? Was für eine Art von *Es-ist-mir-egal-wie-du-aussiehst-Beweis* war das, wenn sie kurz vor dem Ziel eine Pause einlegte, um *ihm die Entscheidung zu überlassen*? Nur, weil er behauptet hatte, dass er das auch romantisch fand.

Kein Wunder, dass der Abschied danach so … merkwürdig ausgefallen war.

Sehr still und … eben merkwürdig.

»Aber er hat *dich* geküsst?«

»Ja. Nein. Ich meine, irgendwie schon, aber nicht so richtig.«

Ein sanftes Glühen summte unter ihrer Haut, genau an der Stelle, an der sein Mund ihre Wange berührt hatte. Das wohlige Gefühl schlich sich heimlich einen Millimeter in ihre Lippen hinein, die er fast gestreift hatte.

Fast, Emma, nur fast.

Aber eben doch ein winziges bisschen.

Absicht? Zufall?

Himmlisch, auf jeden Fall, und doch nicht genug.

»Meine Herren, euch beide sollte man in einen Sack stecken und draufhauen, da trifft man immer den Richtigen.« Becky schüttelte den Kopf und Emma schnaubte zur Antwort.

»Ist doch wahr«, sagte Becky. »Da treffen zwei erwachsene Menschen aufeinander, die sich offensichtlich mögen und dann bekommen sie es nicht einmal hin, sich ordentlich zu küssen.«

Emma biss sich auf die Wange. Sie wollte nicht zugeben, dass ihre Freundin recht hatte. »Immerhin war das unser erstes, richtiges Treffen.«

»Na und? Er ist extra aus Berlin hergeflogen! Da sollte doch wenigstens ein vernünftiger Kuss drin sein. Natürlich vorausgesetzt, dass ihr euch minimal anziehend fandet.«

Emma schluckte. Darüber hatte sie noch gar nicht nachgedacht.

Fand er sie abstoßend, jetzt, nachdem er wusste, wie sie in Wirklichkeit aussah?

Hatte sie doch recht, dass er sie verstecken wollte?

War der Unterschied zwischen der Realität und ihrem Video-Ich so groß?

Warum hatte er dann mit ihr getanzt und sie *halb* geküsst?

Das war alles so ein Durcheinander.

Sie riss das schlecht geflickte Papier von ihrer Häkelmaus ab.

»Außerdem war es gar nicht euer erstes Treffen«, stellte Becky fest. »Schließlich schleicht ihr schon seit Wochen umeinander herum.«

»Aber doch nur digital.«

»Na und?«

Emma suchte händeringend nach einer schlagfertigen Antwort. »Na und? Na und: Ulf!«, sagte sie triumphierend und gestikulierte mit den Armen.

»Du hast selber festgestellt, dass dein Lukas ganz sicher kein Ulf ist.«

»Vielleicht ja doch …« Sie schob die Unterlippe vor, aber das war natürlich völliger Blödsinn.

»Blöd-Sinn!«, sagte Becky wie zur Bestätigung und deutete bei jeder Silbe mit der Häkelmausnase auf Emma. »Das weißt du auch. Du hast nur Schiss, dass er sich am Ende wieder verkrümelt. Aber soll ich dir was sagen? Der Grund, warum dir die Typen bisher immer abgehauen sind, ist der, dass du dich viel zu sehr an sie klammerst. Da müssen die ja Atemnot bekommen und flüchten.«

»Du hast doch selber gesagt, ich soll ihn dazu bringen, mich zu treffen.«

»Das war auch völlig richtig. Schließlich mussten wir ja erst mal herausfinden, wie echt er ist. Aber diesmal hat er eine klare Ansage gemacht, etwas, mit dem du ihn festnageln kannst. Wenn er kein Betrüger ist – und glaub mir, wenn er einer wäre, hätte er sich nicht so eine bekloppte Geschichte ausgedacht – auf jeden Fall, wenn er keiner ist, dann wird er sich auch an sein Wort halten. Also gib ihm die Gelegenheit, sich zu beweisen.« Sie legte die Maus auf ein Stück Geschenkpapier. »Zumindest, wenn du ihn wirklich haben willst.«

»Tu ich gar nicht«, nuschelte Emma und dachte flüchtig an das grüne, in Leder gebundene Notizbuch, das unter ihrem Bett lag – der Punkt ihrer ersten Berührung. Sie schnitt eilig ein weiteres Stück buntes Papier ab.

Becky hob zur Antwort nur beide Augenbrauen. Es fehlte lediglich eine Goldrandbrille, über die sie hinwegsehen konnte, dann würde sie die perfekte Oberlehrerin abgeben.

Emma zog eine Maus aus dem Wäschekorb und legte sie auf das Papier. »Okay, ja, vielleicht ja doch.«

»Na also. Dann musst du das Ganze ein bisschen lockerer sehen, gib ihm etwas Raum.«

Langsam wickelte Emma ihre Häkelmaus in das bunte Papier. Raum geben, Raum geben … sie war der Meinung, sie hatte ihm eigentlich schon mehr als genug *Raum* gegeben. Deshalb antwortete sie wohl etwas schnippischer als nötig. »Du meinst, so wie du? Klappt bei dir ja hervorragend.«

Aber Becky ließ sich nicht im Mindesten aus der Ruhe bringen. »Der Unterschied ist der, dass ich ja gar keine feste Beziehung möchte. Ich fühle mich wohl und bin froh, wenn ich mit wem auch immer ein bisschen Spaß habe und er dann wieder seiner Wege zieht. Du bist da eben anders, du willst gleich das ganze Paket und das ist völlig in Ordnung.« Becky wedelte noch einmal unterstützend mit ihrer Maus. »Aber, wenn du ihm das sofort auf die Nase bindest, dann darfst du dich auch nicht wundern, wenn er flüchtet. Wenn du schon nicht die Chance ergreifst und ihn küsst – was die Dinge massiv beschleunigt hätte, das kann ich dir sagen – dann lass ihm noch ein bisschen Zeit und der Rest wird sich schon finden.«

»Das hab ich ja sogar versprochen.« Was aber nichts daran änderte, dass sie die Zeit am liebsten vordrehen würde.

»Umso besser. Dann halt dich dran und es kann gar nichts mehr schiefgehen. Und jetzt reich mir bitte mal das Klebeband.«

Stille

Sie saß auf dem weichen Rasen der Uferböschung. Vor ihr die halbrunde Stirnseite des rechteckig angelegten Schlossteiches. Ein paar Gänse hatten sich in ihrer Nähe auf dem dunklen Wasser niedergelassen und warteten auf Futter.

Hinter ihr erstreckte sich eine bunte Pracht aus kunstvoll verschnörkelten Blumenbeeten zwischen breiten Wegen aus feinem, weißem Kies. Das Ganze wurde wunderschön in Szene gesetzt durch die pastellgelbe Fassade von Schloss Augustusburg, die mit vergoldetem Stuck, detailverliebten Ornamenten und Skulpturen in der Nachmittagssonne leuchtete.

Emma hatte den wöchentlichen Hangout gestartet und hielt das nächste Päckchen in der Hand. Sie drehte es vor der Kamera und versuchte, zu vergessen, dass Lukas seit vorgestern nicht geschrieben hatte.

Erst hatte sie geglaubt, dass er eben Zeit brauchte, um wieder nach Hause zu kommen. Dann war sie sicher, seine Arbeit war der Grund, weshalb er sich nicht bei ihr meldete.

Aber als gestern Abend immer noch keine Nachricht gekommen war, hatte sie ihm selbst geschrieben.

Bis jetzt immer noch keine Antwort.

Sie nahm das Päckchen in die Hand. Diesmal fühlte es sich an, als wären mehrere dicke Steine darin, aber seltsamerweise interessierte sie fast gar nicht, was es sein könnte.

Emma hatte sich mittlerweile so weit von dem Lukas entfernt, der dieses Päckchen zusammengestellt hatte, dass er ihr fast fremd war. Und das, was sie sich wirklich wünschte, konnte dieser alte Lukas gar nicht eingewickelt haben.

Ein Foto, eine Nachricht … einen Kuss.

Sie dachte an ihren Tanz und die Berührung auf dem Mittelaltermarkt.

Wenigstens den Kuss konnte man nicht wegdiskutieren, auch wenn es nur ein halber gewesen war. Sie brachte ein Lächeln zuwege und hoffte inständig, dass sie nicht so elend aussah, wie sie sich fühlte.

Sie öffnete die oberste Lasche des Päckchens, danach die untere, schlug das samtige Papier zur Seite und offenbarte sechs weitere kleine Pakete.

Sie musste bei der Sache bleiben, schließlich ging es hier darum, die Kinderbücherei zu retten. Auch wenn sie in der Firma immer heftiger gegen Wände zu laufen schien.

Sie bekam langsam das Gefühl, dass der Chef das kaputte Gebäude so lange ignorieren wollte, bis Gras über die Sache gewachsen war, um es dann still und heimlich abzureißen.

Warum sollte er sich sonst schon seit Wochen verleugnen lassen?

Konzentrier dich auf das Päckchen, Emma, und auf die Zuschauer, komm schon.

Sie hob das erste, unförmige Gebilde an und schaffte es, tatsächlich ein bisschen aufgeregt zu sein. Es duftete sehr intensiv nach Rosen und Sandelholz. Mit einem kleinen Herzklopfen öffnete sie die Klebestreifen und förderte einen kleinen Beutel zu Tage, der mit einer roten Schleife verschlossen war. In seinem Inneren konnte sie ein halbrundes Gebilde entdecken, offensichtlich eine Art Ölbad.

Sie konnte sich schon denken, wo er eingekauft hatte. Dementsprechend förderte sie als Nächstes eine Badebombe, ein goldenes Ei und ein lila-weiß gedrehtes Sahnehäubchen zu Tage.

Dazu gab es noch eine dicke Kerze mit Lavendelduft.

Wenn sie das alles gleichzeitig anwendete, würde sie wahrscheinlich einem massiven Duftkoma erliegen. Tatsächlich schaffte es dieser Gedanke, ihr ein kleines Lächeln ins Gesicht zu zaubern.

Das Nächste war rechteckig und flach, aber zu hart für ein Buch. »Und damit sind wir schon bei unserem letzten Päckchen für heute angekommen«, sagte sie. »Es iiist …« Sie gab sich richtig Mühe und beeilte sich diesmal ein wenig beim Auspacken, öffnete das Papier und … erstarrte. Es war tatsächlich ein E-Reader. Darauf klebte ein gelber Zettel mit der Aufschrift *Wasserfest*.

Emma bekam ein richtig schlechtes Gewissen, weil Lukas so viel Geld dafür ausgegeben hatte und sie sich die ganze Zeit so mies fühlte, dass sie am liebsten losheulen würde.

Ihr kamen tatsächlich Tränen in die Augen, sie wischte das salzige Nass schnell zur Seite und hielt das Gerät mit dem breitesten Grinsen, das sie hinbekam, in die Kamera. »Ein E-Reader.« Ihre Stimme kiekste. Hoffentlich würden alle glauben, sie war gerührt und nicht, dass sie einen kompletten Sockenschuss hatte.

Mit wesentlich mehr Enthusiasmus, als sie sich selbst zugetraut hätte, verloste sie den Gewinn, bedankte sich bei allen Spendern und teilte den Termin für das nächste Unpacking mit.

Dann machte sie die Kamera aus und ließ sich nach hinten ins Gras fallen.

Meerblauer Himmel über ihr und sanfte Wolkenschleier so dünn und zart wie Feenkleider.

Emma schloss kurz die Augen, lauschte dem Blätterrauschen und spürte den Wind, der über ihr Gesicht strich, fast wie eine zärtliche Berührung.

Er war doch komplett verrückt.

Und seit vorgestern verdammt still.

Kurzentschlossen griff sie nach ihrem Handy und tippte eine weitere Nachricht.

Emma: Hi?

Nicht besonders wortgewandt, aber es war neutral und ganz egal, was ihn dazu gebracht hatte, nicht mehr zu schreiben, das hier würde passen. Selbst, wenn sie sich sein Schweigen nur eingebildet hatte und es für alles eine völlig andere – rationale – Erklärung gab, würde sie sich damit keine Blöße geben.

Es kam keine Antwort.

Ungeduldig starrte sie auf den Bildschirm. Sie war es so gewohnt, dass er sofort zurückschrieb, dass sich jede einzelne Sekunde wie ein ganzes Leben anfühlte.

Er hatte doch gesagt, dass es ihm gefallen hatte, oder?

Oder nicht?

Er war zumindest nicht blöd geworden. Und der Abschied war zwar merkwürdig gewesen, aber nicht unfreundlich.

Meine Güte, Emma, reiß dich zusammen, es ist nur eine Nachricht, er wird sich schon melden. Himmel, vielleicht steht er gerade unter der Dusche. So etwas soll auch vorkommen.

Duschen … mitten am Tag?

Warum nicht?

Ja, Emma, warum nicht.

Sie seufzte, kam auf die Beine und packte ihre Sachen zusammen, während sich die Nachmittagssonne in den Fenstern des Schlosses spiegelte und ein Pärchen händchenhaltend an ihr vorbeischlenderte … die hatten es gut.

Bei denen schien alles so einfach.

Aber wahrscheinlich war es wie bei allem: Das Leben der anderen wirkt immer einfacher, bis man in ihren Schuhen steckt.

Zumindest versuchte sie, sich selbst damit zu beruhigen.

Emma setzte ihren Rucksack auf und ging Richtung Ausgang.

Der feine, weiße Kies knirschte unter ihren Füßen und als sie an dem Rechten der beiden riesigen Brunnen vorbeikam, strich der Wind durch die meterhohe Fontäne und wehte ihr die kühlende Gischt entgegen.

Lukas, warum bist du so still?

Was, wenn er gar nicht absichtlich schwieg?

Was, wenn ihm etwas zugestoßen war?

Noch einmal zog sie ihr Handy heraus.

Emma: Bist du gut nach Hause gekommen?

Wieder keine Antwort.

Sie versuchte, das mulmige Gefühl aus ihrer Magengrube zu vertreiben. Aber es folgte ihr bei jedem Schritt in Richtung Bahn, während der gesamten Zugfahrt und bis hinauf in ihre Wohnung.

Erinnerung

Ihr Handy summte, gerade als Emma zur Tür hereinkam.

Sofort machte ihr Herz einen Satz und ausnahmsweise hoffte sie, dass es nicht Becky war.

Schnell sah sie auf den Bildschirm.

Lukas: Hi.

Endlich!

Lukas: Ja, ich bin gut angekommen.

Erleichterung flutete durch ihren Magen und spülte mit silbrig frischem Quellwasser das schale Unbehagen fort … fast … denn irgendwie klang er seltsam.

Das war natürlich völlig Banane, weil Wörter auf dem Bildschirm auch nach so langer Zeit nicht *klingen* können.

Sie entschied sich, auf ihren Bauch zu hören.

Emma: Alles in Ordnung?

Lukas: Nein.

Ihr Rucksack plumpste lauter als sonst auf die Erde.

Sprachlos starrte sie auf die eine Silbe.

Wie konnte er das nur einfach so stehen lassen? Wieso sagte er nicht mehr dazu?

Emma: Was ist los?

Doch die Reaktion war endlos scheinendes Schweigen.

Sie räumte ihren Rucksack aus und versuchte, nicht auf eine weitere Antwort zu warten.

Als die Nachricht kam, merkte sie, dass sie zwischendurch den Atem angehalten haben musste, denn sie holte tief Luft.

Lukas: Gestern war der Todestag meines Vaters.

Oh.

Ihr Mund wurde ganz trocken und Emma versuchte zu schlucken. Nur zu gut konnte sie sich in ihn hineinversetzen. Gleichzeitig wusste sie, dass es keine Worte gab, die es besser machen würden. Trotzdem musste sie irgendetwas sagen.

Emma: Das tut mir leid.

Diesmal rechnete sie nicht mit einer sofortigen Reaktion. Sie trug das Zubehör für einen Wohlfühlabend ins Badezimmer und bekam die Nachricht gerade, als sie in die Küche ging, um sich einen Tee aufzuschütten. Pfefferminz mit extra viel Honig.

Lukas: Das ist schon lange her …

Noch einmal *das tut mir leid*? Das klang so doppelt und belanglos.

Sie ging ins Wohnzimmer und beschloss, noch einen Moment zu schweigen, da kam schon die nächste Nachricht.

Lukas: Ich vermisse ihn immer noch.

Mit einem harten Schlucken ließ sie sich auf ihr Sofa plumpsen. Irgendetwas musste ihr dazu doch einfallen.

Lukas: Ich beneide dich, weißt du.

Sie zog die Brauen hoch.

Emma: Mich?

Lukas: Weil du deinen Vater noch hast.

Emma: Aber der redet doch nicht mit mir.

Oder umgekehrt. Aber wo lag da schon der Unterschied. Das Resultat war dasselbe.

Lukas: Du könntest aber mit ihm reden. Wenn du wolltest.

Emma: Will ich aber nicht.

Lukas: Warum nicht?

Sie hatte ihm doch von seiner auffälligen Abwesenheit damals erzählt … viel mehr gab es dazu nicht zu sagen.

Lukas: Ich weiß, du hast erzählt, er hätte dich im Stich gelassen, aber immerhin hat er wenigstens versucht, mit dir Kontakt aufzunehmen. Wenn auch vielleicht nicht so, wie du dir das gewünscht hättest. Irgendetwas hat er sich dabei bestimmt gedacht.

Sie biss sich auf die Unterlippe.

Lukas: Vielleicht wäre er gekommen, wenn du ihn gefragt hättest.

Emma: Wäre er nicht.

Bestimmt nicht.

Emma: Er hatte nur eine Affäre mit meiner Mutter, ergo bin ich nicht seine richtige Tochter. Seine Frau hätte ihm sicher was gehustet.

Lukas: Bist du sicher?

Ob sie sich sicher war?

Damals war sie sich verdammt sicher gewesen. Sonst wäre er doch von alleine bei ihr aufgetaucht. Schließlich kann man sich wohl denken, dass ein Teenager nicht ganz alleine für seine Mutter sorgen möchte, die langsam, aber sicher den Sinn für sich selbst verliert.

Emma: Klar. Er war viel zu beschäftigt, seiner echten Frau eine Stadtvilla zu kaufen und seine beiden *richtigen* Kinder auf bekannte Unis zu schicken, damit ein Arzt und eine Juristin dabei herauskommen.

Und nein, das wusste sie natürlich *nicht*, weil sie gelegentlich das heftige Bedürfnis verspürte, Teil dieser Familie zu sein und deshalb recherchierte, was es Neues über sie zu finden gab.

Emma war überrascht, dass man auch in Gedanken ironisch klingen konnte.

Lukas: Aber du hast doch selbst gesagt, er hätte dir Karten geschickt. Du musst ihm etwas bedeutet haben.

Vielleicht. Je nachdem, was in diesen Karten drinstand. Ihr Blick huschte zum Kleiderschrank hinüber.

Emma: Wer weiß.

Lukas: Ich würde alles für die Chance geben, noch einmal mit meinem Vater zu sprechen, um ihm zu sagen, was er mir bedeutet hat und ihn zu fragen … ich weiß nicht, alles eben. Wie das Leben mit uns für ihn damals war, was er von meiner Karriere hält, von meinem Leben. Mir würde es auch reichen, schweigend einen Kaffee mit ihm zu trinken … und sei es nur für einen Nachmittag …

Sie konnte das so gut nachvollziehen. Hätte sie doch selbst alles gegeben, um noch einmal mit ihrer Mutter zu sprechen. Nicht mit der Frau, die am Ende übrig geblieben war, die mit halb geöffnetem Mund vor sich hinstarrte und ihre eigene Tochter nicht erkannte.

Sondern mit der Mutter, die Emma großgezogen hatte, die sie geliebt hatte, die ihr vorgelesen hatte, die sie gescholten hatte, wenn sie mal wieder vergessen hatte ihren Teller wegzuräumen oder wenn sie ein ungehöriges Schimpfwort benutzte. Einfach ihre *Mama* noch einmal in die Arme nehmen und ihr sagen, wie lieb sie sie hatte.

Bei ihr ging das nicht, aber vielleicht konnte er ja mit seiner Mutter darüber sprechen … falls sie noch lebte. Emma war nicht sicher, ob sie danach fragen sollte.

Lukas: Albern, oder?

Nein, sie fand das nicht im Mindesten albern.

Emma: Vielleicht ist es ganz normal, ihn so zu vermissen und sich zurückzuwünschen. Immerhin war er ein Teil deines Lebens, er hat dich großgezogen oder hätte dich großziehen sollen … vielleicht werden wir unsere Eltern immer vermissen.

Am meisten vermisste sie die ganz kleinen Dinge, an die man sonst keinen Gedanken verschwendete oder die einem sogar auf die Nerven gingen.

Die Art, wie ihre Mutter uralte Geschichten immer wieder ausgegraben hatte, um sie zum hundertsten Mal zu erzählen. Zum Beispiel, wie sie auf einem Konzert von *The Lords* ein Taschentuch gefangen und mit dem Sänger hinter der Bühne geknutscht hatte. Oder die Art, wie ihre Mutter morgens schweigend mit einem Kaffee in der Küche gesessen und das Kreuzworträtsel gelöst hatte. Oder die kleinen Zettel mit Herzchen in ihrer Butterbrotdose.

Emma: Und vielleicht ist das auch gut so … dass wir sie vermissen, meine ich. Weil es uns an unsere eigene Sterblichkeit erinnert und daran, dass wir jede Gelegenheit nutzen müssen, um zu lieben und unsere Träume zu verwirklichen.

Noch immer Schweigen. Sie ließ die Worte im Raum stehen und hing ihren Erinnerungen nach.

Lukas: Am schlimmsten sind die Dinge, die man nicht mehr aussprechen konnte …

Ich liebe dich, zum Beispiel.

Ihr Magen krampfte sich zusammen.

Diese simplen Worte hatte Emma zum Schluss lange nicht zu ihrer Mutter gesagt … zwischen schmutziger Wäsche, verschüttetem Kaffee und Bettpfannenunfällen war so wenig Platz gewesen für solche großen Worte.

Und als sie es dann doch über die Lippen gebracht hatte, war ihre Mutter schon fort gewesen.

Emma hätte noch hundert Steppdecken gewaschen, noch tausend Kaffeeflecken entfernt, noch Millionen Bettpfannen geleert, nur, um noch einmal Gelegenheit zu bekommen, es ihr *richtig* zu sagen.

Lukas: Wirst du bereuen, dass du nicht mehr mit deinem Vater gesprochen hast?

Emma blinzelte … *ich liebe dich* … wann hatte sie das zu ihm das letzte Mal gesagt?

Aber die Frage war hinfällig, schließlich konnte man niemanden vermissen, den man gar nicht kannte und niemanden lieben, der einen so im Stich gelassen hatte … oder?

Ihr Blick fiel erneut auf den Kleiderschrank.

Lukas: Wenn er stirbt, meine ich.

Sie verbiss sich einen Kommentar darüber, dass ihr Vater sicher kein Interesse daran hätte, mit ihr zu reden.

Es gab nur eine Möglichkeit, aus dieser Unterhaltung wieder herauszukommen und das war ein Gegenangriff. Mit klopfendem Herzen nahm sie ihre unausgesprochene Frage von eben wieder auf.

Emma: Was ist mit dir? Lebt deine Mutter noch?

Lukas: Schon.

Hier lag also auch etwas im Argen.

Emma: Aber?

Lukas: Nichts. Wir verstehen uns gut.

Genau. Und Emma hatte ein singendes Nilpferd in der Badewanne.

Emma: Aber?

Lukas: Wir reden nicht darüber … über meinen Vater und seinen Tod, meine ich.

Und warum nicht?

Aber sie war nicht schnell genug, um die Frage zu tippen, da hatte er bereits wieder geschrieben.

Lukas: Sie ist im Augenblick am Gardasee. Um diese Zeit macht sie immer Urlaub.

Erwischt.

Emma: Das heißt doch nur, dass es sie immer noch berührt. Ruf sie an und freut euch, dass ihr jemanden habt, mit dem ihr euch gemeinsam erinnern könnt.

Sie hatte niemanden.

Geflissentlich ignorierte sie das aufdringliche Pulsieren des Kleiderschranks am Rande ihrer Wahrnehmung.

Lukas: Ich glaube, es tut ihr immer noch zu weh.

Emma: Und du meinst, dass es besser wird, wenn sie alleine irgendwo in einem Restaurant sitzt und die Wand anstarrt?

Lukas: Wahrscheinlich nicht.

Emma: Na, siehst du.

Lukas: Du hast ja recht.

Emma: Ich hab immer recht. Also los, ruf sie an und dann tauscht gute Erinnerungen aus, schöne

Geschichten, etwas zum Lachen und vielleicht auch ein bisschen zum Weinen … und nächstes Jahr fahrt ihr gemeinsam zum Gardasee.

Lukas: Okay.

Das war einfach.

Sie lächelte kurz und starrte eine Weile auf den Bildschirm, bevor sie das Handy auf den Wohnzimmertisch legte.

Dabei wurde ihr Blick von den Lamellen des Kleiderschranks fast magisch angezogen.

Aber sie sah nicht hin, sondern beschloss, nach ihrem Tee zu sehen. Der war mittlerweile ganz sicher fertig gezogen.

Sie stand auf und holte die Tasse aus der Küche. Aber als sie zurückkam, setzte sie sich nicht gleich hin.

Sie hielt das heiße Getränk in der Hand und betrachtete schwermütig die weißen Lamellen, die immer noch zu pulsieren schienen.

Langsam stellte sie die Tasse ab, ging zum Schrank und öffnete die Tür.

Dort war er, auf dem obersten Regal.

Zwischen der Bettwäsche, einem alten Kissen und den Winterschuhen stand ein uralter Schuhkarton.

Ihr Handy summte auf dem Tisch, aber sie drehte sich nicht um, sondern griff nach der Kiste.

Staub rieselte ihr entgegen und sie musste niesen.

Mit ihrem Fund setzte sie sich wieder auf das Sofa. Nur ein Deckel trennte sie noch von dem Inhalt, den sie so lange ignoriert hatte.

Ihre Finger schlossen sich um den festen Karton und sie wappnete sich für was auch immer sie darin finden würde.

Ein kurzer Blick auf ihr Handy verriet, dass Lukas ihr noch einmal geantwortet hatte.

Lukas: Danke.

Stand da in schlichten Buchstaben.

Scheinbar hatten sie jetzt beide ein Date mit ihrer Vergangenheit.

vergangenheit

Vorsichtig setzte Emma den staubigen Deckel zur Seite, um nicht noch mehr Schmutz zu verteilen.

Im Schuhkarton fand sie einen Stapel von genau dreizehn schneeweißen Briefumschlägen mit ihrer alten Adresse darauf. Geschrieben war sie in der kantigen, sauberen Handschrift ihres Vaters.

Ein Schauer lief ihr über den Rücken und das Gesicht ihrer Mutter erschien wieder vor ihrem inneren Auge. Eingefallen und blass lag sie auf dem Bett, ihre formlosen Lippen bewegten sich unter lautlosen Worten.

Emma schluckte. Das Gefühl verlassen worden zu sein, war sofort wieder da. Nicht nur von ihrer Mutter, sondern erst recht von ihrem Vater.

Wenn sie das durchziehen wollte, musste sie sich beeilen. Sie griff nach dem ersten und ältesten Umschlag, riss das Papier auf und zog den Inhalt hervor.

Aber es war keine Karte, wie sie immer vermutet hatte, keine Standard-Floskel mit halbherziger Unterschrift. Es war schweres Briefpapier und darauf erkannte sie die Handschrift ihres Vaters in hastigen Buchstaben.

Liebe Emma,

ich habe gerade erst von Lillians Zustand erfahren und dir bereits drei E-Mails geschickt, aber scheinbar verwendest du eine neue Adresse. Deshalb auf diesem Weg.

Ich hoffe, es ist nicht so schlimm, wie es sich anhört. Zurzeit befinde ich mich in England, aber ich melde mich, sobald ich zurück bin. Lass es mich wissen, wenn ich irgendetwas für dich tun kann.

Papa

Emma schluckte. Er hatte mit *Papa* unterschrieben. Genau wie auf den Geburtstagskarten von früher. Damals hatte sie sich eingebildet, dass es etwas bedeutete, dass er sie mochte, obwohl sie ein Kuckuckskind war, wie seine Ehefrau es bei jeder Gelegenheit betonte.

Papa. Sie las das Wort noch ein paar Mal und riss dann den nächsten Umschlag auf. Nur, um dasselbe, schwere Papier und die gleichen, hastig geschriebenen Worte darin zu finden.

Liebe Emma,

ich habe auf meinen letzten Brief keine Antwort erhalten. Bitte schreib mir doch, wie es Lillian geht. Meine private E-Mail-Adresse und Handynummer habe ich dir noch einmal beigefügt sowie die Adresse meines Hotels.

Was sagen die Ärzte?

Leider muss ich noch ein paar Wochen in England bleiben. Aber wenn es irgendetwas gibt, was ich tun kann, wenn du Geld brauchst oder einen anderen Arzt, dann lass es mich wissen.

Falls du mich nicht erreichst, melde dich einfach bei meiner Frau. Ich weiß, ihr seid auf keinem guten Fuß gestartet, aber ich habe ihr von deiner Situation berichtet und sie wird dir gerne helfen.

Papa

Sie starrte auf die Zeilen.

Tatsächlich hatte er sämtliche Kontaktinformationen beigefügt. Zumindest das mit der Antwort schien ihm also ernst zu sein.

Aber dass seine Frau ihr helfen würde, das konnte er doch nicht ernsthaft glauben.

Wenn sie vorgehabt hätte, nach Cuba auszuwandern oder noch besser den Planeten zu verlassen, dann wäre seine Frau sicher eine gute Ansprechpartnerin gewesen. Aber doch nicht, wenn es darum ging, Emmas sterbende Mutter zu versorgen.

Trotzdem standen die Worte da und bombardierten sie mit endlos vielen Fragen.

Ob ihr damaliges Ich sich nach dem Brief wirklich bei ihm gemeldet hätte?

Ob sein Geld ihre Mutter hätte retten können?

Ob seine Frau Emma überrascht und ihr zu Hilfe geeilt wäre?

Ein scharfer Glassplitter schnitt in ihr Herz und behauptete, dass sie es wenigstens hätte versuchen müssen. Warum waren die Briefe ungeöffnet geblieben?

Weil sie keine Beileidsbekundungen hatte lesen wollen. Schon gar nicht von dem Mann, der sie gerade im Stich ließ.

Weshalb war sie nicht einfach über ihren Schatten gesprungen?

Eitrig gelbe Schuldgefühle sickerten aus dem Schnitt in ihrem Herzen und sammelten sich in ihrer Magengrube.

Emma starrte immer noch auf den Text und versuchte, sich zu erinnern, ob er ihr damals tatsächlich E-Mails geschrieben hatte.

Möglich war es. In dieser Zeit war ihr Posteingang nicht gerade eine Priorität gewesen.

Konnte das heißen, dass sie ihn zu Unrecht verurteilt hatte?

War er gar nicht der miese Verräter, für den sie ihn schon so lange hielt?

Sie griff nach dem nächsten Umschlag.

Liebe Emma,

geht es dir gut?

Mich hat noch immer keine Nachricht erreicht. Die Internetverbindung hier ist zwar sehr schlecht, aber ich habe dir trotzdem meine geschäftliche E-Mail-Adresse angehängt, meine geschäftliche Handynummer und einen frankierten Rückumschlag beigelegt. Bitte melde dich bei mir oder meiner Frau. Ich mache mir wirklich Sorgen.

Papa

Dann wurden die Briefe erst noch besorgter und dann immer kürzer. Die Anrede und das Grußwort fehlten. Schließlich stand in einem lediglich.

Lebt sie noch?

Emma zog es das Herz zusammen, auf die Größe einer schrumpeligen Aprikose.

Lebst du noch?

Sie hielt die Frage in ihren Händen und konnte die Verzweiflung in den scharfen, spitzen Buchstaben spüren.

Warum hatte sie die dummen Briefumschläge nie geöffnet? War das wirklich zu viel verlangt gewesen?

Weil sie gedacht hatte, sie würde gekaufte Genesungskarten darin finden. Deshalb.

Aber warum nicht einfach aufmachen und dann in den Müll werfen?

Wenn sie die Dinger nicht hatte lesen wollen, warum dann behalten?

Weil sie nicht den letzten Funken Hoffnung verlieren wollte, dass doch etwas Nettes darinstand.

Kindisch.

Dumm.

Blöd.

Meine Güte, wenn sie die Briefe damals doch nur geöffnet hätte.

Vielleicht wäre dann alles ganz anders ausgegangen. Sie biss sich auf die Wange.

Okay, wahrscheinlich hätte sie seine Hilfe trotzdem nicht angenommen. Aber sie hätte doch wenigstens gewusst, dass sein Angebot ernst gemeint war, als er anrief.

Hätte sie ihm dann auch so ins Gesicht gelacht, wie sie es getan hatte?

Ihr Herz schrumpfte noch weiter zusammen und wurde schwarz wie eine Pflaume.

Nein.

Sie wäre längst nicht so gemein gewesen.

Emma schluckte, als sie den letzten Briefumschlag in die Finger nahm. Am Datum des Poststempels konnte sie erkennen, dass ihr Vater ihn nach besagtem Anruf geschrieben hatte und sie fürchtete sich vor dem, was sie darin finden würde.

Würde er sie hassen?

Sie beschimpfen?

Sich über sie lustig machen?

Papa.

Sie hielt sich an dem Wort fest, mit dem er die ersten Briefe unterschrieben hatte.

Wenn das ernst gemeint gewesen war, dann würde er sich nicht abwenden, auch wenn sie sich wie ein durchgeknallter Teenager verhielt … oder?

Verdient hätte sie es.

Vielleicht sollte sie den Umschlag einfach mit den anderen zurück in die Kiste legen und ihren Vater so in Erinnerung behalten wie jetzt. Besorgt, fürsorglich, liebevoll. Dieses Bild gefiel ihr besser, als das, was sie sich in den vergangenen Jahren aufgebaut hatte.

Und dann?

Noch einmal zehn Jahre warten? Am besten sogar bis nach seiner Beerdigung?

Und dann herausfinden, dass sie den Umschlag doch besser gleich geöffnet hätte? Zweimal!

Ihr Hals war so eng, dass sie kaum Luft bekam. Sie atmete einmal tief durch und riss das Papier mit einem Ruck auf.

Dann hielt sie Luft an, während sie die sorgfältig geschriebenen Buchstaben las.

Liebe Emma,

ich habe es verstanden.

Du möchtest nicht mit mir kommunizieren und ich werde deinen Wunsch respektieren.

Aber ich verstehe nicht, warum.

Sie stieß die Luft aus.

Wie konnte er auch?

Sie hatte ihm nicht den leisesten Hinweis darauf gegeben. Sie hatte ihn nur ausgelacht, beschimpft und einfach aufgelegt.

Emmas Augen brannten.

Mir ist bewusst, wie sehr es dich getroffen hat, dass ich mich nicht öffentlich zu dir bekennen konnte. Aber wie du weißt, hatte ich das meiner Frau versprochen. Und ich habe immer versucht, dir ein Vater zu sein, so gut ich es unter den Umständen eben vermochte.

Auch wenn es nicht so viel war, wie Lilian wollte oder wie du dir vielleicht gewünscht hast. Bisher hatte ich immer den Eindruck, dass wir beide doch ein recht gutes Verhältnis haben.

Sie presste die Lippen aufeinander, um das Zittern zu verbergen.

Ja, sie hatte ihn immer gemocht, aber auch umso mehr vermisst und ihm deshalb niemals verziehen, dass er nicht sofort gekommen war, als es ihrer Mutter schlechter ging.

Wieso war sie nur so kindisch gewesen und hatte die dummen Briefe nicht geöffnet?

Dieser Gedanke drehte sich wie eine gesprungene Schallplatte in ihrem Kopf.

Wie dem auch sei. Mein Angebot hat weiterhin Bestand. Ich werde alle Kosten, die entstehen, übernehmen und habe dir die Nummer des Experten noch einmal beigefügt. In der Hoffnung, dass du dich doch noch bei mir meldest,
Dein Bertram.

Die Unterschrift versetzte ihr einen scharfen Stich direkt in die Brust.

Ein Teil von ihr hätte am liebsten sofort nach dem Telefon gegriffen und ihn angerufen.

Und dann?

Um ihm zu sagen, dass sie die Briefe nie gelesen hatte?

Dass sie ihn vermisste? Auch nach all der Zeit?

In eiskalten Händen hielt sie das Papier und sah, wie es zitterte.

Das war doch schon so endlos lange her.

Ob er überhaupt noch an sie dachte?

Ob er sie vergessen hatte?

Wenn, dann war es nur ihre Schuld. Sie hatte ihn mit aller Macht von sich weggestoßen und als er nicht zur Beerdigung gekommen war … das hatte für sie die Sache endgültig besiegelt.

Aber jetzt …

Änderte das etwas?

Sie stützte die Ellbogen auf ihre Knie und verbarg ihr Gesicht in den Händen.

Ja, es änderte alles.

Denn es hieß, dass er nicht der gedankenlose Verräter war, den sie all die Jahre gehasst hatte, sondern, dass er wahrscheinlich sogar für sie auf die Beerdigung verzichtet hatte.

Ich will dich nie wiedersehen.

Das waren die letzten Worte gewesen, die sie ins Telefon geschrien hatte.

Was, wenn er diesem Wunsch nur nachgekommen war?

Sie griff nach ihrem Telefon und hatte die alte Nummer bereits eingetippt.

Aber wenn sie ihn jetzt tatsächlich anrief, musste sie zwangsweise auch von ihrem Job erzählen, von dem Wasserschaden und der Spendenaktion. Selbstverständlich würde er annehmen, dass sie sich nur deshalb meldete, weil sie Geld brauchte.

Nein. So wollte sie die Beziehung nicht wiederaufleben lassen.

Falls sie sich traute anzurufen, falls er überhaupt den Hörer abnahm …

Vielleicht würde sie sich einfach später melden. Wenn die Aktion vorbei war und sich alles wieder beruhigt hatte.

Genau, das klang sinnvoll.

Und natürlich hatte diese Entscheidung rein gar nichts damit zu tun, dass sie Angst davor hatte, sich ihm und ihrer Vergangenheit zu stellen.

Nein, das war eine rein logische Entscheidung aufgrund der momentanen Umstände.

Genau.

Wirklich?

Unschlüssig schob sie die Briefe zurück in den Karton und setzte den Deckel darauf.

Überraschung

In der vergangenen Nacht hatte Emma kaum ein Auge zu bekommen.

Immer wieder waren ihr die Briefe durch den Kopf gegangen und die Frage, ob sie sich nicht doch bei ihrem Vater melden sollte.

Aber sie war stets wieder zu demselben Schluss gekommen wie am Vorabend. Sie konnte ihn erst dann anschreiben, wenn es nicht so aussah, als würde sie nur Geld von ihm wollen.

Diesmal musste sie alles richtig machen, damit sie eine echte Chance hatten.

Wann es so weit war, lag zum einen daran, wann ihr Chef sich entschied, wieder erreichbar zu sein und zum anderen natürlich auch daran, wie viel Geld durch ihre Aktion hereinkam.

Deshalb hatte sie beim Aufstehen beschlossen, endlich einen Blick auf das Spendenkonto zu wagen.

Sie wollte feststellen, ob es sich überhaupt lohnte, dranzubleiben und wann es an der Zeit war, die Zelte vor dem Büro ihres Chefs aufzuschlagen, um die Grundfesten seines Universums zu erschüttern … oder so ähnlich.

Also setzte sie sich nach dem Duschen aufs Sofa, zog ihren Laptop auf den Schoß und ging auf die Bankseite.

Mit einem mulmigen Gefühl loggte sie sich ein.

Aber was sie dann zu sehen bekam, hätte Emma im Leben nicht erwartet.

Volle zwei Minuten starrte sie auf das Bank-Interface und zählte immer wieder die Nullen.

Das konnte einfach nicht wahr sein.

Zum dritten Mal loggte sie sich aus, erneut ein und zählte von vorne. Aber der Betrag blieb schlicht und ergreifend derselbe. Beziehungsweise, er war sogar nochmal um dreiundzwanzig Euro fünfzig gestiegen.

Das war einfach unfassbar. Sie hatte noch nie so viel Geld gesehen.

Gut, um genau zu sein, war das kein bares Geld, sondern nur eine Zahl auf dem Bildschirm. Aber das, wofür diese gigantische Summe stand, war eine Komplett-Sanierung der Bücherei. Ach was, damit konnten sie den ollen Klotz vielleicht sogar abreißen und etwas Neues bauen.

Sie drückte auf ihre gespeicherten Kontakte und sofort wurde die Verbindung aufgebaut.

»Wapf?«, fragte seine Stimme.

Emma löste den Blick von ihrem Laptop und erkannte verblüfft, dass der Bildschirm ihres Handys zwar nicht schwarz, aber trotzdem völlig leer war. Das Bücherregal fehlte und auch Lukas war nicht zu sehen. Stattdessen sah sie auf eine weiß gekachelte Wand.

Überrascht zog sie die Brauen hoch, aber dann fiel ihr ein, weshalb sie anrief.

»Du wirst mir nicht glauben, was passiert ist.«

Der Hintergrund setzte sich plötzlich in Bewegung.

»Wapfte.« Seine Stimme klang irgendwie leise und hallte ein wenig.

Die Kacheln wurden schneller, dann huschte ein hautfarbener Fleck ins Sichtfeld, es gab einen Ruck und das Bild kam wieder zum Stehen.

Es stand falsch herum, Emma drehte den Kopf und blickte fassungslos auf Lukas' Rücken. Er stand leicht gebeugt vor einem Waschbecken, hatte offensichtlich eine Zahnbürste im Mund und … war splitterfasernackt.

Ihr klappte der Mund auf, sein Körper war schlank und sehnig.

Sie spürte, wie glutrote Hitze in ihre Ohren schoss. »Ähh … ich kann dich sehen?«, kiekste sie.

Prustend kam er hoch, spuckte dabei den schaumigen Inhalt seines Mundes gegen den Spiegel, fuhr halb herum und machte einen Hechtsprung hinter die Waschmaschine oder was auch immer die weiße Ecke war, die sie am Bildrand erkennen konnte.

Emma hatte gar keine Zeit gehabt, die Augen zu schließen, das holte sie nun schnell nach. »Ich gucke nicht … versprochen.« Egal, wie sehr es prickelte, sie würde nicht schummeln, sie würde die Augen geschlossen halten. Es kostete sie all ihre Willenskraft, die Lider weiter aufeinanderzupressen und nicht doch einen winzigen Blick zu riskieren.

Nicht mal wegen seiner schlanken und in ein Handtuch gehüllten Hüften, sondern wegen der Tatsache, dass er zum Telefon kommen musste und sie dabei vielleicht einen Blick auf sein Gesicht erhaschen konnte.

Aber sie hörte ein Schaben, ein Schlurfen, ein leises Klacken und blieb standhaft.

»Kannst gucken«, nuschelte er.

Sie öffnete die Augen und der Bildschirm war schwarz.

»Jupp, nichts zu sehen«, sagte sie.

Ein erleichtertes Seufzen.

»Sitze ich gerade mit dir im Badezimmer?«, fragte Emma.

»Ja.«

Er hatte *ja* gesagt.

In ihr summten die Gedanken herum wie aufgeregte Bienen.

»Bist du nackt?«, fragte sie leise.

Ein kurzes Schweigen. »Ja.«

»Wieso gehst du dann mit Bild ans Telefon?«

»Weil ich offensichtlich den falschen Knopf in der App erwischt habe … außerdem hatte ich das Handy zur Sicherheit extra mit der Kamera nach unten auf den Handtuchstapel gelegt … dachte ich zumindest.«

Bei der Erinnerung an den flüchtigen Anblick klopfte ihr Herz viel zu schnell in ihrer Brust.

»Hast du mich gesehen?« Er klang irgendwie dumpf.

»Ein bisschen vielleicht.« Ihre Stimme kiekste wieder. »Aber nicht dein Gesicht … falls dich das beruhigt.«

»Na super. Das Erste, was du von mir siehst, ist mein nackter Hintern.«

»Stimmt ja gar nicht, ich hab vorher schon deinen Pullover gesehen, dein Kinn, deinen Mund …« Die letzte Silbe war nur gehaucht, aber zum Glück hatte er das anscheinend nicht bemerkt.

»Wie beruhigend.«

»Dafür war die Aussicht ganz nett«, versuchte sie die Situation ein wenig aufzulockern.

Er schnaubte. »Nur ganz nett?«

Jetzt musste sie lachen. »Hey, egal was ich sage, es ist sowieso verkehrt. Ich hab dein Gesicht nicht gesehen, dir sofort Bescheid gesagt und die Augen zugemacht. Ich war ein echter Gentleman, also hör auf dich zu beschweren.«

Ein weiteres tiefes Seufzen kam aus dem Lautsprecher. »Na gut.« Ein Rascheln. »Ich zieh mir nur schnell etwas an.«

»Brauchst du nicht. Ich kann dich sowieso nicht sehen.«

»Ich weiß. Aber ich fühl mich dann besser.«

Wahrscheinlich war das sogar eine gute Idee.

Es würde sicher dabei helfen, die Bilder aus ihrem Kopf zu vertreiben.

Vielleicht auch nicht.

Sie spürte immer noch, wie ihre Ohren glühten und in ihrem Kopf lief die Erinnerung unbeirrt auf Dauerschleife.

Unglaublich

Unglaublich.

Wie war das nur passiert?

Er hatte sich zu sicher gefühlt, das war alles.

Schnell stieg er in seine Hose und wischte die Zahnpasta vom Spiegel. Zum Glück hatte Emma nichts gesehen … behauptete sie zumindest. Aber was gab es für einen Grund zu schwindeln?

Jeden?

Keinen?

Er rieb sich die Augen.

Und wenn schon.

Es wurde Zeit.

Zeit für die Wahrheit, Zeit, sie zu treffen … und in die Arme zu schließen … wenn sie ihn ließ.

Zum Glück waren nur noch drei Päckchen übrig, dann war es endlich so weit.

Nur beim übernächsten Paket musste er noch einmal vorsichtig sein, den Termin richtig wählen und dann stand einer Offenbarung nichts mehr im Wege.

Trotzdem kam ihm das wie eine Ewigkeit vor, die er noch warten musste.

»Immer noch nackt?«, fragte ihre Stimme aus dem Lautsprecher.

Unglaublich.

»Augenblick«, sagte er, streifte sich das T-Shirt über und ging mit dem Telefon in die Küche. »Okay, ich bin wieder salonfähig und ich mach mir jetzt einen Kaffee. Willst du auch einen?«

»Ich bin so schon viel zu aufgedreht.« Ihre Stimme klang tatsächlich, als könnte sie gleich abheben.

»Stimmt, über meinen unangemessenen Bekleidungszustand sind wir vom Thema abgekommen. Weshalb rufst du an?«

Sie faltete ganz aufgeregt die Hände und ihre Augen funkelten, als die nächsten Worte über ihre Lippen sprudelten. »Es funktioniert«, sagte sie, als hätte sie ihm das Ei des Columbus präsentiert.

»Was funktioniert?«

»Die Spendenaktion natürlich.«

Er legte den Kopf zur Seite. »Das kann ich doch an deinen Abonnentenzahlen sehen.«

»Nein, ja, ich meine, du wirst nicht glauben, wie viel wir schon zusammenbekommen haben.«

Er zog gerade den Kaffee aus der Schublade und als sie ihm die sechsstellige Summe nannte, fiel ihm fast die Tüte aus der Hand.

»Was?« Zum Glück verteilte sich nur eine Handvoll Bohnen hüpfend auf dem Fußboden.

»Ich hab's auch nicht glauben wollen, aber die Zahl steht wirklich da.«

»Das ist ja …«

»Megalotastisch!«, beendete Emma seinen Satz.

Er sah ihr breites Lächeln auf dem Bildschirm und spürte ein Vibrieren in seiner Brust. »Tja, du bist eben unschlagbar gut«, antwortete er und konnte sich ein Grinsen nicht verkneifen. Er hatte von Anfang an gewusst, dass es gut laufen würde. Natürlich durch die Verlosungs-Partner, die er ausgesucht hatte. Aber sie war auch so viel zu sympathisch, um abonnentenlos und unbekannt zu bleiben. Zugegeben, er hatte nicht im Entferntesten damit gerechnet, dass es *derartig* gut laufen würde.

Am liebsten hätte er sie an seine Brust gezogen, die Arme um sie gelegt und das Gesicht in ihrem Haar vergraben.

»Aber doch nur, weil du dafür gesorgt hast, dass ein erfolgreicher Autor und ein paar mächtig große Youtuber meinen Kanal gepusht haben. Ohne das Päckchen und die Interviews und die anderen Kanäle hätte ich das nie geschafft.«

Er musste blinzeln, weil er in Gedanken immer noch im Duft ihrer Haare versunken war. »Das ist nicht wahr.«

»Ach ja? Du glaubst echt, dass ich ohne die Unterstützung jetzt so viel Geld auf dem Konto hätte? Und dass mir über zweitausend Abonnenten folgen würden?«

Sie war wesentlich zu bescheiden … keine schlechte Eigenschaft. Im Gegenteil. »Zugegeben, vielleicht nicht ganz so viele. Aber wenn du es ernsthaft betrieben hättest, dann denke ich schon, dass du in dieselbe Richtung tendieren würdest.«

»Was meinst du denn mit ernsthaft?« Klang sie ein wenig beleidigt? Sie verschränkte die Arme und sah ihn mit geschürzten Lippen an.

Sinnlich, weiche Lippen …

Zurück zum Thema.

Ja, sie war schon lange dabei, aber einen wichtigen Aspekt hatte sie seiner Meinung nach immer übersehen. »Zum Beispiel im Sinne von Aktionen, um auf dich aufmerksam zu machen. Wie soll dich denn jemand abonnieren, der nicht einmal weiß, dass es dich gibt?«

»Du meinst Werbung?«

»Klar, die Spendenaktion ist doch nichts anderes.«

»Doch natürlich, wir retten die Kinderbücherei.«

»Okay, dann ist es gute Werbung. Weil es gar nicht um dich geht. Die steigenden Abonnentenzahlen sind nur ein Nebeneffekt von der eigentlichen Mission: anderen Menschen zu helfen.«

Ja, er hatte die Sache angestoßen, aber sie sollte nicht glauben, dass der Erfolg der Aktion alleine von ihm abhing. Das stimmte nämlich nicht.

Ohne ihren unermüdlichen Einsatz und ihre warme Persönlichkeit wäre rein gar nichts passiert.

Sie war einfach ein freundlicher und liebenswerter Mensch, das spürten die Leute auf der anderen Seite des Bildschirms und er hoffte, sie würde auch so bleiben, sobald sie … seine Wahrheit kannte.

Bei dem Gedanken grummelte sein Magen.

»Eben, sag ich doch«, meinte Emma. »Ein genialer Autor und eine Handvoll wirklich erfolgreicher Youtuber haben da Wunder gewirkt.«

»Mach dich doch nicht kleiner, als du bist. Sie haben die Sache beschleunigt, richtig. Aber Fakt ist, wenn die Leute nicht gemocht hätten, was sie auf deinem Kanal vorfinden, dann wären sie nicht geblieben. Glaubst du wirklich, dass dich jemand abonniert, nur weil ein Autor in deine Richtung gezwinkert hat?«

Emma nuschelte vor sich hin.

»Richtig: Nein«, sagte er und nickte. »Vielleicht gönnen sie dir dadurch einen zweiten Blick oder sind ein klein wenig wohlwollender. Aber am Ende bleiben die Menschen nicht, weil sie dich zufällig gefunden haben, sondern weil ihnen gefällt, was sie sehen und weil sie mehr davon wollen.« *Er* wollte mehr davon. Am liebsten hätte er sich durch den Bildschirm gelehnt und sie an sich gezogen, ihr den Unglauben von den Lippen geküsst. Aber das ging nicht. Also eben die zweitbeste Option.

Er fuhr fort. »Das, was du auf deinem Kanal erschaffst, das hast du dir ganz alleine ausgedacht. Die Sache mit den Leseorten, das kam von dir und die Live-Schaltung war deine Idee. Das heißt, ja, das Päckchen hat deinen Kanal beschleunigt, aber trotzdem gehört jeder einzelne Abonnent ganz alleine dir. Würde ich oder sonst jemand morgen deinen Platz einnehmen, würden sich die Abonnenten genauso schnell wieder in Luft auflösen, wie sie gekommen sind, wahrscheinlich sogar noch schneller.«

Sie blickte ihn unsicher an. »Meinst du wirklich?«

Ja, wahrscheinlich wusste sie genau, was er antworten würde, aber wenn er ihr schon nicht den Arm um die Schulter legen konnte, dann würde er ihr wenigstens den Gefallen tun und es formulieren.

Manche Dinge müssen einfach ausgesprochen werden.

»Sicher. Sonst würde ich es nicht sagen.«

* * *

Emma lehnte sich in ihrem Sofa zurück und starrte an die Decke.

Konnte er recht haben?

Lag der Erfolg wirklich an ihr?

Sie überlegte, was sie selber tun würde, wenn *KittyBlue* oder eine ihrer anderen Lieblings-Youtuberinnen plötzlich von ihrem Kanal verschwinden würden.

Eine Urlaubsvertretung würde Emma vielleicht noch akzeptieren, aber einen kompletten Ersatz … eher nicht. Derjenige müsste sich schon verdammt ins Zeug legen, damit sie ihr Abonnement aufrechterhielt und am Ende wäre es niemals dasselbe.

Hieß das im Umkehrschluss, dass sie sich da gerade tatsächlich eine eigene kleine Familie aufgebaut hatte? Dass trotz Unterstützung nur die Menschen zu ihr gekommen waren, die sich wirklich für das interessierten, was sie tat?

Anders war es wohl schwer zu erklären.

Sicher würden sich einige nach der Spendenaktion wieder abmelden, aber wenn sie darüber nachdachte, mit wie vielen sie in den letzten Wochen schon über die

Kommentare Kontakt gehabt hatte … ja, dann würde ihr ein großer Teil erhalten bleiben.

Wenn die Leute aber wegen ihr blieben, dann hatte es tatsächlich von Anfang an in ihrer Macht gestanden, ihren Traumjob Wirklichkeit werden zu lassen. Alles, was gefehlt hatte, war der Mut, es auch hundertprozentig und mit aller Macht zu versuchen.

Sie betrachtete noch einmal die Zahl auf ihrem Bildschirm.

Unglaublich, aber hier war der Beweis, dass man alles schaffen konnte, wenn man sich nur mit voller Kraft reinhängte.

Warum war sie so lange mit angezogener Handbremse gefahren?

Hatte sie solche Angst gehabt, sich der Öffentlichkeit zu stellen?

Oder war es nur die Befürchtung, zurückgewiesen und sofort wieder verlassen zu werden, wie schon so oft in ihrem Leben?

Was immer es gewesen war, nun hatte sich herausgestellt, dass all diese unterschwelligen Ängste völlig unbegründet waren.

Sie hatte sich geöffnet, war in die Vollen gestiegen und hatte damit mehr positive Energien und liebe Menschen in ihr Leben gelassen, als sie je für möglich gehalten hätte.

Wenn sie genau darüber nachdachte, lebte sie gerade ihren Traum. Nur noch viel besser als in ihrer Vorstellung.

Und *das* war tatsächlich gigalotastisch.

Sollte sie es jetzt noch schaffen, die Bücherei wieder zu eröffnen, wäre das ihr absolutes Sahnehäubchen.

»Und was ist der nächste Schritt?«, fragte Lukas plötzlich und Emma erschrak ein wenig, weil sie ganz vergessen hatte, dass er immer noch in der Leitung war.

Sie richtete sich wieder auf und sah noch einmal auf ihren Laptop-Bildschirm, der Bank-Account hatte sich mittlerweile automatisch ausgeloggt.

Aber das Geld würde sich natürlich nicht so einfach verflüchtigen und das bedeutete, dass sie endlich ein paar Hebel in Bewegung setzen konnte.

»Ich gehe zum Chef und sage ihm, dass er einen Sechser im Lotto hat.« Sie grinste breit.

»Das klingt nach einem tollen Plan.«

Und dann, wenn alles erfolgreich in die Wege geleitet war, würde sie die Briefe wieder aus dem Schuhkarton holen und die eine oder andere Telefonnummer ausprobieren … oder eine lange E-Mail schreiben …

»Hast du eigentlich mit deiner Mutter gesprochen?«

»Ich habe sie erst heute früh erreicht, aber dann haben wir über zwei Stunden lang telefoniert. Es war sehr … interessant.«

»Interessant auf eine gute oder eine schlechte Weise?«

»Gut. Sehr gut sogar. Wir haben über Dinge geredet, die sehr lange unausgesprochen geblieben waren und wir haben uns tatsächlich verabredet, nächstes Jahr gemeinsam zum Gardasee zu fahren. Mein Vater hatte dort nämlich ein kleines Haus. Na ja, Schuppen ist wohl treffender. Es steht ganz versteckt zwischen ein paar Bäumen und das Grundstück, das dazu gehört, ist nicht viel größer als das Haus selbst. Aber es hat ihm gehört und wohl auch viel bedeutet … wie dem auch sei, wir werden gemeinsam Zeit dort verbringen und ich muss mich bei dir dafür bedanken.«

»Ich hab doch gar nichts gemacht.«

»Doch, du hast gesagt, dass ich mit ihr reden soll. Ohne dich wäre ich gar nicht darauf gekommen, mit ihr darüber zu sprechen. Aber wie sich herausgestellt hat, war sie sogar froh. Sie hatte nur aus Rücksicht auf mich geschwiegen.«

»Siehst du, es ist gut, die Dinge auszusprechen.« Natürlich spielte sie damit auf sein Schweigen und seine Maske an. Aber Lukas entschied sich, das geschickt gegen sie zu verwenden.

»Stimmt, was ist eigentlich mit deinem Vater?«

»Oh, das ist auch schon in Planung. Aber erst, wenn ich ihm erzählen kann, wie der Typ, der mir Nacktfotos von sich schickt, von vorne aussieht.«

»Hey! Wieso das denn?«

»Damit er dich im Zweifelsfall ordentlich zur Brust nehmen und vierteilen kann, so wie Väter das nun einmal machen.« Sie lachte vor sich hin. »Aber ich muss jetzt los, gleich gibt es wieder die Vorleserunde und ich habe für morgen noch einen wichtigen Termin, den ich vorbereiten muss.«

verboten

Emma war froh, dass Becky ihr auch diese Woche wieder mit dem Transport für die Vorleserunde half. Ihre Freundin hatte die Decke bereits ausgebreitet und Emma verteilte die Kissen in einem Kreis darauf.

Marie und die anderen Kinder tollten auf der kleinen Wiese neben der Bücherei herum und spielten *Grüffelo fängt die Maus*.

Gleich morgen würde Emma in die Chefetage gehen und das Spendenkonto präsentieren. Sie freute sich schon diebisch darauf, wie denen die Augen aus dem Kopf quellen mussten. Aber heute ging es erstmal um das Wichtigste: die Kinder.

Sie hockte gerade neben ihrem Fahrrad, um die Bücher aus dem Rucksack zu holen. Da tauchte eine junge Frau im grauen Kostüm auf. Sie hatte einen strengen, braunen Dutt, eisblaue Augen, ein schlankes Brillengestell, trug eine Aktentasche über der Schulter und hielt in der Hand ein Klemmbrett.

»Sie sind …?«, fragte die Dame.

Emma sah sie überrascht an. »Das kommt darauf an, wer fragt.«

»Das Ordnungsamt«, sagte sie schnell. »Ihnen ist klar, dass öffentliche Veranstaltungen genehmigt werden müssen?«

Nein, darüber hatte Emma überhaupt nicht nachgedacht. Aber selbst wenn doch, sie bezweifelte, dass ein Treffen mit fünfzehn Kindern auf der Kirchwiese als öffentliche Veranstaltung galt.

»Ich lese nur ein bisschen vor. Um die Zeit zu überbrücken, bis die Bücherei wieder eröffnet«, sagte Emma und holte das letzte Buch aus ihrer Tasche. »Das ist alles.«

Frau Eisauge bekam schmale Lippen. »Da werden sie aber noch lange Lesen können.«

»Das glaube ich nicht.« Emma stand auf und konnte sich ein breites Grinsen nicht verkneifen. »Ich habe nämlich eine Spendenaktion gestartet und glauben Sie mir, damit können wir sogar vergoldete Wasserhähne einbauen, wenn uns danach ist.« Okay, das war vielleicht ein *bisschen* übertrieben. Aber Emma war einfach gut gelaunt.

Doch Frau Eisauge zog nur für einen Sekundenbruchteil skeptisch die Brauen hoch, dann war sie sofort wieder ernst und geschäftsmäßig. »Ach, dann wissen Sie wohl nicht, dass hier eine neue Lagerhalle entstehen soll?«

»Lagerhalle?« Das machte doch überhaupt keinen Sinn. Selbst, nachdem seine Frau sich hatte scheiden lassen, war dem Chef das Projekt Kinderbücherei immer wichtig gewesen. Außerdem war das Grundstück doch bestimmt viel zu klein.

»Woher wissen Sie das?«, wollte Emma wissen.

Aber die Dame ging überhaupt nicht auf ihre Frage ein. »Es wäre nett, wenn Sie die Versammlung hier jetzt auflösen würden, sonst sehe ich mich gezwungen, Verstärkung zu rufen.«

Emma klappte der Unterkiefer herunter, das konnte Frau Eisauge unmöglich ernst meinen.

Kalte Wut sammelte sich als fester Klumpen in ihrem Magen. Aber die Dame machte kehrt, wartete an der Straßenecke und zog ihr Handy heraus.

Emma wollte doch nur einen netten Nachmittag mit ein paar Kindern verbringen, die sonst keine Gelegenheit hatten, an Bücher zu kommen.

Becky tauchte gerade neben ihr auf. »Hab ich was verpasst?«

Aber Frau Eisauge hing bereits am Telefon und Emma hatte keine Lust herauszufinden, ob man wirklich für eine Vorlesestunde mit fünfzehn Kinder eine Genehmigung brauchte. Sie erklärte ihrer Freundin grummelnd, was geschehen war. Die starrte sie ungläubig an.

»Das kann doch nicht sein.«

»Anscheinend doch«, sagte Emma.

Dabei konnte sie Frau Eisauge noch nicht mal einen Vorwurf machen. Die tat nur ihren Job. Falls sie denn wirklich vom Ordnungsamt kam. Emma fand, die Uniform passte nicht richtig.

Das hieß, entweder war Frau Eisauge eine Art Troll oder selbst derjenige, der das Ordnungsamt bestellt hatte. Das erinnerte sie wieder an den blöden Hater-Kommentar vom Anfang, in dem sie beschimpft worden war. Wirklich seltsam, was für widerliche Menschen es gab. »Komm, wir gehen die Kissen einsammeln«, sagte sie resigniert. Das Ganze tat ihr so leid. Außerdem hatte sie sich selbst unheimlich auf diese Zeit gefreut. Ein bisschen Abwechslung vom Akten-Schubsen.

»Och, nee«, stöhnte Becky. Denn es war immer eine Heidenarbeit, die weichen Dinger richtig auf dem Fahrrad zu befestigen.

Die Kinder bemerkten natürlich sofort, dass etwas im Busch war und kamen angelaufen.

»Heute keine Vorlesestunde?«, fragte Marie. Ihre Stimme klang enttäuscht und ihre Augen wurden noch größer als sonst.

Emmas Hals zog sich zusammen und die eisigen Wutklumpen in ihrem Bauch schmolzen zu einer traurigen, blaugrauen Suppe zusammen.

Das war doch einfach der allergrößte Mist.

»Wir können hier heute leider keine Vorlesestunde machen«, sagte Emma.

Sofort füllten Maries Augen sich mit Tränen und einer der Jungs rief. »Wieso'n das?«

»Wir dürfen die Wiese nicht benutzen«, sagte Becky und zurrte noch einmal das letzte Kissen mit einem Spanngurt fest.

Da machte es plötzlich *Klick*.

»Stimmt, die Wiese dürfen wir nicht benutzen …«, sagte Emma und grinste ihre Freundin von der Seite an.

»Was hast du vor?«

»Ich dachte nur …« Emma machte eine spannungsgeladene Pause und blickte in die Runde. »Was haltet ihr von einem Eis?«

Sofort brach ein riesiger Jubel aus. Gelächter, Geschrei und drei Jungs rannten wilde Kreise um die Kirchwiese.

»Okay, okay und vorgelesen wird auch. Aber ihr müsst alle leise und ordentlich sein, versprochen?«

»Indianerehrenwort!«, schrie einer der Jungs und dann kam zu dem aufgeregten Gelächter auch noch ein lautes Geheul dazu.

Emma warf einen Blick über die Schulter, während sie in Richtung Café gingen und sah, wie Frau Eisauge mit zusammengepressten Lippen dastand und sie über ihre Brille hinweg beobachtete.

***

Sonnenstrahlen fielen durch die weit geöffnete Tür in den Laden und spiegelten sich auf den laminierten Speisekarten.

Eine leichte Brise bewegte die schneeweißen Tischtücher und bis auf die ruhige Stimme einer jungen Frau, die eine Geschichte von Seeräubern und einer Schatzinsel erzählte, war es mucksmäuschenstill.

Niemand, der vorbeiging, hätte vermutet, dass fünfzehn Kinder und zwei Erwachsene fast jeden Stuhl in dem winzigen Café besetzten.

Zumindest nicht, bis Emma das Wort *Ende* vorlas und sofort eine heiße Diskussion darüber entbrannte, ob die Schatzinsel tatsächlich existierte, wo sich so eine Karte wohl finden ließ und was man selber getan hätte, wäre man in den Besitz von so vielen Goldstücken gelangt.

»Machen wir das wieder?«, fragte ein Mädchen mit schwarzen Zöpfen und Zahnspange.

»Au ja, bitte!«, rief der Junge mit dem Indianergeheul und riesiger Zahnlücke.

»Das wäre toll«, flüsterte Marie.

»Und wieder mit Eiscreme«, bettelte ein strohblonder, kleiner Kerl.

»Ja, wir machen das wieder«, sagte Emma. »Mit Eiscreme.«

Ein Begeisterungssturm brach los, gemischt mit Indianergeheul.

Emma lachte. »Wir sehen uns dann nächste Woche. Treffplatz ist die Kirchwiese.«

Damit stolperten und johlten die Kinder aus dem Café heraus, erzählten mit leuchtenden Augen von dem Eis, der Schatzinsel und der nächsten Woche.

Nur Marie blieb an der Tür noch einmal stehen und drehte sich um. »Danke«, flüsterte sie und ein funkelndes Lächeln huschte über ihr Gesicht, damit folgte sie den anderen in den Sonnenschein.

Ein breites Grinsen hatte sich auf Emmas Gesicht fest eingebrannt und ihr Herz drehte sich wie ein goldener Kreisel. Zum Glück war ihr das Café eingefallen.

So war es doch noch ein richtig toller Vormittag geworden.

Becky zog sich gerade ihren Eiskaffee heran. »Das ist ja doch noch ein voller Erfolg geworden«, sagte sie und fuhr sich mit den Fingern durch die rote Mähne.

»Stimmt. An der Dame vom Ordnungsamt lag das aber nicht. Ich wüsste zu gerne, warum die gleich am Anfang aufgetaucht ist. Woher wusste die denn, dass wir hier sein würden.«

Noch so ein Punkt, der irgendwie nicht zu ihrer Geschichte passte.

Becky rührte mit dem langen Löffel nachdenklich in ihrem Becher herum. »Als du damit beschäftigt warst, deine Raubtiere zum Wasserloch zu lotsen, habe ich zufällig ein Stück von ihrem Telefonat mitgehört.« Sie schob sich einen Löffel voll cremig weißem Eis und würzig braunem Kaffee in den Mund.

Emma verdrehte die Augen, denn natürlich musste ihre Freundin es spannend machen. »Und? Was hat sie gesagt?«

Becky zuckte mit den Schultern. »Ich hab nicht alles verstanden, ich wollte ja nicht lauschen, oder so.« Sie steckte den Löffel wieder in die weiche Masse.

»Natürlich nicht«, sagte Emma.

Wieder wanderte ein köstlich, süßkalter Bissen in Beckys Mund und Emma hätte sie am liebsten geschüttelt. Schließlich gab Emma nach. »Also gut. Was hast du denn rein zufällig und ohne zu lauschen gehört?«

Sofort rutschte sie auf ihrem Stuhl nach vorne und flüsterte aufgeregt. »Sie hat zu jemanden am Telefon gesagt, er bräuchte sich keine Gedanken mehr zu machen. *Die mit den Videos* hätte gekniffen und seinen Plänen stünde jetzt nichts mehr im Wege.«

Emma blinzelte verwirrt. »Das hat sie wörtlich gesagt?«

»Na ja, so ungefähr. Aber das von wegen *Die mit den Videos*, das kam echt von ihr.«

Irgendjemand hatte ihre Spendenaktion bemerkt und sie gefiel demjenigen offensichtlich gar nicht.

Wer mochte das sein?

Konnte das sogar damit zu tun haben, dass ihr Chef ständig unabkömmlich war?

Ging das möglicherweise sogar von ihm aus?

Oder war das nur eine wilde Verschwörungstheorie?

Aber warum?

Und was sollte das mit der Lagerhalle … gerade hier?

So ein Unsinn und so ein hinterhältiger Mist.

Was sollte dann aus den Kindern werden?

Sie würde gleich morgen früh bei ihrem Chef vor der Tür stehen und erst wieder weggehen, wenn er mit ihr geredet hatte.

Hah!

Wäre doch gelacht, wenn sie mit all dem Geld in der Hinterhand die Dinge nicht in die richtige Richtung bewegen könnte.

Von wegen *die mit den Videos hat gekniffen*.

In deren Träumen vielleicht. *Die mit den Videos* hatte noch gar nicht richtig angefangen.

Versagt

Emma saß am Ufer des Auensees und starrte völlig verzweifelt auf das schimmernde Grün der Wasseroberfläche.

Sie hatte ihre Arme um die Knie geschlungen und fühlte sich leer.

Drei volle Stunden hatte sie in der Chefetage zugebracht und als Ergebnis war sie am Boden zerstört.

Die mit den Videos war nun doch am Ende.

Das heißt, in einem Punkt war sie sehr erfolgreich gewesen, sie hatte ihren Chef tatsächlich getroffen. Aber leider hatte er sie komplett zusammengefaltet.

Erstens ginge sie das nichts an, zweitens würde das mit der Lagerhalle stimmen und drittens habe sie solchen Firlefanz bitte auf ihre Freizeit zu verschieben.

So ungefähr. Es waren noch ein paar Argumente geflogen, die ihr zu dem Zeitpunkt sehr logisch erschienen, jetzt fiel ihr kein einziges davon mehr ein.

Sie hatte doch das Geld, warum wehrte er sich so? War er denn kein Geschäftsmann?

Wie dem auch sei.

Sie war am Ende.

Das hieß, eventuell gab es schon noch eine vage Möglichkeit … um die hatte sie bisher allerdings mit voller Absicht einen Bogen gemacht. Aber vielleicht war es an der Zeit, endlich über ihren Schatten zu springen und ihren Vater um Hilfe zu bitten.

Immerhin führte er selbst eine große Firma, hatte überall Kontakte. Irgendetwas würde er sicher drehen können.

Zumindest klammerte sich ein kleiner Teil von ihr an diesen winzigen Funken Hoffnung.

Emma seufzte tief und vergrub ihr Gesicht zwischen den Knien.

Natürlich würde er sie dann für einen Schnorrer halten – und diesmal völlig zu Recht. Warum hatte sie ihm nicht direkt geschrieben, als sie noch glaubte, sie bräuchte keine Hilfe …

Frustriert legte sie ihre Hände in den Nacken.

Aber eine andere Möglichkeit gab es jetzt nicht mehr. Die einzige Alternative war: Aufgeben.

Und das konnte sie weder Marie noch den anderen Kindern antun.

Also richtete sie sich auf, zog ihr Handy aus der Tasche und schrieb die wohl schwierigste E-Mail ihres ganzen Lebens.

Emma las den entstandenen Text ganze fünfmal, änderte jeden Satz mindestens genauso oft, nur um ihn am Ende doch nicht abzusenden.

So wollte sie ihre Beziehung einfach nicht von vorne beginnen.

Außerdem, was sollte ihr Vater schon tun?

Ja, er hatte eine Firma und Geld und Kontakte. Aber würde er nach all der Zeit wirklich sein weißes Schlachtross satteln und zu ihrer Rettung eilen?

Im Märchen vielleicht.

Dummerweise war das hier keins.

Sie stützte den Ellbogen auf ihr Knie, lehnte das Kinn in die Hand und sammelte kleine Steinchen vom Ufer.

Nein, sie würde die Ärmel hochkrempeln und ihren sprichwörtlichen Karren selber aus dem Misthaufen ziehen müssen.

Die Frage war nur wie?

Mit Volldampf zurück?

Sie rieb einen der Steine zwischen Daumen und Zeigefinger und wählte dann die erste Nummer aus ihrer Kontaktliste.

»Hi«, sagte Lukas. Der Bildschirm blieb schwarz. »Und um gleich deine Frage zu beantworten: Nein, ich bin nicht nackt, ich bin komplett angezogen. Um genau zu sein, trage ich sogar einen Anzug … mit Krawatte.«

Emma lächelte traurig.

»Hey, so schlimm sieht das gar nicht aus.« Er lachte, wurde aber still, als sie nicht reagierte.

»Was ist los?«

Sie atmete tief durch. »Ich muss einen Weg finden, um die Spendengelder zurückzugeben.«

»Aber wieso das denn?«

»Die Kinderbücherei wird abgerissen.«

»Das kann doch gar nicht sein. Du hast doch eine gigantische Summe an Spendengeldern gesammelt.«

Sie fasste zusammen, was ihr Chef gesagt hatte.

»Klingt äußerst überzeugend«, meinte Lukas und klang dabei ironisch.

Zum Glück, denn die Sache stank zum Himmel. Sie hätte nämlich schwören können, dass Frau Eisauge in der Chefetage über den Flur gehuscht war. »Ich sag dir, da ist irgendein Klüngel am Werk. Aber solange ich keinen monetären Grund habe, weshalb sich eine Kinderbücherei auf lange Sicht für den Verlag mehr lohnt als ein Lagerhaus, sind wir Geschichte.«

»Oh.«

»Ja, oh.« Sie schmiss den Stein so weit sie konnte auf den See hinaus und er versank mit einem geräuschvollen

Plotsch im grünen Wasser. »Ich könnte heulen.« All die Arbeit, der ganze Aufwand, alles umsonst. Und noch viel schlimmer, dass die Kinder ganz ohne Bücher auskommen mussten.

Sicher könnte sie versuchen, eine andere Location aufzutreiben. Aber was half Marie eine Bücherei in einem anderen Ortsteil? Gar nichts.

Außerdem war *das hier* ihre Bücherei … ihr zweites Zuhause.

»Tut mir leid«, sagte Lukas.

»Und mir erst.« Sie rieb das nächste Steinchen zwischen den Fingern. »Vor ein paar Wochen wär das nur halb so schlimm gewesen. Ich meine, klar wäre ich traurig gewesen. Aber ich hätte eingesehen, dass die Kohle nicht stimmt, dass ich alles versucht habe und dass es nun einmal so ist. Aber jetzt?« Sie warf den zweiten Stein in hohem Bogen ins Wasser. *Poink*. »Wir haben so viel Arbeit da reingesteckt. So viele Menschen haben daran mitgearbeitet, die Youtuber, alle, die gespendet haben, du, ich, Becky und sogar Richard Taylor, meine Güte, das muss doch irgendetwas bedeuten!«

Müsste es doch, oder?

»Warum reicht das nicht?«, fragte sie und warf die restlichen Steinchen so ungehalten von sich, dass sie gleich vor ihren Füßen ins Wasser prasselten.

Aber es kam keine Antwort.

Was gab es dazu auch schon zu sagen?

Am liebsten hätte sie ihr Handy gleich hinterhergeschmissen. Stattdessen grub sie ihr Gesicht in die Ellenbeuge.

Sie war wütend auf sich selbst.

Hatte sie ernsthaft geglaubt, dass sie etwas verändern könnte? Dass es irgendjemanden kümmerte, was aus ein paar Kindern wurde, die es sich nicht einmal leisten konnten, eigene Bücher zu kaufen?

Das Leben war so ungerecht.

Sie hatte so knapp davorgestanden. So kurz davor, alles zu erreichen.

Und jetzt hatte es ein einziger Mann geschafft, alles wieder zunichtezumachen.

Das durfte nicht sein.

Das war nicht erlaubt.

Das passierte viel zu oft in der wirklichen Welt.

Und jetzt?

Jetzt war Schluss damit.

Das würde sie nicht zulassen.

Ganz egal, wie tief sie dafür sinken musste.

Sie würde dafür sorgen, dass die Gerechtigkeit siegte.

Und wenn sie dafür vor ihrem Vater auf den Knien herumrutschen musste?

Dann sollte es so sein!

Hah!

Sie öffnete die E-Mail-App und ohne den Text, den sie eben verfasst hatte, noch einmal zu lesen, drückte sie auf *Senden*.

Nimm das!

Doch sie bereute es sofort.

Denn wenn man es realistisch betrachtete, was würde dann passieren? Das wahrscheinlichste Resultat war, dass ihr Vater sie für einen Blutegel hielt und die Bücherei trotzdem abgerissen wurde.

Aber sie wollte jetzt nicht aufgeben.

Sie wollte einfach nicht.

Nicht nach all dem, was sie schon geschafft hatte.

Es musste doch noch irgendetwas geben, das sie tun konnte.

Eine Unterschriften-Aktion vielleicht … aber dafür brauchte sie erst einmal Aufmerksamkeit und zwar nicht von anonymen Spendern aus dem Internet, sondern von Bürgern dieser Stadt …

Ein Sitzstreik oder so etwas. Das war es doch.

»Ich hab's! Wir machen eine Demo.«

»Eine Demo?« Lukas klang nicht gerade enthusiastisch.

»Na klar. Wenn ich eins in den vergangenen Wochen gelernt habe, dann, dass kleine Beiträge von vielen Einzelpersonen einen Riesenunterschied machen können. Und ich hab mittlerweile so viele Abonnenten. Sicher, die meisten wohnen irgendwo auf dem Globus verteilt, aber vielleicht kennen die ja wen, der jemanden kennt, der hier in der Nähe wohnt … Gemeinsam machen wir dann eine Demo *Rettet die Kinderbücherei* und dabei sammeln wir noch einmal Spenden und überschütten die Firma solange mit Geld und Aufmerksamkeit, bis sie gar nicht mehr anders können, als die Bücherei wieder zu eröffnen. Was meinst du? Bist du dabei?«

Sie hielt die Luft an, aber statt einer Antwort folgte nur dröhnende Stille.

Vorschlag

Eigentlich hatte der Tag sehr vielversprechend angefangen. Lukas stand im Aufzug und gleich würde er Bastian treffen. Noch etwa fünfeinhalb Stockwerke, dann noch die letzten Details besprechen und schon wartete ein neuer Vertrag auf ihn, für eine Fantasygeschichte par excellence.

Er wurde ganz aufgeregt, wenn er nur daran dachte.

Im Augenblick hielt er aber erst mal die Luft an, während ein großer, breitschultriger Mann mit dunklem Haar den Aufzug betrat und die private Telefonzellen-Atmosphäre zunichtemachte.

Doch die Stille kam ihm gerade recht.

Denn in seinem Kopf stolperten die Gedanken übereinander.

Emma hatte sich in den Kopf gesetzt, die Bücherei zu retten und zwar offensichtlich mit allen Mitteln.

Sie hatte Biss und das gefiel ihm.

Aber er bezweifelte, dass eine Demonstration viel bringen würde. Wenn da wirklich intern jemand saß, der sich querstellte, würden sie schon mehr brauchen als ein einmaliges Event.

Irgendetwas Großes, das sich für den Verlag auch auf lange Sicht lohnte.

Ganz offensichtlich etwas mit Büchern und Kindern und …

Genau! Das war die Idee.

Es war genial, es war einfach und er hatte genau die richtigen Kontakte. Beziehungsweise, Emma hatte die richtigen Abonnenten. Das konnte tatsächlich funktionieren.

Das Beste daran? Es würde ihm auch noch Spaß machen. Und nein, nicht nur, weil er damit einer ganz bestimmten Person einen Gefallen tat, sondern weil es ihm eine Möglichkeit gab, in einem – vorerst – nicht allzu großen Rahmen wieder Kontakt zu seinen Fans aufzunehmen.

Und ja, das würde ein großer Schritt für ihn werden, aber gleichzeitig wäre es auch toll.

Die Idee gefiel ihm mit jeder Sekunde besser.

Allerdings würde er sich dafür mit ihr treffen müssen … früher als geplant … nicht erst, wenn alles vorbei war.

Ein großer Teil von ihm konnte es gar nicht abwarten, sie wiederzusehen.

Aber das bedeutete auch, sich dem Gutdünken einer gewissen Person auszuliefern und mit ziemlicher Sicherheit in ein Wespennest zu stechen.

Es sei denn natürlich, Emma würde sich bereiterklären, Stillschweigen zu bewahren.

Fast hätte er sich mit der flachen Hand vor die Stirn geklatscht. Nur die Anwesenheit des Muskel-Anwalts hielt ihn davon ab.

Dass er an diese Möglichkeit nicht früher gedacht hatte. Aber er war ja viel zu sehr damit beschäftigt gewesen, sich auszumalen, wie Emma von jetzt auf gleich zu einem sabbernden Fangirl mutierte.

Zugegeben, das konnte er sich immer noch vorstellen, aber mittlerweile glaubte er nicht mehr, dass es lange anhalten würde.

Und er *wollte* sie wiedersehen.

Unbedingt.

Lukas schloss die Augen.

Dieser Moment war von Anfang an unausweichlich gewesen.

Und jetzt würde es passieren.

Sein Herz raste wie ein galoppierendes Pferd und sein Magen kribbelte vor Nervosität.

Ja, es war früher als gedacht, aber trotzdem fühlte es sich nach einem ganz großen *endlich* an.

Er wartete, bis sich die Türen auf seiner Etage öffneten, trat nach draußen und wappnete sich für den Vorschlag, den er nun machen würde.

***

Schwarzes Nichts quoll aus den Lautsprechern und begrub Emma unter seiner massigen Schwere.

Warum Stille?

Was gab es da so lange zu überlegen?

Weshalb sagte er kein Wort?

War die Demo vielleicht doch keine so gute Idee? Oder wollte er einfach nicht mitmachen?

Hatte sie ihn überrumpelt?

Sie legte das Handy zur Seite und blickte über den See, der so still und friedlich dalag wie ein glasgrüner Spiegel.

Wenn Lukas keine Lust hatte, machte sie es eben alleine … wäre doch gelacht.

»Sorry, ich war im Aufzug und hatte Gesellschaft.«

Das Gewicht eines Kleinlasters plumpste von Emmas Brust. Es hatte gar nicht an ihr gelegen!

»Ich finde die Idee nicht so gut.«

Und mit ungebremster Wucht schlug der Kleinlaster in ihrer Magengrube auf.

Lukas sprach unbeirrt weiter. »Eine Demo ist nur eine einmalige Sache und sie ist, mit Verlaub gesagt, nervig.«

Emma wäre am liebsten durch das Telefon gesprungen … wie er wohl aussah, im schicken Anzug … natürlich war eine Demo lästig. »Das ist ja gerade der Punkt«, warf sie ein.

»Aber am Ende gibt es immer einen Verlierer. Was erreichst du schon, wenn du deinem Chef auf die Nerven gehst«, sagte er. »Deshalb hätte ich da eine bessere Idee. Du musst der Firma etwas geben. Du müsstest etwas auf die Beine stellen, dass sie gar nicht ausschlagen können. Etwas, das so genial ist, dass sie sich danach die Finger lecken.«

Jetzt war Emma ganz Ohr. »Und was soll das sein?«

Sie hörte ein breites Grinsen in seiner Stimme. »Wie wäre es mit einer Buchmesse?«

Sofort sprangen Bilder von den Messen in Leipzig und Frankfurt durch ihren Kopf, hunderte und tausende von Menschen, die sich durch riesige Hallen schoben, abertausende von Büchern bestaunten und sich mit Autoren unterhielten.

Wie sollte sie denn so etwas bloß aus dem Boden stampfen?

Dafür bräuchte sie doch Jahre … ach was, Jahrzehnte.

Lukas sprach weiter: »Ich meine natürlich in einem wesentlich kleineren Rahmen, aber schon mit bekannten Autoren, vielleicht ein paar Lesungen, signierten Büchern und direktem Kontakt mit den Lesern. Wir richten uns dabei hauptsächlich an Kinder, aber ich würde auch die Erwachsenen nicht ausschließen. Einfach ein riesengroßes Bücherfest für Klein und Groß. Das findet einmal im Jahr statt und ist ein riesiges Werbespektakel für den Verlag. Aber nur – und das ist der wichtige Punkt – wirklich nur, solange die Kinderbücherei existiert.«

Das war einfach ge-ni-al.

Das war die tollste Idee seit Menschengedenken. Emma hatte sofort eine ganze Liste von Autoren im Kopf, die sie gerne einladen würde.

Aber wer von denen würde auch kommen?

»Und …«, setzte sie an. »Du könntest da einen ganz besonderen Jemand fragen, ob er den Anfang macht?«, fragte Emma.

Mit einem bekannten Gesicht als Aushängeschild würde es sicher einfacher werden, andere Autoren für die Sache zu gewinnen.

»Nein.«

Die eine Silbe klatschte gegen ihre Stirn wie ein Tennisball und ihr Herz sackte mit Schwung zwischen ihre Knöchel.

Nein?

»Viel besser«, sagte Lukas.

Jetzt war sie vollends verwirrt.

»Öffne das übernächste Paket«», sagte er.

Emma legte den Kopf zur Seite, sie hatte weder die Kamera dabei noch das Päckchen und es war nicht einmal Samstag.

»Dafür muss ich erst nach Hause fahren.«

»Oh …« Er klang enttäuscht.

»Außerdem ist doch gar nicht Samstag.«

»Egal. Dann sage ich es dir eben.«

»Ohne Kamera?«

»Moment.« Ein Klacken, wie das Geräusch einer Türe, die sich öffnete und schloss, dann wurde der Bildschirm hell.

Eine männliche Brust erschien, die in einem weißen Hemd und dunklem Jackett steckte. Er trug eine himbeerrote Krawatte.

Sie sah, wie sich das Hemd unter einem tiefen Atemzug hob und senkte. Sie biss sich auf die Unterlippe.

»Es ist ein Gutschein«, sagte er.

»Aha.« Emma konnte nicht anders, sie klang selbst in ihren eigenen Ohren ziemlich enttäuscht. Ein Gutschein war … nett. Aber bisher hatte er so viel Kreativität und Einfallsreichtum bewiesen, dass ein Gutschein da irgendwie nicht mithalten konnte.

»Gefällt dir nicht?«, fragte er und klang dabei ein bisschen zu unschuldig. »Ich denke, dann werde ich den Gutschein für ein Treffen mit Richard Taylor selber einlösen.«

Emma brauchte einen Augenblick, bis die Worte in ihrem Gehirn ankamen.

Dann riss sie die Augen auf und ihr Herz schlug einen Flick-Flack, bevor es mit dreifacher Geschwindigkeit nach vorne hechtete.

Sie sprang auf, schnappte nach Luft und schlug die Hand vor den Mund.

»Echt?« Ihre Stimme quietschte.

»Echt.«

Er wirkte zumindest, als würde er es auch so meinen.

Ein Treffen mit *Richard Taylor*!

Sie konnte es nicht fassen, aber Lukas hatte es unbestreitbar gesagt. Ein dickes Grinsen brannte sich in ihr Gesicht und wärmte ihre Brust. Mit einem weiteren Quietschen drehte sie sich einmal um sich selbst und presste dabei das Telefon an ihre Brust.

»Das ist einfach … phänomenastisch!« Sie schaute wieder auf den Bildschirm.

Ein leises Lachen ließ seine Brust erbeben.

»Aber wie hast du das hinbekommen?«, fragte sie. »Ich meine, das mit den Interviews war ja schon der absolute Überhammer, aber das …«

Sie sah an den Falten des Hemdes, wie sich seine Schultern kurz hoben und wieder senkten. »Als er von deinem Projekt erfahren hat, wollte er dich ohnehin treffen. Da hab ich ihn stattdessen in eins der Päckchen gesteckt.«

Emma setzte sich wieder auf die Decke und strahlte über das ganze Gesicht.

»Das ist einfach nur großartig, hinreißend … sensationell« Sie wusste einfach nicht wohin mit ihrem Glück.

Das war besser als alle anderen Päckchen zusammengenommen. Und zu allem Überfluss gab es ihr die ultimative Gelegenheit, um Richard Taylor für ihr Vorhaben zu begeistern.

Das war einfach nur unglaublich, megatoll, fantastillionisch.

Von Lukas kam im Augenblick keine Reaktion, aber Emma störte das nicht. Sie ließ sich nach hinten plumpsen und starrte selig in den Himmel.

In ihrem Kopf drehte sich dabei immer wieder und völlig unaufhaltsam dieser eine köstlich süße Satz: *Ich treffe Richard Taylor*.

***

Lukas' Magen krampfte sich zusammen und zog schwer nach unten.

Warum?

Weil Emma sich darauf freute, einen anderen Mann zu treffen, darum. Und weil sie vorhatte, diesen blöden Kerl auch noch anzuschmachten.

Dass er selbst der andere Mann war, machte die Sache nicht besser.

Immer wenn sie von *Richard Taylor* sprach, hatte sie dieses Leuchten in den Augen. Bisher hatte ihm das geschmeichelt. Aber jetzt trieb ihn genau dieses Funkeln zum Wahnsinn.

Dämlicher Typ …

Blödes Fangehabe, blöder Taylor, blöde …

Moment … Lukas konnte es nicht fassen.

War er tatsächlich eifersüchtig auf sich selber?

Ging das überhaupt?

Offensichtlich.

Das Gefühl war da, schmeckte bitter auf der Zunge und zog seinen Magen irgendwo in die Gegend seiner Kniekehlen.

Er war völlig durchgeknallt, so viel stand fest. Und diesmal ganz sicher nicht auf die gute Weise.

Aber es war nicht nur schlichte Eifersucht, es war noch wesentlich komplizierter.

Denn der Richard-Taylor-Teil von ihm war auch nicht so sonderlich begeistert von diesem Funkeln. Weil – und jetzt kam das Verrückte – weil Richard Taylor nämlich gar nicht existierte.

Dieses Bild, das die Medien von dem tollen, großen Autor erzeugt hatten, das war nicht echt. Diese *Person* gab es gar nicht.

Trotzdem bekam Emma glasige Augen, wenn sie an diesen erfundenen Typen nur dachte und rote Herzchen drehten sich in ihren Pupillen, als ginge es um einen Gott in Menschengestalt.

Am meisten störte ihn aber, dass sie Richard-Taylor-die-Lichtgestalt ihm, also Lukas-dem-normalen-Menschen, vorzog.

Was auch bescheuert war, denn sie wollte Lukas-den-normalen-Menschen ja schon lange treffen und hatte ihn bereits unglaublich oft darauf angesprochen … hatte ihn sogar fast geküsst …

Außerdem ging es hier ja nur um ein simples Essen. Noch dazu eins, das hauptsächlich dazu diente, Richard Taylor um einen Gefallen zu bitten.

Was ihn auch wieder störte, weil das ja alle Leute taten. Jeder wollte etwas von Richard Taylor, jeder hatte eine Bitte oder eine verborgene Agenda.

Okay … jetzt war Richard Taylor also wütend auf Emma, weil sie ihn bloß ausnutzen wollte und Lukas war eifersüchtig auf Richard Taylor, weil Emma ihn anschmachten würde.

Ihm drehte sich der Kopf, langsam wurde das richtig kompliziert.

Er war kurz davor, ihr jetzt sofort die Wahrheit zu sagen, nur, um diesem wahnwitzigen inneren Dialog ein Ende zu bereiten.

Aber erstens hatte er einen Termin, zweitens würde sie ihm sowieso nicht glauben und drittens … ja, drittens war er wahrscheinlich einfach nur feige.

Wo waren sie noch mal stehengeblieben? Richtig. Die Buchmesse und das Treffen … aber die Details mussten sie später klären. Er verabschiedete sich noch schnell und machte sich dann auf den Weg, um einen Vertrag zu unterschreiben.

Richard Taylor

Emma stand am Eingang zur Dachterrasse der *Vineria Da Angelo*. Ihr Herz raste so schnell, dass ihr schwindlig wurde und es aus ihrer Brust hinauszuspringen drohte.

Nervös ließ sie ihren Blick über die Holztische schweifen, die in ordentlichen Reihen nebeneinander arrangiert waren. Grüne Platzdeckchen, pinke Servietten und zartrosafarbene Teelichter verliehen dem Ganzen ein sommerliches und gemütliches Ambiente.

Unter der gelb-weiß gestreiften Markise öffnete sich hinter großen, grünen Topfpflanzen der Blick zwischen die alten, reich verzierten Häuserfronten der Bonner Innenstadt.

Unter normalen Umständen wäre es bei dem herrlichen Wetter wohl brechend voll gewesen. Aber vermutlich hatte ihr Gastgeber keinen Wert auf weitere Gesellschaft gelegt, denn auf der gesamten Terrasse befand sich nur ein einziger Besucher.

Ihr Herz schwoll auf die Größe einer Wassermelone an und nahm ihr die Luft zum Atmen.

Richard Taylor saß am Ecktisch und stand auf, sobald er sie bemerkte.

Emmas Herz sackte in ihren Magen und plumpste in einen glitzernden Teich voller goldenem Seifenschaum. Er war wirklich hier, er war tatsächlich gekommen.

Sein honigblondes Haar glänzte in der Mittagssonne, es war heute kurz geschnitten, seine dunklen Augen funkelten und auf seinen sinnlich geschwungenen Lippen spielte ein verschmitztes Lächeln.

Richard Taylor ist tatsächlich gekommen, klang es immer wieder wie tausend Glöckchen in ihrem Kopf.

Erst als der Kellner keine Geduld mehr hatte, hinter ihr zu warten und sich in Bewegung setzte, schaffte sie es, ihre Starre zu lösen und auf den großen, schlanken Mann im Anzug zuzugehen.

»Hi«, sagte er, als sie bei ihm ankam. Seine Stimme klang rau und er räusperte sich, dann hielt er ihr die Hand entgegen.

Der goldene Seifenschaum füllte prickelnd ihre Lungen und schluckte ihre Antwort.

Er wollte ihr tatsächlich die Hand schütteln. *Richard Taylor* wollte ihr die Hand schütteln!

»Hi.« Ihre Stimme kiekste nur ein ganz klein bisschen – redete sie sich ein – und mehr, um das zu überspielen, sprach sie schnell weiter. »Ich bin Emma.« Doch dummerweise blieben die Worte nur ein Flüstern. Ihre Wangen brannten und ihr Herz gefror zu Eis.

Seine Hand schwebte immer noch in der Luft und eilig schloss sie ihre Finger um seine. Die Wärme seiner Haut brachte das goldene Meer in ihrem Innern zum Sprudeln.

»Das hab ich mir schon fast gedacht«, sagte er mit einem breiten Grinsen.

Sie hatte ein heftiges Déjà-vu, das schwer einzuordnen war und konnte es gleichzeitig nicht fassen, dass sie sich mit *Richard Taylor* im gleichen Zimmer befand … oder vielmehr, auf derselben Dachterrasse.

Und er sprach auch noch mit ihr.

Das letzte Mal, als das passiert war, hatten sie sich auf einer Buchmesse getroffen. Das hatte keine zwei Minuten gedauert und mit Sicherheit hatte er es bereits wieder vergessen. Aber das hier, das war etwas völlig anderes. Diesmal war er extra für sie gekommen.

Emma bemerkte, dass sie seine Hand immer noch festhielt.

Hastig ließ sie los.

Seltsam, wie vertraut sich seine Gegenwart anfühlte. Eine silbrige Erkenntnis vibrierte ganz leise am Rand ihrer Wahrnehmung, aber der golden glitzernde Seifenschaum in ihrer Mitte war viel zu beschäftigt damit, kitzelnd überzuquellen, während sich Richard Taylor mit den Fingern durch sein Haar fuhr.

»Freut mich, dich zu sehen«, sagte er und klang dabei ein wenig nachdenklich. Natürlich. Sie war nur ein Fan von vielen. Wahrscheinlich überlegte er, ob er sie schon einmal getroffen hatte und sie wiedererkennen müsste.

Ihre Lippen fühlten sich an wie zusammengeklebt. Es kostete sie all ihre Willenskraft, um den Mund für zwei dumme Silben zu öffnen. »Mich auch«

Was für eine blöde Antwort. Einfallslos. Jetzt musste sie nur noch über das Wetter sprechen, dann hätte sie alle Trivialitäten abgehandelt.

»Hübsche Handtasche«, sagte er und lächelte.

Emma spürte, wie ihre Wangen heiß wurden und schaffte es noch nicht mal ein *Danke* hervorzupressen. Stattdessen legte sie nur ihre Hand auf das rote Buchcover mit der Klatschmohnblüte.

Bei dem Gedanken an Lukas huschte ein kleiner Schatten durch ihre Mitte, wurde aber sofort von dem funkelnden Meer verschlungen.

»Möchtest du etwas trinken?«, fragte ihr Gastgeber.

»Gern«, brachte sie wenigstens heraus und immer noch kribbelte ihre gesamte Brust.

Er legte den Kopf zur Seite und sie brauchte eine Weile, um zu begreifen, dass sie etwas vergessen hatte.

»Cola«, setzte sie schnell nach und beschloss, dass sie beim nächsten Mal unbedingt mehr als zwei Silben herausbringen musste.

Sonst würde er sie nachher für einen kompletten Vollpfosten halten.

Aber er lächelte nur sein umwerfendes Lächeln, das den Rand ihres Unterbewusstseins zum Vibrieren brachte, nickte dem Kellner zu und bestellte für sich selbst eine Apfelschorle. Dann wandte er sich wieder zu ihr. »Das ist wirklich ein tolles Projekt, das du da hast«, sagte er.

Oh, wie weich seine Stimme war. So anders als in den Videos und doch so vertraut.

»Die Bücherei in meinem Heimatort hat mir damals sozusagen das Leben gerettet …«, fuhr er fort.

»Ich weiß, ich hab das Interview gesehen«, sagte sie viel zu schnell und biss sich auf die Zunge. Meine Güte, wie unhöflich.

Hätte sie nicht einfach sagen können: *schön zu hören*. War es zu viel verlangt, einfach ein bisschen Interesse zu zeigen, statt ihm ins Wort zu fallen?

Wenigstens waren das mehr als zwei Silben gewesen.

Sie saß unruhig auf dem Stuhl und knetete unter dem Tisch ihre Hände.

Was konnte sie sagen, das nicht völlig bescheuert klang? Vor allem, was nicht so wirkte, als wäre sie nur hier, weil sie etwas von ihm wollte.

* * *

Zum siebten Mal kontrollierte Lukas sein Handy, um zu sehen, ob Emma ihm eine Nachricht geschickt hatte. Da trat sie endlich auf die Terrasse. Für ihn ging im wahrsten Sinne des Wortes die Sonne auf.

Emma trug ein hauchdünnes, strahlendgelbes Sommerkleid, dass bei jeder noch so kleinen Bewegung um ihre Knie tanzte und ihre Hüften umspielte. Das Butterblumengelb setzte einen atemberaubenden Kontrast zum glänzenden Kaffeebraun ihrer Haare, die in schimmernden Wellen aus ihrem Zopf und über die Schulter nach vorne flossen.

Sein Herz klopfte, während sie sich begrüßten.

Lukas war nervös.

Jetzt war es so weit.

Er könnte es ihr sofort ins Gesicht sagen.

Aber seine Zunge klebte am Gaumen fest, wenn er nur daran dachte.

Was würde dann passieren?

Oder wusste sie es schon?

Immerhin war es wohl ziemlich offensichtlich. Sie hatte ihn schon einmal getroffen, sie kannte seine Stimme. Sie musste es spüren, ahnen oder genau wissen.

Spätestens nach dem Hinweis auf die Handtasche.

Warum sagte sie nichts?

Wahrscheinlich war sie geblendet von ihren Fan-Gefühlen. Oder sie war einfach nur viel zu aufgeregt.

Ihm musste etwas einfallen, um das Eis zu brechen. Er entschied sich für einen Frontalangriff.

»Bist du auch so nervös?«

Sie bekam große Augen. »Auch?«

Er lachte einen Teil seiner Aufregung weg. »Klar. Normalerweise gehe ich nämlich aus Prinzip nicht mit Fans aus.«

»Wieso aus Prinzip?«, fragte sie und biss sich auf ihre absolut hinreißende Weise auf die Unterlippe.

Er musste ihr sagen, was los war.

Und er *würde* es ihr sagen.

Andererseits, wenn sie ihn schon nicht erkannte, war das die Gelegenheit zu sehen, wie sie auf *Richard Taylor* reagierte. Aber dafür musste ihm dringend etwas einfallen, um sie aus ihrer Schockstarre zu befreien.

Doch was konnte er tun, um sie zu beruhigen?

Vielleicht half ja eine kleine Anekdote … etwas, das ihn – Richard Taylor – verletzlich machte.

»Sagen wir, ich hab nicht gerade die besten Erfahrungen mit Fans gemacht.«

»Aha.«

Er schüttelte innerlich den Kopf. Wenn er nicht wüsste, wie aufgeschlossen und freundlich sie normalerweise war, würde er sie jetzt für ein scheues Reh halten.

Da kam ihm eine Idee.

Gefroren

Meine Güte.

Emma kam einfach nicht darüber hinweg, wie schwer es ihr fiel, den Mund aufzubekommen. Sonst war sie doch nicht so.

Warum musste ihr ausgerechnet in der Gegenwart von Richard Taylor nur immer die Zunge festfrieren?

Sie brauchte dringend etwas, das sie sagen konnte, irgendetwas Sinnvolles, etwas Geistreiches.

Dummerweise waberte in ihrem Kopf nur eine undurchdringliche Nebelwand, die keinen sinnvollen Gedanken durchließ. Zumindest keinen, den sie aussprechen wollte.

Und so langsam schien er zu merken, dass irgendetwas nicht stimmte. Er gab sich schon die ganze Zeit so viel Mühe, eine Unterhaltung zu beginnen.

Es war eben unbestreitbar, Richard Taylor war einfach umwerfend toll.

Sie seufzte innerlich.

Komm schon, Emma, reiß dich zusammen. Du kannst sprechen, ich weiß es genau.

»Hey, ich bin *wirklich* nervös«, sagte er plötzlich. »Und du wärst das auch, wenn du damit rechnen müsstest, dass dein Gegenüber jeden Augenblick aufspringt, um an deiner Unterwäsche zu schnüffeln.«

Emma prustete los. Die Vorstellung war einfach zu abstrus. Doch sofort hielt sie sich die Hand vor den Mund und biss sich auf die Lippe.

Das war eine viel zu alberne Reaktion. Wie alt war sie? Zwölf?

Meine Güte, das wurde ja immer schlimmer.

Aber Richard Taylor schien es nicht zu stören. Galant wie immer fuhr er fort. »Ja, im Nachhinein klingt das witzig. Aber wenn du in dein Schlafzimmer kommst und eine Frau mit einem manischen Funkeln in den Augen und deiner Unterhose in der Hand findest, wünschst du dir ein Pferd mit Schwert auf dem Kopf, das deine Unschuld verteidigt.« Er grinste schief und Emmas Herz hüpfte.

Richard Taylor sprach ganz selbstverständlich von Einhörnern. Von *Einhörnern*.

Ein warmes Lachen blubberte ihre Kehle hinauf und verscheuchte das langsam immer stärker werdende Vibrieren am Rande ihres Bewusstseins.

* * *

Sofort nach dem Einhornspruch biss er sich auf die Zunge. Das war viel zu dicht an Lukas dran. Jetzt musste sie ihn doch durchschauen.

Aber sie lachte nur herzlich und wenn sie ihn wirklich erkannt hatte, dann nahm sie es ihm nicht übel.

Im Gegenteil, ganz plötzlich saß da wirklich Emma vor ihm. Mit einem breiten Lächeln sah sie ihm ins Gesicht und glühte von innen. Ihre Augen funkelten fast genauso warm wie bei ihrer letzten Begegnung auf dem Mittelaltermarkt und am liebsten hätte er seine Hand ausgestreckt und sie zum Tanzen aufgefordert.

Dann hätte sie mit Sicherheit genau gewusst, wer er war, ohne, dass er es aussprechen musste. Und vielleicht wäre das gar nicht so schlimm.

Vielleicht wäre es einfacher für sie, wenn sie es selbst herausfand … und einfacher für ihn.

***

Eine Strähne hatte sich aus ihrem Zopf befreit und Emma strich sie verlegen hinter ihr Ohr. Ja, er war wirklich charmant. Und sein Lächeln war fast so nett wie das von Lukas.

Ein Ziehen schlich sich langsam in ihre Brust.

Ihre Cola kam, sie bestellten etwas zu essen und als der Kellner wieder fort war, nahm sie einen großen Schluck.

Emma konnte es nicht fassen. Sie saß hier mit Richard Taylor und hatte immer noch kein einziges vernünftiges Wort herausbekommen. Sie sollte die Zeit in vollen Zügen genießen und ihn ausquetschen bis zum Gehtnichtmehr. Über seine Projekte, über sein Leben und seine Leidenschaften.

Sie nahm all ihren Mut zusammen. »Welchen Tee trinkst du eigentlich am liebsten«, fragte sie und ja, jetzt wo die Frage draußen war, konnte sie verstehen, weshalb Lukas deshalb damals so komisch reagiert hatte. Es klang wirklich merkwürdig.

Er lächelte umwerfend. »Ingwer.«

Aha. Super Gesprächsstart. Nicht.

Wenigstens hatte *sie* einen ganzen Satz geschafft. Emma suchte verzweifelt nach einem anderen Thema.

»Aber das ist mal eine etwas andere Frage. Normalerweise wollen die Leute wissen, wie ich zum Schreiben gekommen bin. Dinge in die Richtung.« Er grinste schief und Emma nahm die Vorlage dankbar an.

»Und was ist die Antwort?«, fragte sie. »Warum schreibst du?«, setzte sie schnell nach, um sich daran zu gewöhnen, in seiner Gegenwart vollständige Sätze zu formulieren.

»Die kurze oder die lange Antwort?«

Das war leicht. »Beide«, sagte sie und spürte, wie schon wieder Hitze in ihre Wangen schoss.

Er lehnte sich in seinem Stuhl zurück, das Hemd spannte sich über seiner schlanken Brust und er fuhr sich durch das weiche, blonde Haar. Zu gerne wäre sie mit ihren Fingern seiner Geste gefolgt, um zu fühlen, wie sich die neue Kurzhaarfrisur auf ihrer Haut anfühlen mochte.

»Zum einen«, setzte er an, »weil es mir Spaß macht, aus vagen Ideen Geschichten zu formen … meistens jedenfalls.«

Er machte eine Pause und schien fast darauf zu warten, dass sie etwas sagte. Also tat sie ihm den Gefallen. »Nur meistens?«

»Nun, natürlich gibt es Durststrecken oder vielmehr ein Gestolper zwischendurch. Da kämpfst du dich durch Dornendickicht und Lavafelder, an feuerspeienden Drachen vorbei, um den Kern der Geschichte zu finden. Diese Unwegsamkeiten sind teilweise so lang und steinig, dass dir der Spaß schon einmal vergehen kann. Das alleine würde also nicht ausreichen, um bis zum Ende durchzuhalten.«

Er schwieg und Emma legte den Kopf zur Seite.

»Das war die kurze Version«, sagte er und grinste herausfordernd.

»Okay, ich geb auf, was ist die lange Version?«

Er nickte zufrieden, als wäre sie in der Schule und hätte genau die richtige Frage gestellt.

»Es ist ein Geschenk«, sagte er schließlich.

»Ein Geschenk?« Emma war ein bisschen verwirrt. Wer schenkte wem was?

Nun kratzte er sich doch ein wenig verlegen im Nacken. »Meine Geschichten sind ein Geschenk an die Leser, ein kleines Päckchen voller Emotionen. Urlaub für die Seele. Es fühlt sich gut an, sie glücklich zu machen. Das klingt vielleicht ein wenig merkwürdig, weil es ja *nur* Geschichten sind … aber für mich sind sie eine Gelegenheit, Menschen zu berühren, Verbindungen zu schaffen und sogar Leben zu verändern. Sei es nur für einen winzigen Augenblick, ein paar Stunden Ruhe und Frieden in einem sonst viel zu stressigen Alltag. Sich wohlfühlen, geborgen sein und lieben, in einer Welt, die es häufig viel zu eilig hat, von der Arbeit nach Hause und vor den Fernseher zu hechten, statt stehenzubleiben, sich in die Augen zu sehen und zu sagen … ich liebe dich.«

Bei dem letzten Satz sah er ihr tief in die Augen und Emma verlor sich in den unendlichen, braunen Weiten aus geschmolzener Schokolade und würzigem Kaffee.

Die Worte hingen zwischen ihnen in der Luft wie Zuckerwatte – irgendwie fehl am Platz, aber trotzdem köstlich, rosa und zuckersüß.

Emma räusperte sich. »Ich finde, das kriegst du ganz gut hin.«

Das Lächeln in seinem Gesicht wurde breit und ehrlich, es durchflutete ihren Magen wie Sonnenstrahlen und kitzelte warm unter ihrer Haut.

»Das freut mich sehr«, sagte er. Seine Stimme klang tief, rumpelte ein wenig, überwand die Luft zwischen ihnen und strich zärtlich über ihr Haar in den Nacken hinunter.

Stille breitete sich zwischen ihnen aus und Emma hatte nicht die geringste Ahnung, was sie als Nächstes sagen konnte.

Zum Glück kam gerade der Kellner und rettete sie mit dem Essen.

Aufgetaut

Die Teller waren mittlerweile leer, sie hatten sich angeregt unterhalten über Bücher, Geschichten und gutes Essen. Aber trotzdem hatte Lukas es immer noch nicht über sich gebracht, die offensichtliche Wahrheit laut auszusprechen.

Dafür war Emma in der letzten Stunde gänzlich aufgetaut. Sie lächelte viel, stellte Fragen und gab sogar sinnvolle Antworten – meistens jedenfalls.

Es machte richtig Spaß, sich mit ihr zu unterhalten. Sie war längst nicht so ein schlimmes Fangirl, wie er befürchtet hatte. Nachdem sie ihre Anfangsnervosität überwunden hatte, war sie wieder da, seine Emma, sanft, sexy und fröhlich.

Er bezahlte die Rechnung und schob das Portemonnaie zurück in seine Hosentasche.

»Danke«, sagte Emma. »Für das nette Essen … und dass du dich mit mir getroffen hast … ich meine, weil du ja normalerweise nicht mehr mit Fans ausgehst … wegen der Unterhosenschnüfflerin und … wegen deiner Ex und …«

Damit hatte sie wohl sämtliche Fettnäpfchen mitgenommen, die in einen einzigen Satz hineinpassten und sich dabei auch noch völlig verrannt. Denn wahrscheinlich sollte das die Einleitung zu ihrem Anliegen werden.

»Keine Ursache«, rettete er sie aus ihrer Misere, in dem er sich auf den einzigen unverfänglichen Teil ihres Satzes beschränkte, das Essen.

Sie lächelte mit hochrotem Kopf.

Irgendwie war er froh darüber, dass ihr die Sache solche Schwierigkeiten bereitete. Das machte sie nur sympathischer, weil es bedeutete, dass sie Richard Taylor *nicht* in erster Linie ausnutzen wollte.

Damit bewies sie einfach nur das, was er schon lange hätte wissen müssen, was er schon seit Ewigkeiten nicht mehr hätte anzweifeln sollen.

Sie war nicht Carolin.

Sie war Emma und sie war ein herzensguter Mensch, den er gerne in seinem Leben hätte.

Er stand auf und sie folgte ihm verlegen.

Ob sie es überhaupt schaffen würde, ihn um Hilfe zu bitten?

Ja, auf der einen Seite wollte er gerne wissen, wie sie es zur Sprache brachte. Aber sie hatte schon bewiesen, dass es ihr nicht nur darum ging, dass sie zu jeder Variation seiner selbst gleichermaßen freundlich und zuvorkommend war. Also rettete er sie vor weiteren Peinlichkeiten.

»Ich denke, wir sollten noch über unsere ganz spezielle Buchmesse sprechen.«

Ihre Augen wurden groß. »Aber woher …«

»Ich hab davon gehört«, sagte er, um nicht zu schwindeln. Es wurde Zeit. Noch dieses Thema und dann war es so weit. Wenn sie nicht doch von alleine darauf kam.

»Vielleicht hast du ja Lust, ein bisschen spazieren zu gehen, während wir darüber reden«, schlug er vor.

Er konnte förmlich sehen, wie ihr eine tonnenschwere Last von den Schultern fiel.

»Das wäre wirklich toll«, sagte Emma.

Er lächelte sie an und war froh, sie so glücklich zu machen.

Sie legte nachdenklich den Kopf zur Seite und schob eine widerspenstige braune Strähne wieder hinter ihr Ohr. »Wir könnten vielleicht ein Stück am Rhein entlanggehen, wenn du Lust hast.«

»Das klingt hervorragend.« Er nickte und sie bewegten sich zum Ausgang.

Vor dem Café gingen sie die Straße hinunter und an zahlreichen, kleinen Jugendstilhäusern vorbei. Manche Fassaden waren in blassen Pastelltönen gehalten, mit weißen Schnörkeln und schmalen Säulen verziert, und an anderen rankte sich das buschige Grün von farbenprächtigen Kletterrosen empor.

Sie sprachen über die Details der Messe, über mögliche Teilnehmer und über die Organisation. Ihrer Körpersprache nach zu urteilen, freute sie sich sehr darauf. Sie hatte auch schon ein paar andere Booktuberinnen im Auge, die ihr sicher gerne helfen wollten, und Lukas gab ihr dazu noch Bastians E-Mail-Adresse, der ihr sicher bei ein paar der bürokratischen Details behilflich sein konnte.

Dann wurde es schließlich still.

Sonnenstrahlen fielen in die schmalen, aber liebevoll gepflegten Vorgärten und brachten die bunten Farben und das saftige Grün zum Leuchten, das die schmuckvollen Häuschen noch mehr in Szene setzte.

Die Vorgärten wichen ein wenig zurück, der Bürgersteig wurde breiter und hohe Bäume warfen ihre Schatten auf die gemütliche Straße.

Lukas betrachtete interessiert jedes einzelne der alten Gebäude. Nur, weil es hier so hübsch war, versuchte er sich einzureden. Und gar nicht, weil er sich drückte.

»Kommen die in deiner nächsten Geschichte vor?«, fragte Emma.

Er sah in ihre Augen. Die wirkten noch größer als sonst und die bernsteinfarbenen Sprenkel darin schimmerten auf dem magischen Moosgrün wie Sonnenstrahlen in einem verzauberten Wald.

Er blinzelte, versuchte, sich an ihre Frage zu erinnern und lächelte verlegen. »Vielleicht.«

Wieder kehrte Stille ein.

Er musste ihr endlich die Wahrheit sagen. Aber je länger sie nebeneinander hergingen, desto weniger brachte er es übers Herz.

Wie würde sie reagieren? Würde sie ihn anschreien? Oder nur enttäuscht den Kopf senken? Es gar nicht glauben? Oder würde sie ihn einfach stehen lassen?

Wahrscheinlich wäre jede dieser Reaktionen angemessen. Gerade deshalb hatte er solche Schwierigkeiten, es auszusprechen. Warum hatte er noch mal so lange gewartet?

Irgendeinen völlig rationalen Grund hatte es dafür doch gegeben. Aber der wollte ihm jetzt partout nicht mehr einfallen.

Lukas' Herz schrumpfte auf die Größe einer Erdnuss zusammen. Wenn er nur daran dachte, was alles passieren könnte, wurde ihm schlecht.

Aber, wie seine Großmutter sagen würde, er hatte sich die Suppe selber eingebrockt, also musste er sie auch wieder auslöffeln.

»Du hast dich sehr lange vor deinen Fans versteckt …«, setzte Emma an. »Warum triffst du dich jetzt mit mir?«

Ja, warum jetzt? Die Antwort war so einfach.

Weil ich Lukas bin.

Ihre Frage war eine ideale Vorlage.

Er brauchte nur den Mund zu öffnen und …

»Für Lukas?«, fragte sie.

Lukas?

Wieso bot sie ihm die perfekte Ausrede an?

Er nickte. »Ja, für Lukas.« Sein Herz klopfte ungehalten gegen sein Brustbein, mit kurzen, harten Schlägen, als wollte es endlich die Wahrheit in die Welt hinausrufen.

Jetzt sag es schon endlich.

»Er ist ein guter Freund von dir?«, fragte Emma und irgendwie klang das zu beiläufig. Ahnte sie doch etwas? Natürlich tat sie das. Emma hatte ihn schon längst durchschaut.

Schließlich war sie nicht blöd. Wie konnte es auch anders sein? Die dumme Kapuze hatte sie vielleicht auf dem Mittelaltermarkt getäuscht und der neue Haarschnitt eventuell für eine anfängliche Ablenkung gesorgt. Aber jetzt, nachdem sie sich so lange unterhalten und sogar über die Messe gesprochen hatten … es musste ihr einfach aufgefallen sein.

Warum fragte sie dann nach Lukas? Wollte sie es aus seinem eigenen Mund hören? Oder wusste sie auch nicht, wie sie es zur Sprache bringen sollte?

»Kennt ihr euch schon lange?«, fragte sie. Bei ihren Worten verfolgte er, wie ihre sanft geschwungenen Lippen die Silben formten. Er blieb stehen und sie tat es ihm gleich.

Natürlich wusste sie es. Natürlich hatte sie ihn durchschaut.

»Mein ganzes Leben«, flüsterte er.

Sie blinzelte und legte den Kopf zur Seite. Das Sonnenlicht malte mit Blätterschatten zarte Muster auf die leicht gerötete Haut ihrer Wangen … tanzte auf ihren Schläfen und dem Mund.

Sein Atem ging flach und schnell.

Der Wind spielte mit dem dunklen Karamell einer verlorenen Strähne.

Sein Puls summte unter der Haut und seine Hand hob sich an ihre Schläfe, um das samtige Braun zärtlich hinter ihr Ohr zu streichen.

Schluss

Emmas ganze Welt schrumpfte auf einen einzigen Punkt zusammen. Denn *Richard Taylor* stand so dicht vor ihr, dass ihr Kleid mit einem leisen Flüstern über den Stoff seiner Hose strich und sie die Hitze seines Körpers spüren konnte.

Er lehnte sich nach vorne, nur ein Stück.

Vielleicht bildete sie sich das auch nur ein.

Vielleicht auch nicht.

Er hatte schon die ganze Zeit in ihren Augen nach einer Antwort gesucht, auf eine unausgesprochene Frage.

Sein Blick fiel nun auf ihre Lippen, dann hob er seine Hand an ihre Schläfe, strich ihr eine Strähne hinter das Ohr und brachte ihre Haut zum Glühen.

Emma hielt die Luft an und *Richard Taylor* beugte sich zu ihr herunter.

Eine Brausetablette plumpste in den glitzernden Ozean ihres Magens, sprudelnd goldener Schaum füllte ihre Brust, kitzelte in ihrer Lunge, an ihrem Herz vorbei, durch ihren Hals und prickelte bis hinauf in ihre Lippen.

Dann verharrte er, nur einen Atemzug vor ihrem Mund – hielt inne … *wie in seinen Büchern*, flüsterte eine Stimme in Emmas Kopf. Er bat um ihre Erlaubnis.

Sein Atem strich über die zarte Haut ihrer Lippen, seine Wärme schloss sich um ihr Herz, seine Finger ruhten auf ihrer Schläfe, sie bräuchte sich nur nach vorne zu lehnen, nur ein winziges Stück und dann …

Lukas.

Es war nur ein Flüstern. Ein leises Echo in der hintersten Ecke ihres Bewusstseins.

Was war das gewesen?

Warme, sanft geschwungene Lippen vor ihren, die sie einluden, zu einem köstlichen, weichen Kuss von Richard Taylor …

Lukas.

Eine Erinnerung an dunkle, braune Augen schwappte an die Oberfläche des goldenen Meeres. Es gab einen Grund, weshalb sie das nicht tun konnte, nicht tun durfte, auch dann nicht, wenn sich alles in ihr danach verzehrte.

Lukas!

Sie sah hoch und dann … dunkle Augen, blonde Haare, sanft geschwungene Lippen und der Duft nach frischem Gras und staubigen Büchern und …

Es traf sie wie der sprichwörtliche Amboss. Als hätte jemand ihr Bett genommen, schwungvoll ausgeholt und ihr die Matratze mit voller Wucht ins Gesicht geklatscht.

Emma riss die Augen auf und tat einen Schritt zurück.

»Lukas?«

Der Ausdruck auf seinem Gesicht war unbeschreiblich. Eine Mischung aus Überraschung, Schuld und … Verwirrung? Ein verlegenes Lächeln schlich sich auf seine Lippen.

Aber in Emma tobte ein Sturm. Gedanken und Gefühle überschlugen sich, drehten sich umeinander, wirbelten im Kreis und schlugen dabei Purzelbäume.

Schock. *Wie hatte sie das nur übersehen können?*

Entsetzen. *Wieso hatte er sie nur so hinters Licht geführt?*

Verwirrung. *Was bedeutete das?*

Ein mächtiger Tornado wütete in ihrem Kopf und die Fragen flogen als scharfkantige Geschosse darin herum, wie die herausgerissenen Dielen eines Hauses, die ihr Fleisch aufrissen und blutende Wunden hinterließen.

Warum hatte er gelogen?

Was hatte er ernst gemeint?

Was war überhaupt echt?

Wieso war er hier?

Weshalb dieses Versteckspiel?

Es war so ein gigantisches Durcheinander in ihrem Kopf, dass sie nur ein einziges Wort formulieren konnte.

* * *

»Warum?«, fragte sie.

Das Wort hallte in Lukas' Gedanken wieder wie ein endloses Echo.

Er hielt die Luft an und wusste nicht, was er antworten sollte.

Emma starrte ihn einfach nur an und das eine, winzige Wort hing zwischen ihnen wie eine luftleere Blase. Sie dehnte sich aus und schien jeden Ton sofort zu verschlucken, hüllte sie in atemlose Stille.

Ja, Lukas, warum?

Er schloss kurz die Augen. Es gab nur eine Antwort auf diese Frage und die war lang und schmerzhaft.

Doch es gab keinen Ausweg mehr, es musste alles raus.

»Das ist eine lange Geschichte …«, sagte er.

Sie verschränkte die Arme. »Ich höre …« Ihre sonst so weichen Lippen wurden zu einem dünnen Strich. Und ihre Zurückweisung war offensichtlicher und härter als jede Wand.

»Können wir vielleicht …« Er deutete mit dem Kinn die Straße hinunter.

Aber sie rührte sich nicht, war wohl nicht sicher, wie weit sie ihm trauen durfte und das konnte er ihr nicht verdenken.

Er schob die Fäuste in die Taschen und würde den Anfang machen, nahm seine Seele sprichwörtlich in beide Hände und reichte sie ihr auf einem silbernen Tablett. »Wir haben doch über die Frau mit der Unterhose gesprochen …«, setzte er an.

»Ich erinnere mich.« Sie klang unerbittlich.

»Sie war nur der Gipfel des Eisberges.«

»Du sprichst von Carolin.«

Der Name schnitt ihm ins Fleisch wie ein scharfes Messer. Immer noch. Unglaublich. Er nickte.

Sie schob ihre Hände unter die Achseln. »Sagen wir, ich kann verstehen, dass du zurückhaltend bist, was Fans angeht, nach dem ganzen Hype, den deine Ex in den Medien ausgelöst hat und den schmutzigen Geschichten … von denen kein Mensch mit zwei Gehirnzellen auch nur die Hälfte geglaubt hat – aber das nur so am Rande …« Sie holte Luft. »Irgendwann musst du doch gemerkt haben, dass ich nicht so eine durchgeknallte Schnüffeltante bin.«

Verlegen kratzte er sich im Nacken. »Vielleicht … nur war diese … *Dame* nicht zufällig in meiner Wohnung … und die Sache geht noch viel tiefer …«

Komm schon, Lukas … du kannst das.

Nachdenklich legte Emma den Kopf zur Seite.

Er sollte am besten einfach von vorne anfangen. »Erinnerst du dich noch an meinen ersten Kuss?«

Ihre Lippen wurden noch schmaler. »Du meinst, an *Lukas'* ersten Kuss?«

Das hatte er sich wohl verdient. Er nickte nur.

»Der Klassenschwarm, der dich im Dunkeln geküsst und dann nie wieder angesehen hat?«

Er nickte wieder. »Das war nicht das letzte Mal, dass ich sie gesehen habe … Als ich meinen ersten Bestseller gelandet habe, bin ich ihr zufällig wieder über den Weg gelaufen … diesmal hat es dann gefunkt und wir sind zusammengekommen …«

Er konnte förmlich sehen, wie die Zahnräder in ihrem Kopf die Verbindungen knüpften und dann riss sie plötzlich die Augen auf. »Das war Carolin?«

Er nickte. »Genau … meine *Ex*.«

Lukas

Es bildete sich ein dicker, fetter Kloß in ihrem Hals.

Die-beinahe-Ehefrau-und-Exfreundin.

Emma schluckte.

Carolin, die damals den ganzen Shitstorm mit der Presse losgetreten hatte und neben der Unterhosentussi Schuld daran war, dass Richard Taylor … dass Lukas … dass der Mann, der vor ihr stand, seit so langer Zeit keine Interviews mehr geführt hatte.

Sie hielt die Luft an und wartete darauf, dass er weitersprach.

»Ich weiß auch nicht, wie ich so blind sein konnte. Aber ich schätze, ich war einfach verliebt.« Er zuckte mit den Schultern, schob die Hände noch tiefer in die Hosentaschen und setzte sich wieder in Bewegung.

Emma seufzte und wusste nicht so recht, ob sie ihm folgen sollte. Aber schließlich war er immer noch Richard Taylor und sie war ein Fan … und … er war Lukas und den mochte sie sehr … und … sie wollte verdammt nochmal wissen, was hinter alledem steckte. Also sprang sie über ihren eigenen Schatten und ging langsam neben ihm her.

»Am Anfang war die Beziehung wirklich schön. Und ich fand es toll, dass sie sich so sehr für meine Karriere interessierte. Sie hat mein Outfit angepasst, Marktanalyse für meine Geschichten betrieben, Interview-Termine vereinbart und sogar Fan-E-Mails beantwortet … vielleicht hätte ich da schon hellhörig werden müssen. Jedenfalls hat sie es geschafft, ein unglaublich romantisches Bild von uns beiden für die Öffentlichkeit zu zeichnen.«

Ja, die beiden waren ein Traumpaar gewesen. Emma konnte sich nur zu gut erinnern, wie sehr sie die *zukünftige Misses Taylor* damals beneidet hatte.

»Mein Heiratsantrag, der war übrigens auch ihre Idee.«

Emma sah ihn überrascht von der Seite an. Das klang irgendwie kalt und unglücklich.

»Wie meinst du das?«

»Wir hatten gar nicht wirklich vor zu heiraten. Also, ich war noch nicht so weit. Ich hatte schon geplant, sie irgendwann zu fragen. Aber wenn, dann vielleicht an einem einsamen Sandstrand, während eines romantischen Urlaubs. In etwa so, wie in der Geschichte, die sie sich für die Presse ausgedacht hat. Aber passiert ist das in Wirklichkeit nie.« Er verzog schmerzlich seinen Mund und wäre es Lukas gewesen, dann hätte sie ihm wohl die Hand auf die Schulter gelegt oder ihn sogar in den Arm genommen. Aber sie hatte keine Ahnung, neben wem sie da gerade eigentlich herging. Also schwieg sie und wartete ab.

»Eines Tages beim Frühstück hat sie ganz beiläufig erwähnt, dass so etwas doch eine gute Geschichte abgäbe. Also, wenn ich sie auf eine einsame Insel entführen würde, um ihr meine ewige Liebe zu gestehen und ihr einen Heiratsantrag zu machen.« Er zog eine Hand aus der Tasche und strich sich durchs Haar.

Unwillkürlich folgte Emmas Blick der Bewegung und nein, nein, nein, diesmal interessierte sie überhaupt gar nicht, wie sich sein Haar anfühlte … überhaupt nicht.

Sie konzentrierte sich wieder auf seine Worte.

»Ich hab nur genickt, weil ich dachte, sie spräche hypothetisch und hab mich noch geärgert, weil ich meinen äußerst vagen Plan jetzt nicht mehr umsetzen konnte. Schließlich hätte der durch ihre Bemerkung ja ziemlich einfallslos gewirkt.« Er ging ein paar Schritte schweigend, bevor er weitersprach. »Ein paar Tage später wurde unsere baldige Heirat dann in der Zeitung angekündigt, mitsamt Strand-Verlobungs-Geschichte.« Er atmete tief. »Ich meine, die haben mit ihren Artikeln ja auch Vorlaufzeiten, sie musste das also schon wesentlich früher zu irgendwem gesagt haben … spätestens da hätte ich wohl etwas sagen müssen.«

»Weil du sie nicht heiraten wolltest, oder …?«

»Noch wollte ich … ich war zuerst etwas überrumpelt … aber auch irgendwie geschmeichelt. Allerdings war das nicht das erste und auch nicht das letzte Mal, dass sie so etwas getan hat. Immer wieder und immer häufiger hat sie versucht, mich zu verbiegen. Ich durfte mich nicht mehr auf Mittelaltermärkten sehen lassen, musste immer Anzüge tragen … ich hasse Anzüge …«

Emma betrachtete sein momentanes Outfit. »Oh.«

Er bemerkte ihren Blick und sah an sich herunter. »Für besondere Gelegenheiten ist das okay. Aber im Alltag bewege ich mich lieber in gemütlicher Kleidung, wie Jeans und Pullover.«

»Hoodie«, korrigierte Emma ihn und biss sich auf die Lippe.

»Genau. Aber das hat nicht in ihr Bild vom berühmten Autor gepasst. Und ich hab wirklich alles getan, um ihr zu gefallen, weil ich sie nicht verlieren wollte. Aber mit der Zeit habe ich mich immer mehr gefühlt wie eine Marionette.«

Das hörte sich kalt und eintönig an, wie die Häuserfronten, die schon seit einer Weile immer flacher geworden waren. Sie überquerten an der Ampel eine vierspurige Straße und Emma konnte bereits das spiegelnde Grau des Rheins am Ende der zweiten Fährgasse erkennen.

Aber Lukas war immer noch nicht fertig. »Nach ihren öffentlichen Heiratsplänen, die für mich viel zu schnell voranschritten, bin ich dann irgendwann ausgestiegen. Ich hatte einfach keine Lust mehr, ihr Zirkushund zu sein. Trennen wollte ich mich ursprünglich trotzdem nicht. Alles, was ich wollte, war ein bisschen … *ich*. Auf jeden Fall bin ich in Jeans und T-Shirt zum nächsten Interview erschienen und als sie das mitbekommen hat, ist sie auf meiner Türschwelle aufgetaucht und … ausgerastet. Hauptsächlich hat sie an meiner Aktion gar nicht die Jeans gestört, sondern was das für ein Licht auf *sie* werfen könnte. Schließlich hätte sie sich doch solche Mühe gegeben, mein Image aufzubauen und ich wäre undankbar und überhaupt …« Er ließ den Kopf sinken. »Ich hab die Aufregung erst gar nicht verstanden. Aber dann hat sie irgendetwas gesagt … ich weiß den genauen Wortlaut nicht mehr, aber in etwa … dass es damals schwer genug gewesen war, mich aufzutreiben …« Er schluckte.

Und Emma wurde schlagartig klar, was das bedeutete. »Sie hat dich nach deinem Bestseller gar nicht zufällig getroffen?«

Er schüttelte den Kopf. »Nein, das war offensichtlich ein ausgeklügelter Plan, um selbst ins Rampenlicht zu gelangen. Immerhin wusste sie, was ich in der Schule für sie empfunden habe und das hat sie nach Strich und Faden ausgenutzt.« Seine Stimme klang heiser.

»Deshalb auch nach eurer Trennung die ganzen Artikel in der Presse«, flüsterte Emma. Ihr kamen die Berichte über häusliche Gewalt und seine angebliche Affäre wieder in den Kopf … wenn sie ehrlich war, hatte sie nichts davon je wirklich geglaubt.

Er lachte bitter. »Ja … das war wirklich … interessant, was sie sich da ausgedacht hat. Ich war so geschockt, ich hab noch einmal mit ihr gesprochen, weil ich mir nicht vorstellen konnte, dass das alles von ihr kam. Aber dann hab ich in der nächsten Woche nur noch mehr *Ehegeheimnisse* in der Zeitung gelesen und … es war der Horror.«

Sie gingen eine Weile schweigend nebeneinander her.

»Und die Schnüfflerin …?« Damit hatte er seine Geschichte eben doch angefangen.

»Carolin hat zumindest dafür gesorgt, dass die *Dame* mich *zufällig* im Park trifft. Weil es für ihre ausgedachten Geschichten natürlich keine Beweise geben konnte, brauchte sie etwas anderes, etwas Handfestes. Wenigstens für die Geschichte mit der angeblichen Geliebten. Ich weiß auch nicht, was ich mir gedacht habe. Aber ich war so am Boden zerstört und einfach nur froh, dass jemand nett zu mir war … Carolin konnte ihr Glück wahrscheinlich gar nicht fassen, als die Frau sich dann an meiner Unterwäsche gütlich getan hat …«

Emma erinnerte sich nur zu gut an die Ebay-Versteigerung von – laut Beschreibung – drei *leider* ungetragenen Unterhosen von Richard Taylor.

Ihr schauderte bei dem Gedanken.

Kein Wunder, dass er sich eingeschlossen und fast zwei Jahre lang keine Interviews gegeben hatte.

Die Fährgasse bog nach links ab und verlief nun parallel zum Fluss. Lukas stützte sich auf den kalten Stein der weißgrauen Brüstung, die den Bürgersteig vom Uferweg trennte.

»Deshalb war ich am Anfang so vorsichtig. Was, wenn Carolin eine neue Möglichkeit gefunden hatte, mich zu manipulieren? Und als ich es dir dann sagen wollte … ich meine, durch die Spendenaktion hatte Richard Taylor gerade wieder so viel Aufmerksamkeit bekommen … ich konnte nicht riskieren, dass Carolin sich genötigt fühlte, aktiv zu werden. Und das würde sie, wenn sie eine Ahnung hätte, dass ich … mich mit einem Fan treffe.

Dann würde die Presse wieder über mich herfallen, Fans würden meine Wohnung belagern und im Nullkommanichts wäre ich erneut Gefangener in meiner eigenen Wohnung. Ich habe mich gerade erst wieder an das Licht und das draußen Arbeiten gewöhnt …«

Er ließ den Kopf sinken, atmete tief durch, stieß sich von der Brüstung ab und sah Emma erwartungsvoll ins Gesicht.

Das war wirklich der absolute Überhammer, eine verdammt harte Geschichte. Und ein Teil von ihr konnte nur zu gut verstehen, weshalb er sich versteckt hatte.

Gerade, weil es Carolin gewesen war, auf die er – ein zweites Mal – hereingefallen war und weil Emma wusste, was sein erster Kuss für ihn bedeutet hatte.

Dennoch … egal, was seine Gründe waren, sie fühlte sich trotzdem irgendwie … betrogen.

Als wäre ihr Herz unterwegs gebrochen und die blutenden Überreste schwammen in einer trüben Suppe aus Wut und Enttäuschung.

Er hatte ihr nicht vertraut.

Aber … er hatte auch gerade eben versucht, sie zu küssen.

Hatte er da geglaubt, dass sie es nicht bemerken würde? Aber warum dann nicht auf dem Mittelaltermarkt?

Weil er warten wollte, bis sie die Wahrheit kannte? Hatte er damals so etwas nicht sogar gesagt?

Die undefinierte Suppe in ihr drehte sich in kleinen, unruhigen Kreisen.

Und sie hatte ihn küssen wollen … erst Lukas, dann Richard … und nun könnte sie beide gleichzeitig haben.

Das war aufregend, verwirrend und befremdlich zugleich.

Emma schluckte.

Das war alles einfach viel zu viel.

»Was erwartest du jetzt von mir?«, fragte sie.

Seine Schultern sackten nach unten. »Nichts.« Seine Stimme war nur ein Flüstern. »Gar nichts. Ich wünschte, du könntest mir vergeben und wir könnten da weitermachen, wo wir aufgehört haben.«

Wenn nur nicht so ein Durcheinander in ihrem Kopf herrschen würde. »Lukas oder Richard?«

»Beide.«

Sie presste ihre Lippen zusammen und versuchte, seine gesamte Vergangenheit außen vor zu lassen, herauszufinden, was *sie* wirklich wollte – *jetzt*. Aber in ihrem Kopf schwappten zu viele Gefühle an die Oberfläche. Rote Wut über seine Lüge und goldenes Glühen, weil er versucht hatte, sie zu küssen, mischten sich mit blauer Enttäuschung, weil er ihr nicht vertraut hatte. Gelbe Verwirrung zog dicke Spiralen durch das Farbenmeer und alles verquirlte sich zu einem matschig-grauen Sumpf, aus dem es kein Entrinnen zu geben schien.

Und dann wurde ihr noch etwas klar.

Wenn das hier irgendwann tatsächlich mehr werden sollte als eine Freundschaft … Richard Taylor hatte in seinem Interview gesagt, dass er seine Freundin niemals der Öffentlichkeit präsentieren würde.

Ihre Brust zog sich zusammen.

Sie würde für immer ein Geheimnis bleiben … genau wie damals bei ihrem Vater.

Und diese Erkenntnis schnitt ihr tief ins Fleisch, Blut quoll dicht und rot aus ihrem Herz und schmeckte bitter auf ihrer Zunge.

»Was meinst du?«, fragte er in die Stille und das Durcheinander hinein.

»Ich weiß es einfach nicht«, flüsterte Emma. Sie hätte sich am liebsten in Luft aufgelöst. »Ich … glaube, ich brauche ein bisschen Zeit, um darüber nachzudenken …«

Abserviert

Emma öffnete den dritten Karton mit Flyern für den großen Tag. Sie hatte einen kleinen Artikel geschrieben, der die Leute zum Spenden und vor allem zum Teilen auf Social-Media animieren sollte.

Eine ihrer Booktube-Freundinnen – Kathy – hatte das Ganze mit ein paar hübschen Bildern verziert und heute war es per Expresslieferung bei Becky eingetroffen.

Einen guten Teil der hübschen, bunten Heftchen würden sie bereits vor dem eigentlichen Event über Emmas Kanal und andere Booktuber verteilen.

Seit Emma angekündigt hatte, was geplant war, standen die Leute Schlange, um mitzumachen.

Lukas, alias Richard Taylor, hatte ihr ein paar Adressen zukommen lassen, darunter zwei sehr bekannte Kinderbuchautorinnen und ein Puppenspieler, der den Kindern bei der Veranstaltung die Zeit vertreiben sollte.

Ja, die Vorbereitungen liefen auf Hochtouren und bisher sah die Sache sehr vielversprechend aus.

Emma holte gerade einen Stapel Flyer aus dem Karton und kontrollierte den Text, während Becky sich auf ihr Grafikprogramm konzentrierte.

»So?«, fragte ihre Freundin.

Emma blickte auf. »Nein, die Überschrift muss höher.« Sie bezog sich auf den Plakat-Entwurf für nächste Woche.

Becky schüttelte den Kopf.

»Was? Findest du nicht?«, hakte Emma nach.

»Doch, der Text muss höher. Aber ich fasse immer noch nicht, dass du ihn tatsächlich abserviert hast.« Becky schob die Buchstaben weiter nach oben und verpasste ihnen einen edlen Schatten. »Wie konntest du ihn nur einfach so stehenlassen?«

»Ich hab ihn doch nicht abserviert«, sagte Emma. »Das muss noch ein Stückchen höher.«

Becky blickte sie entgeistert an. »Hey, *Richard Taylor* hat versucht, dich zu *küssen* und du gehst einfach nach Hause. Ich sag dir, du hast den armen Kerl sowas von abserviert.«

»Als ich ihn *nicht* geküsst habe, wusste ich noch nicht, dass er Lukas ist.«

»Zwei Mikrosekunden später hast du es definitiv gewusst und dann hättest du ihn küssen können.«

»Aber da war irgendwie die Luft raus«, murmelte Emma.

»Trotzdem, du magst ihn doch.«

Emma konzentrierte sich auf die Flyer, öffnete einen und faltete ihn wieder zusammen. »*Lukas* schon.«

»Ich dachte, Richard Taylor erst recht.«

»Schon … aber das ist doch etwas völlig anderes.« Obwohl bereits eine Woche vergangen war, kam sie mit dieser Doppelpersönlichkeit immer noch nicht besonders gut klar.

»Aber Lukas *ist* doch Richard Taylor.«

»Ich weiß, aber … ach, ich weiß es doch auch nicht, ich finde das trotzdem verwirrend.«

»Da ist überhaupt nichts Verwirrendes dran. Stell dir einfach vor, Lukas ist ein Pseudonym. Wenn Richard Taylor als Ally Boldwin einen Thriller schreibt, würdest du den dann lesen?«

»Sicher.«

»Na also. Und wenn Lukas dich als Richard Taylor küssen möchte, dann um Himmels willen lass ihn doch. Das ist genauso in Ordnung wie Richard Taylor, der dir als Lukas Textnachrichten schickt.«

»Aber er hätte es mir sagen können.«

»Genau. Und dann wärest du *selbstverständlich* in der Lage gewesen, eine völlig normale Unterhaltung mit Richard Taylor zu führen. Es wären Worte aus deinem Mund gekommen, du hättest nicht gestottert, wärst nicht über deine eigenen Füße gestolpert und hättest ihm in jedem Punkt offen und ehrlich deine Meinung gesagt.« Beckys Unterton war so massiv ironisch, dass es fast schon triefte. Ohne auf eine Antwort zu warten, machte ihre Freundin sich wieder daran, die Überschrift zu positionieren.

Emma kaute auf ihrer Lippe herum. Gut, stottern und stolpern hätte man über Textnachrichten im Zweifelsfall nicht bemerkt. Aber wahrscheinlich hätte sie schon jedes Wort dreimal herumgedreht, um bloß nichts Falsches zu sagen.

»Trotzdem hat er gelogen«, stellte Emma trotzig fest.

»Ach und du sagst immer die Wahrheit?«

»Schon.«

»Hast du ihm gesagt, dass dir sein neuer Kurzhaarschnitt nicht gefällt?«

»Das ist doch etwas völlig anderes, außerdem war dafür gar keine Zeit.«

»Das ist gar nichts anderes.«

»So schlimm finde ich es auch wieder nicht. Außerdem habe ich nicht gelogen, schließlich hat er nicht gefragt: *Sind meine Haare schön*.«

»Hast du ihn denn jemals gefragt, ob Lukas sein richtiger Name ist?«

Emma wollte schon etwas erwidern, aber ihre Freundin hatte dummerweise recht. »Hab ich nicht«, nuschelte sie. »Das ist ja schließlich auch nichts, was man gewöhnlich fragt.«

»Im Internet sollte man das aber vielleicht. Denk nur an Ulf, auch bekannt als *Ronaldo*.« Becky verdrehte die Augen und deutete dann auf die neue Position der Überschrift. »Besser?«

»Jetzt ist es zu hoch«, sagte Emma.

Vielleicht sah sie das Ganze tatsächlich ein wenig zu verbissen. Und vielleicht sah sie es nur deshalb so verbissen, weil sie ihm viel zu gerne verzeihen wollte.

Aber, wenn sie ihm verzieh, was bedeutete das dann? Ein Leben im Schatten.

Nicht, dass sie unbedingt berühmt sein wollte. Aber sie konnte sich noch viel zu gut daran erinnern, wie sich das bei ihrem Vater angefühlt hatte. Ja, sie hatte ihn Papa genannt, aber trotzdem hatte sie nie so richtig zu seiner Familie gehört.

Das konnte sie unmöglich ein weiteres Mal ertragen.

Emma schob die kontrollierten Flyer zurück in die Kiste und ließ sich auf das Sofa plumpsen.

»Und woher soll ich wissen, dass der Rest stimmt, den er mir erzählt hat?«

»Wieso sollte der nicht stimmen?«

»Na, wer einmal lügt, dem glaubt man nicht …«

Becky fiel ihr ins Wort. »Auch wenn er mal die Wahrheit spricht, ja, ja, ja. Wenn es sich um einen Typ mit Drogenproblemen handeln würde, dann wäre ich die Erste, die dir zustimmt. Aber, meine Herren, hier geht es um Richard Taylor, der dir einen falschen Namen gesagt hat.« Sie tippte auf den Bildschirm. »Kann ich das so lassen?«

Emma legte den Kopf zur Seite. »Sieht gut aus. Aber mir gefällt der Farbton noch nicht, geht das noch ein bisschen wärmer?«

»Klar.« Becky biss sich auf die Zunge und schob konzentriert an irgendwelchen Reglern. »Übrigens, falls ich dich erinnern darf, du bist so ungefähr das größte Richard-Taylor-Fangirl, das ich kenne.«

Emma wartete darauf, dass ihre Freundin weitersprach, aber es kam nichts. Dafür wurden die unterschiedlichen Autorenfotos auf dem Plakat erst grellrosa und dann türkis, bevor sie sich in einem warmen, orangenen Licht einpendelten.

»Na und?«, hakte Emma nach.

Becky sah auf. »Trotzdem hast du Richard Taylor nicht geküsst, als du die Gelegenheit dazu hattest. Und das nur, weil dir Lukas so viel bedeutet. Wenn das kein Grund ist, über so eine Kleinigkeit wie einen Namen hinwegzusehen, dann weiß ich es auch nicht.« Sie tippte wieder auf den Bildschirm. »Gefällt er dir?«

Emma sah in die braunen Augen von Richard Taylor und wusste, die Antwort lautete in jedem Fall *ja*.

Absichten

Als Emma in ihre Wohnung zurückkam, fiel ihr Blick auf das Päckchen, das immer noch im Regal stand. Heute war Samstag und es wurde Zeit, den Inhalt des letzten kleinen Pakets zu offenbaren.

Eigentlich hatte sie sich einen Ausflug zu den Rheinterrassen überlegt mitsamt Ausblick auf den Kölner Dom. Eine passende Kulisse für das große Finale.

Doch durch den ganzen organisatorischen Aufwand, den sie in den letzten Tagen hatte betreiben müssen, war das irgendwie untergegangen. Und wenn sie ehrlich war, dann hatte sie auch keine Lust, sich bei den Temperaturen in die Straßenbahn zu quetschen. Also verlagerte sie das Unpacking-Video kurzerhand auf ihren Balkon.

Leider gab es heute keinen Wind und die Sonne brannte heiß vom wolkenlosen Himmel, aber ein sprudelndes Zitronenwasser sorgte für die nötige Abkühlung.

Sie zog das letzte rote Samtpapier-Päckchen aus dem Karton, bevor sie mit der Aufzeichnung anfing. Die Grundfläche war quadratisch, an der einen Seite war es so dünn wie Papier, an der anderen etwa so dick wie ein

Daumen. Es war mit einer weißen Schleife umwickelt. Überrascht stellte sie fest, dass dieses Band auch einen Briefumschlag auf der Unterseite des Päckchens festhielt.

Auf dem Umschlag stand: *Erst nach dem Video öffnen*.

Sie staunte und natürlich war sie neugierig, aber sie legte den geheimnisvollen Brief zur Seite.

Dann startete sie das öffentliche Hangout, machte ihre Einleitung und erklärte, dass es sich um das letzte Video dieser Reihe handelte.

Anschließend hielt sie, trotz allem ein bisschen wehmütig, das letzte Päckchen in die Kamera.

Wie immer machte sie es spannend. Sie öffnete das erste Klebeband, zog das Papier ein Stück auf und ließ das Publikum einen Blick ins Innere werfen. Allerdings war die Verpackung so flach, dass wahrscheinlich rein gar nichts zu sehen war. Sie löste den zweiten Klebebandstreifen. Wieder ließ sie das Innere aufblitzen und bat ihre Zuschauer darum, zu erraten, was es denn sein könnte.

Von Türstoppern über Kinokarten bis hin zu Blumensamentütchen war in den Kommentaren alles dabei.

»Na, wir werden es gleich sehen.« Emma grinste, öffnete die letzten beiden Klebestreifen mit einer geübten Bewegung und schlug das Papier zurück.

Innen steckte ein weiteres, daumengroßes Päckchen und … eine Autogrammkarte mit persönlicher Widmung. Um genau zu sein, war sie mit Lippenstift geschrieben und dort stand:

Für Emma,

die mir in Leipzig ihren Lippenstift geliehen hat. Mit bestem Dank zurück und viel Erfolg mit deinem tollen Projekt.

Richard Taylor.

Emma starrte staunend auf die Worte, aber sie riss sich zusammen, wendete die Karte und hielt sie in die Kamera.

Dann erklärte sie kurz, was es bedeutete. »Für alle, die es nicht mitbekommen haben, das hier ist so ziemlich das genialste Replikat der Autogrammkarte, die ich ursprünglich als einzigen Gewinn für diese Spendenaktion geplant hatte.« Ein dickes Lächeln saß in ihrem Gesicht. »Ich glaube, wir brauchen nicht zu raten, was in dem kleinen Zusatzpäckchen ist.« Sie riss es diesmal ohne große Umstände auf. »Tadaaa«, rief sie und betrachtete die Beschriftung. »Was soll ich sagen, meine Damen und Herren, es ist auch noch die richtige Farbe.« Sie war ehrlich beeindruckt. Entweder hatte er sich daran erinnert oder war extra ihre Make-up-Videos durchgegangen. In beiden Fällen eine beachtliche Leistung.

Bei der folgenden Verlosung ging die Autogrammkarte an eine sehr glückliche Gewinnerin.

Danach machte Emma noch einmal eine Ankündigung für die *Kleine Buchmesse* und hielt den Flyer ausgiebig in die Kamera. Dann beantwortete sie die Fragen aus dem Chat und verabschiedete sich mit einem Hinweis auf das nächste Lieblings-Leseorte-Video, wie sie es sich über die vergangenen Wochen angewöhnt hatte.

Als der Live-Feed beendet war, drehte sie die Karte noch ein paarmal in den Fingern. Er hatte sich tatsächlich daran erinnert, wo er sie zum ersten Mal getroffen hatte und das, bevor das alles hier losgegangen war.

Sie überlegte lange, ob sie das jemals in einem ihrer Videos erwähnt hatte. Aber nein, diese Geschichte war nie im Netz gelandet und das bedeutete, er hatte sich von Anfang an wirklich an sie erinnert.

Emma schluckte.

Dann fiel ihr der geheimnisvolle Umschlag wieder ein. Sie nahm ihn vom Tisch und riss ihn auf.

Liebe Emma,

Es gibt zwei Möglichkeiten.

Erstens, du hast alle Päckchen gleich aufgemacht.

Oh ja, sie erinnerte sich noch gut daran, wie sie kurz davorgestanden hatte, das tatsächlich zu machen. Meine Güte, schien das mittlerweile lange her zu sein.

Ich muss gestehen, dass ich das ein wenig schade fände. Mich hätte ehrlich interessiert zu sehen, ob meine Idee funktioniert.

Bei diesen Worten war sie erst recht erleichtert, dass sie durchgehalten hatte. Nicht nur wegen all der genialen Dinge, die sich seither ergeben hatten, sondern vor allem, weil sie sich nur zu gut vorstellen konnte, wie beschämt sie gewesen wäre, wenn sie gleich am Anfang diese Zeilen gelesen hätte.

Was für einen Unterschied so eine winzige Entscheidung machen konnte.

Trotzdem wünsche ich dir natürlich viel Spaß mit dem Inhalt und danke dir sehr für deine tollen Videos.

Der alte Lukas war wirklich nett.

Die Alternative ist, dass du durchgehalten und in den vergangenen Wochen viele Videos produziert hast. Ich hoffe sehr, dass in Verbindung mit der Spezialüberraschung dabei genug Spenden zusammengekommen sind, um einen kleinen Beitrag zur Rettung deiner Bücherei zu leisten.

Wenn der wüsste … oder damals schon gewusst hätte … Emma dachte an die Videos, die Abonnentenzahlen und die *Kleine Buchmesse*. Ja, sie war richtig stolz auf ihre Geduld und alles, was sie seither erreicht hatten.

Außerdem steht natürlich noch das Treffen mit dem Autor an. Wahrscheinlich hatten wir deshalb bereits Kontakt und du weißt nun, wer ich bin.

Ich hoffe, du kannst verstehen, dass ich mich am Anfang nicht geoutet habe, aber es sollte schließlich nicht in erster Linie um mich gehen.

Wie dem auch sei, in jedem Fall hoffe ich, dass du ein wenig Freude mit meinem Päckchen hattest und dass es seinen Zweck erfüllt hat.

Liebe Grüße und vielleicht bis bald

Richard Taylor.

Sie starrte auf den Text.

Er hatte von Anfang an vorgehabt, sich zu offenbaren.

Hier stand es unbestreitbar schwarz auf weiß oder vielmehr tintenblau auf cremefarben.

Lukas … Richard … wie auch immer, hatte von Anfang an vorgehabt, ihr die Wahrheit zu sagen.

Und wenn sie tatsächlich alle Päckchen sofort geöffnet hätte, wäre es sogar gleich am ersten Tag passiert, dann hätte sie gewusst, mit wem sie sprach, dass Lukas Richard hieß … oder umgekehrt.

Erst jetzt ging ihr auf, dass sie immer noch nicht wusste, welcher sein richtiger Name war.

Es gab zwar schon länger das Gerücht, dass Richard Taylor nur ein Pseudonym darstellte, aber sie wusste von niemanden, der seinen richtigen Namen kannte.

Kurzentschlossen griff sie zu ihrem Handy.

***

Bereits seit einer halben Stunde starrte Lukas auf den Bildschirm seines Laptops und hatte kein einziges neues Wort getippt. Die Bäume des kleinen Parks rauschten, der Golden Retriever sprang wieder über die Wiese und jagte seinen blauen Ball, aber Tristan versteckte sich irgendwo in Lukas' Gehirnwindungen und wollte nicht damit herausrücken, weshalb er sich gerade sträubte.

Das hatte natürlich nichts mit der Funkstille zu tun. Nein, eigentlich war es ganz gut, dass Emma nach seiner Offenbarung so plötzlich aufgebrochen war.

Er war richtig froh, dass sie sich in den vergangenen Tagen nicht gemeldet hatte.

Das redete er sich zumindest ein.

Denn das bedeutete immerhin, dass er nicht mit ihr über die Zukunft reden musste. Eine Zukunft, in der irgendjemand herausbekam, dass Emma … existierte … egal, in welcher Form das geschah, er wollte gar nicht wissen, was Carolin sich dann für ihn ausdachte.

Nein, je weiter die davon entfernt war, irgendetwas über … diese Sache herauszufinden, desto besser.

Sein Telefon plingte und er zog es so schnell aus der Hosentasche, dass er es fast samt Laptop auf den Boden geworfen hätte.

Als er Emmas Namen las, entwich ihm ein Seufzer, weil … weil … nicht aus Erleichterung auf jeden Fall.

Emma: Warum eigentlich *Lukas*?

Er lächelte unwillkürlich.

Lukas: Du willst doch nicht etwa deine Insider-Kontakte nutzen, um Richard-Taylors richtigen Namen herauszufinden, oder?

Kurzes Schweigen.

Emma: Doch.

Er lachte und setzte seinen Laptop wieder richtig auf seinen Schoß.

Lukas: Na gut, weil du es bist … Lukas ist mein richtiger Name, deshalb.

Emma: Und warum hast du dann ein Pseudonym für deine Bücher? Lukas ist doch ein hübscher Name.

Sie fand seinen Namen *hübsch*.

Irgendwie erleichterte ihn das, als würde es bedeuten, dass sie ihm verzeihen konnte … irgendwann … vielleicht schon bald.

Lukas: Möglich. Aber *Lukas Schmitz* ist nicht gerade ein Name, den man auf einem Cover lesen möchte.

Er konnte sich nur zu genau vorstellen, wie sich diese winzig kleine Falte zwischen ihren Augenbrauen bildete, während sie nachdachte.

Emma: Schmitz? In echt?

Lukas: Ja, *in echt*. Gewöhnlicher geht es wohl nicht mehr. Und weil ich sowieso schon mal dabei war, mir ein Pseudonym auszudenken, habe ich eben den ganzen Namen geändert.

Emma: Und dir ist nichts Besseres eingefallen als Richard Taylor?

Lukas: Hey. Mir gefällt er.

Aber er musste grinsen.

Es war schön, wieder mit ihr zu sprechen. Vielleicht ging es Tristan genauso, er vermisste jemanden und deshalb … sofort fiel ihm eine komplette Szene ein, die perfekt in die neue Geschichte passte und die nur noch aufgeschrieben werden musste.

Emma: Was ist mit der Buchmesse?

Lukas: Was soll damit sein?

Emma: Tun wir so, als würden wir uns nicht kennen?

Er blickte auf den Cursor und hätte zu gerne gewusst, *wie* sie diese Worte ausgesprochen hatte. Zum ersten Mal wurde ihm bewusst, wie es ihr am Anfang gegangen sein musste. Irgendwie frustrierend … und sie hatte trotzdem durchgehalten.

Lukas: Das wäre sicher angebracht.

Vor allem, weil er Carolin durchaus zutraute, dort aufzutauchen.

Emma: Für immer?

Die beiden kleinen Worte trafen ihn wie zwei schallende Ohrfeigen mitten ins Gesicht. Aber wahrscheinlich hatte sie recht, das wäre sicher das Beste. Zumindest für die nahe Zukunft.

Aber er brachte es nicht über sich, ihr das zu antworten.

Es klang so kalt und unnahbar und … als würde er sie wegstoßen.

Lukas: Fürs Erste.

Er würde nach der Messe mit ihr darüber sprechen. Von Angesicht zu Angesicht. Das war wesentlich einfacher als das hier.

Keine Antwort.

Eine Minute ging vorüber … zwei.

Was sollte sie auch schon dazu sagen?

Die Zeit zog sich in die Länge wie flüssiger Teer.

Er legte das Handy entschlossen neben sich auf die Bank und starrte auf den Bildschirm.

Aber was auch immer Tristan ihm vor ein paar Minuten noch hatte erzählen wollen, es war verschwunden und mit ihm die gesamte Szene, die Lukas eben so genial gefunden hatte.

Es war einfach zum Verrücktwerden.

Neuanfang

Aufgeregt huschte Emma durch ihre Wohnung und suchte die letzten Sachen zusammen, die sie später brauchen würde. Sie stopfte alles in ihren Rucksack, der schnell überquoll. Deshalb holte sie alles wieder heraus und versuchte es ordentlicher. Aber das nützte gar nichts. Noch ein Versuch.

Heute war der große Tag. Trotzdem konnte sie sich nicht richtig darauf konzentrieren, denn … sie würde Lukas wiedersehen.

Ihre Gedanken kreisten immer wieder um ihn, egal, wie sehr sie sich um das Gegenteil bemühte.

Seit dem Chat, in dem er offen zugegeben hatte, dass er sie wahrscheinlich für immer verstecken wollte, hatten sie nicht mehr geschrieben.

Sie hatte geschwiegen und sich eingeredet, das sei besser so.

Sie versuchte, mit sich selbst ins Reine zu kommen.

Trotzdem öffnete sie immer wieder ihre letzte Unterhaltung und versuchte herauszufinden, was in ihm vorging.

Aber je öfter sie die Zeilen las, desto kühler wirkten sie.

Alles, was sie sich wünschte, war eine ganz normale Unterhaltung, von Mensch zu Mensch … ohne Maske.

So wie er es ihr auf dem Mittelaltermarkt versprochen hatte. So ähnlich wie ihr Treffen auf der Dachterrasse, nur ohne irgendwelche Bomben, die er platzen ließ.

Vielleicht würde das ja heute klappen, nach der Messe, wenn alle gegangen waren.

Ob er noch blieb?

Oder ob er direkt nach der Veranstaltung wieder den Flieger nach Berlin nahm?

Ihr Bauch zog sich zusammen, sie ließ sich auf das Sofa plumpsen und starrte auf das Durcheinander zu ihren Füßen.

Es half alles nichts, eine weitere Tasche musste her.

Ein Lichtpfeil stach durch das Fenster, ließ tanzende Staubkörner glühen und fiel auf das schwere Notizbuch mit dem waldgrünen Ledereinband im Regal. Die goldene Schnalle glänzte.

Sie erinnerte sich an das, was er zu ihr auf dem Mittelaltermarkt gesagt hatte.

Lukas hatte damals von vorne anfangen wollen, wie bei einer neuen Geschichte.

Wenn sie jetzt darüber nachdachte, bekam das eine völlig andere Bedeutung.

Ein Neuanfang … das war es, was sie brauchten.

Das sollte bei zwei erwachsenen Menschen doch möglich sein.

Aber war es das wirklich?

Ihre Brust wurde eng.

Auch wenn er sie niemals der Öffentlichkeit vorstellen würde?

Es wäre schon ein sehr seltsames Gefühl … wie damals bei ihrem Vater.

Der hatte sich nicht auf ihre E-Mail gemeldet …

Einen Wutanfall hätte sie verstanden, einen abfälligen Kommentar hingenommen … aber gar keine Reaktion war einfach nur frustrierend.

Nachdenklich wickelte sie noch schnell das waldgrüne Notizbuch ein, schob es in ihren Rucksack, packte die Überreste ihres Durcheinanders in eine zusätzliche Tasche und machte sich auf den Weg zur Kinderbücherei.

***

Emma wuselte geschäftig von einer Seite des Platzes zur anderen, Tische mussten aufgestellt, die Technik kontrolliert werden. Dann gab es einen Tisch mit Buffet und außerdem überprüfte sie gerade zum achtzehnten Mal, dass auch jeder wusste, was er zu tun hatte und wann er dran war.

»Entspann dich.« Warmer Atem strich über ihren Nacken. Emma musste nicht nachsehen, um zu wissen, wem die Stimme gehörte.

Eine Gänsehaut lief ihren Rücken hinunter. Sie schloss kurz die Augen, bevor sie sich umdrehte und blickte dann in die tiefbraunen Augen von Richard Taylor. Sein umwerfend schiefes Lächeln machte ihr weiche Knie. Ob sie sich jemals daran gewöhnen würde?

»Ich bin entspannt«, sagte sie und merkte selbst, wie unentspannt sie dabei klang.

Aber erstens hing von dieser Aktion eine Menge ab und zweitens musste sie versuchen, so zu tun, als wäre Lukas nur ein weiterer Autor, der sich netterweise bereit erklärt hatte, sie zu unterstützen. Sie hatte keine Ahnung, ob sie das besonders gut hinbekam.

»Genau«, sagte er mit äußerst ironischem Unterton. Er schüttelte amüsiert den Kopf. »Hast du überhaupt gesehen, wer alles da ist?«

Sie blinzelte. Bisher hatte sie noch gar keine Zeit gehabt, sich richtig umzuschauen. »Wen meinst du?«

Er nickte über den Platz und Emmas Blick folgte seiner Geste. Ihr blieb der Mund offenstehen. »Ist das Eric Faulkner?«

»Eben der. Wusstest du, dass er mit Penny Peterson zusammen ist?«

Emma schüttelte den Kopf und sah zu, wie der schlanke, blonde Mann sich mit einer liebevollen Geste zu einer jungen Frau hinunterbeugte. Sie hatte lange, schwarze Locken, die über ihre Schultern flossen, und an ihr rechtes Bein klammerte sich ein kleiner Junge von vielleicht vier Jahren, der einen Stoffbären an seine Brust drückte.

Marie tauchte gerade neben ihm auf und führte ein intensives Gespräch mit dem braunen Kuscheltier, um den Jungen aus der Reserve zu locken.

»Wie hast du …?«, setzte sie an.

»Beziehungen.« Er grinste. »Ich hab Eric auf meiner letzten Amerika-Reise kennengelernt. Er und Penny fanden deine Aktion so toll, dass sie ihren Familien-Urlaub kurzerhand nach Europa verlegt haben. Ich glaube, das hast du dem kleinen Jungen zu verdanken.« Er grinste.

»Das ist ja echt …«

»Phänomenastisch?« Jetzt grinste er noch breiter.

Sie knuffte ihm in die Seite, aber er lachte nur. Und Emma biss sich auf die Wange. Das war sicher eine viel zu vertrauliche Geste gewesen, sie musste sich besser zusammenreißen.

»Willst du mit rüberkommen und Hallo sagen?«, fragte Lukas.

»Das wäre …« *Super*, hatte sie sagen wollen. Aber dann fiel ihr auf, dass er damit ja wahrscheinlich zugeben würde, sie näher zu kennen. »Ist nicht notwendig«, sagte sie schließlich.

Er sah sie überrascht an.

Sie setzte ihren Rucksack ab und zögerte.

Wahrscheinlich wäre es wohl besser, damit bis nach der Veranstaltung zu warten, ihn abzupassen und mit ihm unter vier Augen zu reden, so wie sie es sich vorgenommen hatte.

Aber was, wenn er tatsächlich sofort abreiste? Oder schlimmer noch, was, wenn sie der Mut verließ?

Sie zog das dicke Päckchen aus der Tasche, das sie in rotes Samtpapier eingeschlagen hatte und hielt es ihm entgegen.

»Was …«, fragte er und sah sie verwirrt an.

»Ein Geschenk.« Sie lächelte. »Von einem großen Fan.«

Er legte den Kopf zur Seite und Emma wollte noch etwas sagen, aber die nächsten Worte blieben ihr im Halse stecken. Denn sie hatte ein bekanntes Gesicht in der Menge entdeckt.

Ein riesiger Mann mit übergroßem Kreuz, das noch einmal verstärkt wurde durch den schwarzen Anzug mit goldener Krawatte. Langsam ergrauende Schläfen, volles, braunes Haar und ein überwältigendes Lächeln … nach all der Zeit hatte er sich fast gar nicht verändert. Er unterhielt sich gerade mit einem kleinen, grauhaarigen Mann.

Emma saugte scharf die Luft ein.

Lukas drehte sich herum, wahrscheinlich, um zu sehen, was sie ablenkte.

»Alles in Ordnung?«, fragte er.

»Wahrscheinlich«, sagte Emma. Sie riss sich zusammen, sah Lukas kurz an und nickte zu dem Päckchen. »Da steht alles drin.« Ihr Fokus wanderte wieder zu dem Mann mit Goldkrawatte.

Als hätte er ihren Blick bemerkt, hob der Mann seinen Kopf und sah ihr genau in die Augen.

Emma erstarrte.

Eine eisige Hand schloss sich vor Nervosität um ihr Herz. Jetzt war es soweit.

Nach all der Zeit …

»Entschuldige mich«, sagte sie und setzte sich auch schon in Bewegung.

»Okay.« Er wirkte unsicher, aber er folgte ihr nicht und Emma war dankbar dafür.

Sie nahm all ihren Mut zusammen und hielt mit rasendem Herzen auf den riesigen Mann zu.

Der sagte etwas zu dem kleinen Mann, dann ließ er ihn stehen und kam genau auf Emma zu. Mit jedem weiteren Schritt schwand ihre Entschlossenheit ein kleines Stück.

Kurz vor ihm blieb sie stehen und blickte nach oben. Er ragte über ihr auf wie ein Berg.

»Hey«, sagte er. Die eine Silbe klang rau und sein Gesicht verriet nicht im Mindesten, was er gerade dachte. Sie kam sich so vor, als ob sie mit Lukas' Pullover telefonieren müsste, ohne jede Einsicht in das Gefühlsleben ihres Gegenübers.

»Hi«, sagte sie. Ob er die gehauchte Silbe überhaupt gehört hatte?

»Ich war nicht sicher, ob du meinen Anruf entgegennimmst«, sagte er. »Deshalb bin ich hergekommen.«

Sie verlagerte ihr Gewicht, brachte aber immer noch kein Wort über die Lippen. Es wollten einfach zu viele Dinge auf einmal aus ihr heraus.

Warum hast du dich nicht gemeldet?

Was machst du hier?

Bist du wütend auf mich?

»Ich wollte dir nur sagen, dass ich die Sache mit deinem Chef geregelt habe«, sagte er schlicht.

Emma legte fragend den Kopf zur Seite. »Was meinst du?«

»Hast du dich nicht gewundert, dass er ständig unabkömmlich war?«

»Schon …« Sehr sogar.

»Er hatte seit ein paar Wochen eine kleine Affäre mit einer jungen Dame, die dich nicht leiden kann. Scheinbar war sie früher mit irgendeinem Autor zusammen … Taylor? Sie hat wohl einen Lippenstift mit deinem

Namen drauf gefunden und ist deshalb ausgetickt … ich habe das ehrlich gesagt nicht genau verstanden.« Er schaffte es, das alles so beiläufig auszusprechen, als wäre es eine Kleinigkeit.

Aber in Emmas Kopf ratterten die Zahnräder und unheimlich viele Einzelteile klickten an ihren Platz.

Natürlich.

Carolin von Himmelshausen, CH, das waren die Initialen von Richard Taylors Exfreundin. Sie musste eine der wenigen Unbekannten unter Emmas ursprünglichen siebzehn Abonnenten gewesen sein, hatte den Hater-Kommentar hinterlassen und sich dann an ihren Chef rangeworfen. Kein Wunder, dass der sich hatte verleugnen lassen. Und, meine Güte, musste sie einen Hass auf Emma haben.

Oder vielmehr auf Lukas, dass sie sich solche Mühe gab, um diese Sache zu sabotieren. Und das nur, weil sie jetzt nicht mehr im Rampenlicht stand?

Die Frau war doch völlig durchgeknallt.

Emma war so baff, dass sie fast nicht mitbekam, wie ihr Vater weitersprach.

»Auf jeden Fall hat meine Frau mit der Frau deines Chefs gesprochen und jetzt hat die *Dame* kein Druckmittel mehr.« Er schob die Hände in die Taschen.

Emma verschluckte sich fast und konnte es einfach nicht glauben.

Das hatte ihr Vater wirklich für sie getan?

Nach all der Zeit?

»Das heißt,«, fuhr er fort, »wenn du das hier zu einem Erfolg machst und genug Spendengelder für die Restauration vorhanden sind, dann wird er dir wahrscheinlich die Füße küssen für so eine tolle Werbe-Aktion.« Dabei waren seine Augen fest auf Emma geheftet.

Und nur, um ihr das zu sagen, war er hergekommen?

Ihre Kehle schrumpfte auf die Dicke einer Glasnudel zusammen. Sie bekam kein einziges Wort aus ihrem Mund.

»Ich … lass dich dann mal wieder zurück an die Arbeit und bin gleich auch wieder weg … ich … ich wollte nur sagen, ich bin stolz auf dich …« Seine Stimme kratzte und er wendete sich bereits zum Gehen.

»Warte«, brachte Emma endlich heraus.

Der breitschultrige Mann drehte sich mit einem fragenden Gesichtsausdruck wieder zu ihr um.

»Danke«, flüsterte sie. »Danke … Papa.«

Er lachte rau und machte eine wegwerfende Handbewegung. »Ach, Kleines … nicht dafür.« Er kratzte sich im Nacken und sah unsicher zur Seite. Für einen Sekundenbruchteil wirkte der Riese mit der goldenen Krawatte wie ein Schuljunge. Und sie fragte sich, ob er glaubte, dass sie nur deshalb wieder mit ihm Kontakt aufgenommen hatte, um seine Unterstützung zu erhalten.

»Ich … hab deine Briefe gelesen.«

Er nickte. »Das hast du geschrieben … wir können ja vielleicht ein andermal darüber sprechen …«

War ihm das unangenehm? Wollte er gerne weg? Hielt er sie trotz allem für eine Schmarotzerin?

Emma war das egal, es war Zeit, die Sache endlich zu bereinigen. Statt ihn gehen zu lassen, tat sie das Einzige, was ihre Gedanken unmissverständlich klarmachen würde. Sie tat einen Schritt nach vorne, schlang die Arme um seine Taille und drückte ihre Wange an seine Brust.

Plötzlich war sie wieder vierzehn. Nur diesmal hatte sie nicht versucht, alles alleine zu machen. Sie hatte ihn um Unterstützung gebeten und er war ihr zu Hilfe geeilt, hatte ihr eine Chance darauf verschafft, dass alles vielleicht doch noch gut ausging.

»Danke«, flüsterte sie noch einmal. Sie spürte einen sanften Druck auf ihrem Haar, Bartstoppeln kratzten über ihre Schläfe und sie hörte ein raues Flüstern.

»Ich bin nur froh, dass ich dich endlich wiederhabe, Kleines.« Er schlang seine Arme fest um ihren Rücken und zog sie feste an sich.

»Ich auch, Papa … ich auch.« Und *wie* froh sie war.

Ein salziger Tropfen durchtränkte sein weißes Hemd, während sie die Schwere seiner Hände auf ihrem Rücken spürte.

Als er losließ, machte Emma einen halben Schritt zurück und sah gerade noch, wie er sich verstohlen mit dem Handrücken über die Augen wischte.

Ihr Vater räusperte sich. »Vielleicht können wir ja heute Abend zusammen etwas essen gehen … ich meine … sicher kann ich deinen Chef dazu überreden, mitzukommen.«

Ein Essen mit ihrem Vater! »Das wäre toll«, sagte Emma und schaffte ein Lächeln.

Dann fiel ihr auf, dass das längst nicht so herüberkam, wie sie beabsichtigt hatte. Natürlich wäre die Sache mit ihrem Chef super, um endlich die Fronten zu klären. Aber es ging ihr viel mehr um *ihn*. »Wenn … also falls du morgen noch in der Stadt bist … vielleicht hast du ja Zeit, zum Frühstück bei mir vorbeizukommen.« Sie hielt die Luft an und auch ihr Herz schwieg für zwei volle Schläge.

»Tha!« Er lachte auf. »Das würde mir sehr gefallen.« Er klopfte ihr auf die Schulter, dass sie sich ein wenig vorkam, wie ein Pferd und fast vornüberkippte. »Oh, warte«, sagte er. »Ich glaube, da kommt er schon. Wir sehen uns dann später.« Er lachte breit und dann ging er zur Straße hinüber, wo ein großes, schwarzes Auto anhielt.

Ihr Chef stieg aus und Frau Eisauge war hinter ihm. Sie trug seinen Aktenkoffer und machte sich so klein, dass Emma sie fast übersehen hätte. Damit war Frau Eisauge wahrscheinlich eine seiner Sekretärinnen und er hatte sie auf Emma angesetzt.

Unglaublich.

Das war jetzt zum Glück vorbei. Ihr Vater kam mit großer Geste vor den beiden zum Stehen und Eisauge wurde noch kleiner.

Emma sah zu, wie sie miteinander sprachen und konnte nicht fassen, dass das gerade wirklich passiert war.

Aber sie hatte keine Halluzinationen, ihr Vater war immer noch da und unterhielt sich angeregt mit ihrem Chef.

Nein, er hatte immer noch nicht zugegeben, dass sie seine Tochter war und das würde öffentlich wohl auch nie passieren. Aber er hatte ihr etwas viel Besseres geschenkt, nämlich Zeit und Aufmerksamkeit.

Er hatte seinen Job einfach stehen und liegen gelassen, war durchs halbe Land gereist und hatte seine Beziehungen spielen lassen, um ihr den Weg zu ebnen.

Und das, obwohl sie seit Jahren kein Wort mit ihm gesprochen hatte.

Ganz egal, was sie irgendwann über ihn gedacht hatte, er liebte sie. Und da war es doch völlig gleichgültig, welchen Stempel er ihr in der Öffentlichkeit auf die Stirn drückte. Es war völlig gleichgültig, ob er sie jetzt als seine Nichte vorstellte, aus ihr die Cousine seiner Frau machte oder sie zum Au-Pair-Mädchen aus Übersee erklärte.

Schließlich war es ja nicht so, als ob er sich für sie schämte. Er tat das für seine Frau, die er offensichtlich trotz allem immer noch liebte.

Im Endeffekt sind nicht die Worte wichtig, die jemand benutzt, sondern seine Taten.

Ihr Blick schweifte über die Menge und sie fand Lukas an einen Baum gelehnt.

Der hatte ihr von Anfang an Zeit geschenkt, über ihre Probleme nachgedacht und sie zu lösen versucht. Einfach so. Sogar schon, als er sie noch gar nicht richtig kannte, und immer ohne irgendeine Gegenleistung zu erwarten.

Außerdem hatte er all die Dinge getan, vor denen er sich fürchtete. Er war raus an die frische Luft gegangen, er hatte sie getroffen und er hatte ihr schlussendlich sein Gesicht gezeigt.

Vielleicht würde er sie nie in aller Öffentlichkeit als seine Freundin präsentieren – wenn es je so weit kam – aber hatte sie das nötig? War es nicht viel wichtiger, dass *sie* wusste, zu wem er gehörte?

Sie war ehrlich froh, dass sie ihm das Notizbuch geschenkt hatte, und hoffte von Herzen, dass er bereit war, einen Neuanfang mit ihr zu wagen.

Geheim

Lukas hatte sich ein wenig zurückgezogen und stand halb hinter einem Baum am Rand der Kirchwiese.

Es war einfach gewesen, solange er sich auf Emma konzentriert hatte. Aber so alleine machten ihn die vielen Leute unsicher. Viel zu lang hatte er sich vor ihnen versteckt. Es war ungewohnt, sich jetzt wieder mit Absicht unter Leuten zu bewegen, die ihn garantiert erkennen würden.

Außerdem brauchte er nach dem Gespräch mit Emma ein wenig Abstand.

Er hielt das Päckchen in den Händen und fragte sich, was darin sein mochte. Es war schwer und ziemlich groß. Was hatte das nur zu bedeuten?

War das so eine Art von Wiedergutmachung?

Das brauchte er nicht und das wollte er nicht.

Aber jetzt hatte sie es ihm einmal gegeben und solange sie mit diesem muskulösen Riesen sprach, gab es keine Alternative, um herauszufinden, was drin war.

Also riss er ohne große Umschweife das Papier auf und hielt ein schweres, in grünes Leder gebundenes Notizbuch in der Hand.

Sofort war er wieder auf dem Mittelaltermarkt, schwang Emma im Kreis herum und blieb völlig außer Atem vor ihr stehen, mit rasendem Puls und schwerem Herzen.

Er öffnete das Buch. Auf der ersten Seite klebte ein gelber Zettel.

Für einen Neuanfang.
Geheim.
Für immer.
Wenn du möchtest.

Sein Herz schlug so schnell und fest gegen sein Brustbein, dass es drohte, seine Knochen zu sprengen.

Wenn das ihr Ernst war, dann … Lukas sah auf und fand Emma sofort.

Sie trug heute wieder ihr sonnengelbes Kleid, das aus der Menge herausleuchtete, in sachten Wellen um ihre Beine wippte und mit zärtlichen Strichen ihre weichen Kurven nachzeichnete. Ihre Lippen schimmerten in einem feurigem Rot, während sie sich immer noch mit dem Bären von einem Mann unterhielt.

Als sie ihm um den Hals fiel, erinnerte ein winziger Stich im Zwerchfell Lukas daran, dass er kein Recht hatte, eifersüchtig zu sein … und er war es trotzdem.

Sie sah atemberaubend aus.

Und dieser … Kerl hatte ihre volle Aufmerksamkeit.

Wer mochte das sein?

Er wollte zu ihr hinübergehen, sie in die Arme schließen und … ja und dann?

Geheim.

Geheim.

Für *immer* geheim.

Wollte er das wirklich? Sich den Rest seines Lebens vor Carolin verstecken?

Er hatte schon so viel erreicht. Er war wieder aus seiner Wohnung herausgekommen, hatte sich seinen Fans gestellt, Interviews gegeben und mitgeholfen, dieses Event auf die Beine zu stellen. Und nichts davon war so schrecklich gewesen, wie er es sich ausgemalt hatte.

Sollte Carolin sich doch gegen ihn stellen, sollte sie ihn doch in der Presse zerreißen. Sie hatte lange genug sein Leben bestimmt. Das war jetzt endgültig vorbei.

* * *

Emmas Herz verwandelte sich in einen Eisklumpen und eine Gänsehaut schoss über ihren gesamten Körper, während er genau auf sie zuhielt.

In seiner Hand lag das dicke, grüne Notizbuch und sie spürte, wie sich das Eis bis in ihren Hals hinein ausbreitete, das Schlucken fiel ihr schwer.

Aber sie hatte sich ihrem Vater gestellt und das hier würde sie auch hinbekommen. Sie atmete einmal tief durch und machte sich auf alles gefasst.

Lukas blieb vor ihr stehen. »Ich habe nachgedacht«, sagte er. »Es wird Zeit, dass ich Carolin nicht mehr über meine Zukunft bestimmen lasse. Wahrscheinlich mache ich mir sowieso völlig unnötig einen Kopf und sie hat mich längst vergessen. Ich will keine Geheimniskrämerei mehr und habe mich lange genug versteckt. Damit ist jetzt Schluss.«

Emmas Herz explodierte vor Glück und am liebsten wäre sie ihm um den Hals gefallen, aber sofort schnitt ein Eissplitter durch ihre Freude hindurch.

Denn natürlich hatte er keine Ahnung von dem, was ihr Vater Emma gerade eröffnet hatte.

Er streckte seine Hand nach ihrer aus, aber Emma machte eine Faust und biss sich auf die Lippe. Am liebsten wäre sie im Erdboden versunken, statt es ihm zu sagen, aber es musste sein. »Eigentlich … hat sie das nicht.« Sie presste die Lippen aufeinander und erzählte ihm kurz, was ihr Vater herausgefunden hatte. Lukas wurde ganz steif und Emma hätte die Worte gerne wieder zurückgenommen, aber das wäre nicht fair gewesen.

Er verdiente die Wahrheit.

Als er sich endlich wieder bewegte, legte er das grüne Notizbuch wortlos auf dem Rasen ab.

Sie hatte ihn vergrault.

Emma musste hart schlucken, dabei versuchte sie ein Lächeln und scheiterte kläglich.

»Es tut mir leid«, wollte sie flüstern. Aber sie war sich nicht sicher, ob die Worte es tatsächlich aus ihrem Mund herausgeschafft hatten.

Und sie fühlten sich so lächerlich an.

Wofür entschuldigte sie sich?

Für Carolin?

Dafür, dass sie die Wahrheit gesagt hatte?

Emma erwartete, dass er sich herumdrehte und ging, doch stattdessen hob er seine Hand und strich eine Strähne hinter ihr Ohr. Dabei berührten seine Finger die Kontur ihres Kinns und ließen das Eis unter ihrer Haut schmelzen, hinterließen eine glühende Spur aus Licht.

»Mir tut es leid«, sagte er und Emmas Herz überschlug sich fast. Es tat ihm leid, dass Carolin dazwischengekommen war und er sie nun doch verstecken musste. Es tat ihm leid, dass er sie verlassen musste. Es tat ihm leid, dass alles hier und jetzt zu Ende ging.

Ihre Kehle schnürte sich zu und nur das sanfte Glühen seiner Berührung ankerte sie in der Gegenwart.

Da machte er einen halben Schritt auf sie zu, beugte sich nach vorne und hielt vor ihren Lippen inne. Ein warmer Hauch aus frischem Gras und staubigen Seiten hüllte sie ein, taute ihr Blut und durchflutete ihre Adern mit heißem Rot.

Ihr Herz raste, ihr Atem ging flach und zwischen ihnen hing die alles entscheidende Frage.

Willst du?

Sie blickte auf und wollte sich nach vorne lehnen, wollte ihn küssen und in die Arme nehmen. Aber so romantisch dieser Moment des Zögerns in den Geschichten immer wirkte, so fatal war er jetzt. Sie dachte an die Fotografen, an die Presse, an die anwesenden Booktuber … an Carolin und alles, was für ihn daraus folgen konnte.

»Aber wir werden beobachtet«, flüsterte sie. Doch ihre Worte zeichneten ein Lächeln auf sein Gesicht.

»Ich weiß«, hauchte er und schloss die letzten Millimeter mit seinen Lippen.

Heißes Gold schoss durch ihre Adern, schmolz Eis zu glühend roter Lava und füllte ihre Brust zum Bersten voll mit schimmernd buntem Glück.

Ich weiß, hatte er gesagt, *ich weiß*.

Emma spürte seine Hände auf ihrem Rücken, schlang die Arme um seinen Nacken und zog ihn fester an sich heran.

Und sie würde ihn festhalten und nie wieder loslassen, komme, was da wolle.

Sie und er, zusammen.

Für immer.

Epilog

Sonne, Vogelgezwitscher und ein herrlicher Sommernachmittag auf der großen Wiese vor dem Uni-Hauptgebäude.

Lukas hatte Salat mit Mais, frischen Tomaten und Walnüssen in Dosen gepackt, Emma ihr Zitronensprudelwasser mitgebracht.

Und gemeinsam lagen sie auf der rot und orange karierten Decke.

Es war einfach perfekt.

Natürlich wimmelte es von Studenten, aber die waren mit ihrem Eis beschäftigt oder mit ihrem Hacky Sack oder mit ihren Büchern. Niemand kümmerte sich um sie – genauso, wie es sein sollte.

Emma las gerade die letzten Worte aus Beckys Artikel vor und Lukas musste so lachen, dass ihr Kopf auf seinem Bauch auf und ab wippte.

»Sie konnte es nicht lassen, was?«, stellte Lukas fest.

»Nope«, sagte Emma und grinste. »Hey, Carolin wollte doch immer im Rampenlicht stehen, jetzt hat sie es geschafft.«

Lukas atmete tief aus und Emma drehte sich auf den Bauch, um ihm ins Gesicht zu sehen. »Was?«

»Ich kann gar nicht glauben, dass es vorbei ist«, stellte er fest.

»Ist es aber. Mein Vater hat noch mal mit meinem Chef gesprochen, deine Ex hat anscheinend sogar das Land verlassen.«

»Ich könnte gut damit leben, wenn ich sie niemals wiedersehen müsste«, sagte er.

»Und wenn doch, dann jagen wir sie gemeinsam in die Wüste.« Emma grinste noch breiter. »Oder ich sag meinem Papa Bescheid, dann erledigt der das.«

Lukas lachte wieder und diesmal sah sie, wie seine Augen funkelten. Emma konnte ihr Glück überhaupt nicht fassen.

Die Reparaturarbeiten waren bereits in vollem Gange, das Übergangszelt, für wenigstens ein kleines Bücherangebot, sollte am Montag geliefert werden und sie war hier, mit ihm, im Sonnenschein. Er gehörte ihr, sie gehörte ihm und das Leben könnte schöner nicht sein.

»Apropos«, sagte Lukas. »Kommt er jetzt nächste Woche vorbei oder nicht?«

»Doch, er kommt. Und er bringt sogar seine Frau mit, angeblich ließ sie sich nicht davon abhalten, weil er so von deinen Kochkünsten geschwärmt hat. Aber ich glaube, sie will in Wirklichkeit mich treffen.«

»Sei dir da mal nicht so sicher. Ich bin ein verdammt guter Koch.«

»Hey, das ist eine große Sache für mich. Ich hoffe, dass ich besser mit ihr zurechtkomme als damals.«

»Bestimmt. Schließlich hast du jetzt mich.«

»Schuft.« Sie knuffte ihn in die Seite, aber er packte sie am Handgelenk, zog sie an seine Brust und küsste sie zärtlich.

Emma ließ sich in seine Arme sinken und kostete von seinen Lippen. Als er Luft holen musste, schmiegte sie sich an seine Brust. »Du weißt, dass ich dich liebe, oder?«, flüsterte sie.

Er hob ihr Kinn an und sah ihr tief in die Augen. Sie ertrank in schokoladig süßem Braun.

»Ich liebe dich auch«, sagte er, warm und fest.

»Für immer?«, fragte sie und wusste, dass das eine kindische Frage war.

Aber er lächelte und zog sie erneut an sich. »Wenn du möchtest.« Und mit diesen zart gehauchten Worten schlossen sich seine Lippen über ihren zu einem zärtlich-süßen Kuss.

Möchtest du mehr?

Kostenlos: Als Leser erhältst du exklusiven Zugang zum *Bonus-Kapitel*. Melde dich mit dem nachfolgenden Bonus-Code auf der darunter stehenden Website an. Nach der Anmeldung und Bestätigung erhältst du eine E-Mail mit deinem Download-Link.

Bonus-Code:

930-160-317

Gib den Code auf dieser Website ein:

www.jvellguth.de/bonuspaeckchen

Der Duft von Büchern und Kaffee

Amys Traum: ein eigener Buchladen in New York. Und das Beste? Er scheint sogar erreichbar. Zumindest, bis der attraktive Teilzeit-Rocker Ryan auftaucht und ihre Pläne gründlich durcheinanderbringt.

Denn er ist der Enkel ihrer Chefin und die hat sich gerade einen ziemlich verrückten Wettbewerb um ihre Erbschaft ausgedacht.

Amy bleibt nichts anderes übrig, als sich darauf einzulassen und ihr Bestes zu geben, um ihren Traum doch noch zu verwirklichen.

Eine Liebeserklärung an einzigartige Bücher, den Duft von frisch gebrühtem Kaffee und die Macht der Veränderung.

#FolgeDeinemHerzen

Sommerliebe in New York – Jung, engagiert und auf dem besten Weg, eine erfolgreiche New Yorker Tierärztin zu werden, hat Sara beschlossen, ihrer besten Freundin das ultimative Geburtstagsgeschenk zu machen.

Die Sache hat dummerweise einen Haken – als Gegenleistung muss sie sich auf ein Date mit dem berühmten Vlogger und Frauenheld BigJake einlassen. Was für andere der Hauptgewinn wäre, ist für Sara ein Stelldichein mit ihrer größten Angst.

Was steckt hinter ihren Gefühlen und kann sie nach der Begegnung mit Jake tatsächlich einfach weitermachen wie bisher?

Eine moderne Sommer-Romanze mit quirligen Vierbeinern, Cupcakes im Central Park und einem legendären Sonnyboy – Liebe inbegriffen.

Über die Autorin:

Erst, wenn der Leser mitten in die Geschichte taucht, unter die Haut der Charaktere schlüpft und auf der äußersten Stuhlkante sitzt, um herauszufinden, wie es gleich weitergeht, ist sie wirklich zufrieden. Jacqueline Vellguth schreibt schon seit ihrer Teenagerzeit und fühlt sich dabei in modernen Liebesgeschichten genauso zu Hause wie in Märchen, Superhelden-Romanen oder Urban-Fantasy-Abenteuern. Heute wohnt sie mit ihrem Mann und zwei Kindern in der Nähe von Köln. Wenn sie nicht gerade schreibt, denkt sie über ihre Geschichten nach, geht im Schlosspark spazieren, backt Tassenkuchen oder macht die umliegenden Spielplätze unsicher – am liebsten geht sie rutschen – mit ihren Kindern, natürlich.

Für Leseproben und noch viel mehr:

www.jvellguth.de

Printed in Poland
by Amazon Fulfillment
Poland Sp. z o.o., Wrocław

66689020R00200